东北人·心气

王 肯 ◎ 著

长春出版社
全国百佳图书出版单位

图书在版编目（CIP）数据

东北人·心气 / 王肯著. -- 长春：长春出版社，2025.1. -- ISBN 978-7-5445-7561-4

Ⅰ.B848.6

中国国家版本馆CIP数据核字第2024JF9254号

东北人·心气

著　　者　王　肯
责任编辑　张中良
封面设计　宁荣刚

出版发行　长春出版社
总 编 室　0431-88563443
市场营销　0431-88561180
网络营销　0431-88587345
地　　址　吉林省长春市南关区长春大街309号
邮　　编　130041
网　　址　www.cccbs.net

制　　版　长春出版社美术设计制作中心
印　　刷　长春天行健印刷有限公司

开　　本　880mm×1230mm　1/32
字　　数　266千字
印　　张　11.375
版　　次　2025年1月第1版
印　　次　2025年1月第1次印刷
定　　价　59.80元

版权所有　盗版必究
如有图书质量问题，请联系印厂调换　　联系电话：0431-84485611

目 录

题　记
　　——有关《东北人·心气》／ 1

关东笔记
无影的影集 ／ 4

关东"吉卜赛人" ／ 31

鄂伦春诗话 ／ 57

娃娃山庄 ／ 69

瞠目辽西 ／ 78

梦绕家乡戏 ／ 92

山野见闻 ／ 102

旅途自语 ／ 122

晚　情 ／ 134

老　趣 ／ 145

不忘的严师 ／ 165

南游小景 / 176

病院三记 / 179

读友人书 / 185

家居春城 / 208

东北话小议 / 217

犟人散记

题　记

　　——有关《犟人散记》/ 232

一记　倔强的东北乡亲和历史传说人物 / 233

二记　刚直的前辈和老友 / 273

三记　东海舰队水兵与写戏人 / 304

四记　海外执拗的友人 / 316

五记　东北人的生活偏爱 / 325

附录　《关东笔记》的后记 / 357

题　记
——有关《东北人·心气》

在编父亲的散文选时,之所以将书名称作《东北人·心气》,是由于父亲的文字主要写的是东北人;至于"心气",是因为父亲所生活的时代,东北由于经济落后总是被人瞧不起,父亲心底置一口气,要踏查东北,了解东北,体验东北,发现东北,书写东北,这也是父亲一生致力于东北文化研究的原动力。

"心气",用在标题,还有以下的考虑。

父亲所书写的东北,都是父亲体验过的东北,是存在父亲心底的鲜活的东北人、东北事、东北趣、东北话、东北腔、东北戏以及东北风物……父亲是在用心感悟"大荒不荒"的东北文化、东北精神和东北气魄。

《庄子·人间世》说:"回曰:'敢问心斋。'仲尼曰:'若一志,无听之以耳而听之以心;无听之以心而听之以气。听止于耳,心止于符。气也者,虚而待物者也。唯道集虚。虚者,心斋也。'"气是空明的,容纳万物;"虚",就是空明的心境,就是心斋。想起父亲的书房叫"无斋","无"亦是道家的关键范畴,有无虚实，变幻灵动。在郭汉城前辈给父亲书房题写的"无斋"两个整肃的大字旁，附一行小字："王肯同志：无名斋，无欲则刚，无蔽则明，无滞则灵，为人为文，其衰已矣。"父亲一生大起大落，郭老说其"衰"已逝去，隐含着一种期望和鼓励。

  本书将父亲所著《关东笔记》和《王肯散文集》中的诸篇散文合为一集。父亲书写东北人，不止于眼耳对应的感性形式，更向着"心"与"气"的层面，呈现与渲染。父亲的文字，触及了东北人的精气神，用我们这个时代的话语，便称作"灵魂"！

  东北人，是父亲的眷恋⋯⋯

王红箫

关东笔记

无影的影集

说无影,也有影。人的头脑就是一部很厚很厚的影集。

泪　旗

早在六七十年前,林区小镇某些小马架门前的晾衣绳上时见悬挂一只千补百衲的袜子。

袜子只悬一只,风里飘,雨里飘,飘呀飘呀好似一面被风撕雨扯的小旗。

每当伐木季节一过,撇家舍业的木帮——伐木工人便涌下山来。工人们顿时松树油脂味和"老白干",蛤蟆烟和酒气烟尘搅成一团塞满小镇。在那高挑酒旗也就是红纸幌儿的饭馆里喝得东倒西歪,工人们在那不亮旗号的大赌局里赌得头昏脑炸。喝了赌,赌了喝,那些用血汗从把头老板手里换来的钱,又魔术般地回到把头老板的手里。只得继续出卖剩下的血汗,只得继续做那发财梦、还乡梦、亲人团聚梦。

听说有位为了躲债逃进深山的新婚汉子，就这样梦了一年、两年、三年……还不了债，回不了家，孤零零，醉醺醺，腰中余钱只够去敲一次那悬挂袜子小"旗"的柴门。

进门叫一声嫂子妹子，说一声补补袜子。其实是来排遣那压抑不住的乡愁、孤寂、绝望与疯狂。谁料迎接他的竟是年年想团聚、月月想团聚、天天想团聚的新婚久别的妻子！是谁安排他和她在这种地方团聚？

四目相对，一双惊呆，一双冒火。丈夫用那常想紧紧拥抱受苦的妻子的大手，狠狠地劈打在妻子的身上脸上。然后不声不响地走了……他那如同大海捞针一般扑奔林海寻找亲人的妻子，总算见他一面，也不声不响地目送着，没有呼唤，没有泪水……泪水早就染在那"旗"上了。

这泪"旗"——残酷买卖的幌儿，悲惨行业的旗号。业主不乏良家妇女，或是被大树砸死男人的遗孀，或是千里寻夫的孤女；有的为苦命的孩儿少几根饥肠，有的为自己残留一口气多几分找到亲人的希望，让那千补百衲的袜子飘呀飘呀，任风雨撕扯着……

（1990年）

滚 刀 肉

关汉卿形容他自己是蒸不烂、煮不熟、捶不扁、炒不爆的一粒铜豌豆。

我的家乡把这种人叫作"滚刀肉"。

刀在肉上滚，砍不动，割不断，切不开，剁不烂。同姓三虎叔就是这样一条滚刀的关东汉子。

看模样三虎叔很俊俏。除了额头竖着的一道伤痕同横着的几条抬头纹织成一个"王"字有点虎的意思外，看不出他有张牙舞爪吼叫暴跳的虎相。特别是对我们孩子们可亲热了，真有叔叔样儿。

有一回我们村金家大院的小孙子出天花，按乡俗结疤时要"送痘奶奶"。记不清是三摞三五一十五还是五摞五五二十五个上供的馒头，供后装小簸箕里扬到大门外，让那些小人家孩子抢去吃了，他家少爷脸上就落不下麻坑。

我们的奶奶、妈妈没少嘱咐不能吃那东西。可我们一年到头很少尝到面食的滋味，管它麻坑不麻坑，先填填肚里的馋坑再说。于是就像今天美国橄榄球运动员那样连滚带爬去抢那沾满泥土的馒头，刚要往小嘴里塞，忽听大喝一声，三虎叔这回可真上来虎劲了！从我们小手里夺下一个个"战利品"，又用他那大手一个个扔进金家大院的门里去。口中还念念有词："小人家孩子也是人！让你家小崽子满脸开花！"

大院东家气得鼓鼓的没敢惹他，我们这帮孩子也气得鼓鼓的不屑理他。他到小铺用衣襟兜来点带红点的豆馅烧饼，一人两个，分完后挤挤眼睛走了。

突然有一天，三虎叔被大院炮手五花大绑吊在拴马桩上。问原因，一没偷，二没抢，只为一件女人的红兜肚。

本来是大院三小姐送兜肚勾引小车老板未成，反咬一口说小车老板要奸污她，把一个无辜青年押进大牢。第二天三虎叔就敞开破布衫,露出一件红兜肚,从村东展览到村西,又从村西展览到村东,逢人就指着兜肚说:"这是大院三小姐送给我的。"

皮鞭暴雨般抽打三虎叔:"兜肚哪来的?""大院三小姐送的!"皮开了,肉绽了,就是不改口。大院东家让灌粪汤,三虎叔笑着喊:"多灌点,清香味,没喝够!"他一口咬定是三小姐送的,还让她出来作证。证人不出来,也只好不了了之。

后不久,听说县城挂上了日本旗。从此三虎叔不见了。

有人说在一个黑云击天、黑风拔地的黑夜,他在东山磨刀石上磨了一宿大刀……

再后,又听说县城门楼上悬挂义勇军人头的木笼里,有一颗额头上恍惚有个"王"字,都说那是三虎叔,我却不相信。因为我不相信世上有那种能砍动三虎叔的刀!

(1990年)

老洞狗子

早年,长白山这人参的故乡,东北虎的营盘,也零星有人在老林深处安家。

木皮盖顶的小屋,孤单单好像绿色大海里的一条小船。如果你在林中迷路,发现它如同发现救命的挪亚方舟,只是"小船"主人可不像诺亚那样被尊为洪水灭世后人类的新始祖,而被贱称作"老洞狗子"。

"老洞狗子"一词的来源已不可考。

也许因一些"贱民"忍受不住或抗拒不了官衙豪霸的压榨宰

割,逃离人世,隐姓埋名,遁进深山掘一个藏身的"洞",藏久了自然成为"老洞"。但呼作"狗子",实在可气!

这稀有的长白居民,寒冬身裹狍皮,酷暑头顶"老牛干"(老牛干:山中一种野菇,点燃可充蚊烟用),用血与汗猎取些野物山货,偷偷下山向小户人家换些盐粮糊口。既不咬人也不仗人势,与狗有什么相干?何况比某些叫作人的更有人心!

你在山里遇见这种奇异人家,只要进门道一声:"老把头辛苦!"就算到家了。有吃的你就放量吃,有睡铺你就睡,狍皮褥子狍皮被暖得你赛过躺在自家的热炕头上。

如遇主人不在家,你从西边来,就把行囊放在门东边。瓦罐里有米,桦皮篓里有兽肉,你就自己动手煮饭熬菜,吃完把木碗放回原处,在地上画一个或用柴灰洒一个十字,指明你的去向,冬天穿乌拉就抖搂出一些乌拉草。吃饱喝足,分文不交扬长而去。主人回来非但不怪你,反而高兴地自言自语:"今天有客人来过了!"

进这种人家毫无拘束,只是说话少触人家伤心处。如问:"大爷家几口人?有老伴吧?"大爷会笑出眼泪告诉你:"有老伴!老在伴着我,屋里看不见,出门就看见了……"

影子相伴,身只影单,鸟兽为邻。离开人群又想人,痛恨人世的冰冷又用火烫的心肠待人,凭什么叫人家"狗子"!

多方求问无答案。倒是一位"老放山的"说出一点点道理:"人不一样,也有用完你就下口的,何必刨根问底呢!"

(1990年)

洗　碗

　　儿时最喜欢去的地方莫过于姥姥家的蓝旗屯。蓝的天，蓝的山，白木桌上还有一摞蓝边大碗。

　　白木桌是姥爷亲手做的，从未刷油，也刷不起油。但日久天长用水刷洗得木纹清楚洁白可爱。桌上的蓝边大碗也是早年关东乡下常用的那种价钱低廉的粗瓷碗，比那勾画几笔似兰非兰的兰花碗还要便宜些。但直到今天我仍认为姥姥家的蓝边大碗是天下最干净的碗。

　　因为姥姥总洗它。

　　饭后自然要洗它。奇怪的是有时用小瓦盆盛土豆顶饭吃，根本没动那一摞碗，姥姥依然在锅台上哗啦哗啦洗呀不停。

　　我起初不大注意这反常的举动。

　　我只记得姥姥熬的高粱米粥（当地叫秫米粥）最好喝！辽南的高粱可跟边外的不同，特别是那种黄壳高粱推出来的米真香啊！大米、小米、玉米都香，但都不如高粱米饭开锅时喷出的那股异香令人迷醉，至今仍在回味……

　　还记得一锅粥常用三种盛法。捞一碗最稠的给我，半稀半干的给姥爷，姥姥碗里只见三五米粒在米汤里游来游去。姥爷要拨给她一些稠的，她抱紧碗扭过身说："我拿针不费力气，不饿哩。"其实姥姥很累很累。姥爷扛活伤了力，只能为大户人家看看瓜地，赚不来多少粮米。全凭姥姥的一双巧手为人家浆洗被褥，缝制衣裳，特别是绣一些兜肚、枕顶、鞋面、门帘和苫被单等细活糊口。我常在荧荧的油灯下，看姥姥绣的鸟雀好像会叫,蝴蝶要飞,红艳艳的牡丹飘洒着香气。一针一线一针一线绣红了一双俊俏的眼睛,换来一升半升粮米倒进洁净的瓦罐里,但很少有倒满的时候。罐一见底就烀一小瓦盆土豆倭瓜当饭。

土豆倭瓜也好吃,但顿顿吃,一见瓦盆就口冒酸水。当然也有好处,那就是简便省事不必洗碗。谁料越在这时姥姥越洗那一摞没用过的碗,而且在锅台上哗啦哗啦洗得很响。

也恰在这时,常听邻居刘姥姥呼唤老张。

我们家乡年长者呼出嫁的妇女,嫁王家呼老王,嫁李家呼老李,姥爷姓张,姥姥自然也被呼作老张了。

刘姥姥在门外喊:"老张啊,吃了吗?又是烀土豆!"姥姥说:"刚喝完粥。"说罢把碗洗得更响。刘姥姥说:"还有小外孙子,我给你舀两瓢米来。"姥姥急忙谢绝:"刘嫂千万别费心!罐子里有米呢!"

刘姥姥走后我忙去搬看罐子。"姥姥,哪有米呀!"姥姥捂住我的嘴说:"刘姥姥家也不充裕,要替人家想想!"说完平静地把那本不必洗而又洗了又洗的蓝边大碗整整齐齐摆在白木桌上。

这样的场面我耳闻目睹不止一次。

哗啦,哗啦,那清脆的声响至今还常萦绕在我的耳际……

(1990 年)

瓜棚和狗

早年在姥爷的瓜棚交了一位狗朋友。

瓜棚火绳的蒿香迷人；姥爷在义和团使过的一杆扎枪寒光夺目；我更感兴趣的是一条狗，一条远近知名度很高的黄狗，人称大黄。

大黄跟姥爷多年。初见面它架子好大，不屑理我这脱开裆裤不久的男子汉；但也不惹我，或许看出我是姥爷的贵客。我百般表示友好，它却不卑不亢不声不响。后来不时替它搔痒，它才摇摇尾巴靠近了。总算在孤寂的瓜棚找到一个伙伴。

漆黑夜，天似锅底沉沉压在瓜棚上，伸手不见五指。我无意中触摸大黄的脊背，突然蹦出一片小火星，好像一朵礼花一闪灭了；又触摸，又一朵礼花一闪灭了。我骇异惊奇这光的出现，姥爷说是狗老毛硬的缘故。那火星确实给我增添了意外的乐趣；但听说大黄老了，又无端滋生几分酸楚。

在那月暗风紧的晚上，一个个躲在瓜叶下的西瓜，影影绰绰好似偷瓜贼探头探脑向瓜棚爬来。瓜叶沙沙响，我也索索抖，小拳紧握握不紧。只听大黄汪汪两声，厚重有力，亚赛两声沉雷，足可吼退千军万马，也吼大了我的胆量。

天气晴朗，大黄就帮我捕蝴蝶，捉蜻蜓。最有意思的是帮我翻动西瓜。

姥爷性情刚烈，看瓜极严。非自动爆裂的瓜绝不许动。三伏天口干冒火，也只得守着甜瓜喝那苦涩的井水。无奈，每日盼能发现裂瓜。我用手翻看，大黄帮我用爪拨弄。一次它在瓜上划了一道爪印，不料烈日一晒，瓜裂了。姥爷怀疑是我有意用指甲划破瓜皮才晒爆的，因当地淘气孩子都会使这绝招儿。他怒目圆睁斥我弄鬼，我挺胸瞪眼说他诬赖好人。大黄也一反顺从主人的常态狂叫不止。姥爷看我俩宁死不屈，竟留下西瓜走了。我一脚把瓜踢碎，这可急坏了大黄，仿佛明白我是代它受过，拱我哄我，跑前跑后围着我转。

我4岁丧父。父亲的周年忌日是在姥姥家过的。妈妈领我在瓜园旁的十字路口烧纸，还让我喊爸爸快来收钱。我怀疑那飞散的黑蝴蝶似的纸灰能当钱花。但妈妈的泪水滴得我心疼。她低声抽泣，两肩抖个不停。我扑她怀里也劝不好。多亏大黄赶来叼起妈妈的衣襟，又摇头，又摆尾，终于把妈妈拉回姥姥家。

在姥姥家度过一个欢乐的夏天，该回自家荒僻的东山沟了。我舍不得离开姥爷和姥姥，也舍不得离开大黄。

临别那天，细雨蒙蒙，路上飘来几片落叶。我强忍泪水不敢看大黄。因姥爷平生最烦悲悲泣泣，常教我做人要有小子骨头。我快步向前，大黄紧追不舍。侧目看它眼眶里也蓄着亮晶晶的一汪水，不知是泪水还是雨水。

翌年夏，又去姥姥家。直奔瓜棚，火绳长枪都在，唯不见大黄，连喊数声，无踪无影。姥爷领我到瓜园一角，指一小土坟说："大黄太累了，睡在这土窝里了。"我忙用双手扒土，忍不住的泪珠滚落在小坟头上。

从此我常与大黄安眠的土窝茕茕相对，呆坐好久好久。烈日过毒，就掐几片瓜叶为它遮阴……

（1990年）

坐横板凳的吹手

东北早年对"下九流"有一种说法："一修脚二剃头三流车把四抹油（梳头工），五流跟班六流丐，七娼八戏九吹手。"吹手是九流之末。

吹手，也叫吹鼓手。东北办红白喜事，为他们在大门外搭鼓乐棚。棚里放三条板凳。

右侧一条打鼓敲镲者坐；左侧坐着打大锣和敲铛铛的；唯正面横板凳上端坐上下手两位唢呐艺人。下手为副手，上手主奏，称他是"掌杠的"或"挑大梁的"。我的老友崔广林就是这样的唢呐高手。他出身于唢呐世家，9岁随父学艺，20岁后开始坐横板凳，名震松辽大野。

这条横板凳是热板凳，没有真功夫，烫得你坐不稳。崔广林吹、打、弹、拉、咔（咔戏）无所不能；红白喜事的迎亲出殡成套用曲无一不精；他还善用祝寿、接神、过彩礼、送牌匾、满月酒、盲人会、新房上梁、买卖开市、旱天求雨、年节秧歌以及遥祭先人的"望空"等种种活动的曲牌。

他吹唢呐，用口又用心。一重情，二重美，更重充分体现出情与美的高难技巧的苦练和创新。

听他的小唢呐，肩也想抖，腰也想扭，手脚捆都捆不住；听他的大唢呐，如泣如诉，撕心裂肺，使你感到这就是东北人浓烈的情感的流淌，这就是东北人的悲愤愁苦通过声音的体现。

体现需要技巧。大唢呐吹法平直，只能模仿几声哭泣。崔广林认为单纯模仿不是艺术。东北人大哭大泣，呜呜嗵嗵，也是既朴直又深厚的一种情感表现,要用新的吹奏技巧。他摸索磨炼多年,自创"舌气借音法",克服了唢呐高音区本位音直而且噪的弱点,使音色更美,特色更浓。被专家誉为唢呐技巧的新发展。乡亲称他是坐横板凳的"鼓乐王"。

这条横板凳又是冷板凳。

在旧社会,不论声名多高的唢呐名家,吃饭只能在大门外鼓乐棚坐冷板凳吃,不能进院内与客人同席;睡觉也只能在那传言闹鬼的地方,或在停尸的冷房里睡。美其名曰鼓乐艺人能避邪,其实是把鼓乐艺人当邪避,视作不可同桌同室的下九流中的下九流。据说科举制度风行时,吹鼓手的三代不准进考场。

我曾听说过有位远房舅舅"喇叭刘",也是坐一辈子横板凳的能人,却让两个儿子改学皮匠,怕没人给吹鼓手当媳妇。谁料儿子改行父亲未改,也没人同他吹鼓手结亲家。我那两位哥哥只得远到北大荒缝乌拉,才娶上两位"高价嫂嫂"。据说那时北大荒的彩礼要比南城贵重得多……

(1997年)

"捡板凳头"的姑娘

"捡板凳头",江湖用语。流浪艺人偶遇囊无分文的困境,除街头卖唱,还可到书场征得同意,当说书先生一拍醒木,说完一场书离开板凳时,流浪艺人立即上场捡他的板凳头,为听众唱一两个小段,讨几文小钱糊口。

30年代初,我三姨家住海城东北角北冈子贫民区。新搬来的邻居家有位小香姐。比我和三姨家小弟大两三岁,不过十四五岁。不算俊俏,只记得她有一双水汪汪的眼睛。

三姨说她也是苦命孩。妈是沈阳唱京戏的坤角,硬让北市场地头蛇霸占去了。小香爹一气之下到海城戏园拉胡琴挣口饭吃。发誓不许女儿再唱戏。

小香姐言语迟,手脚快,常帮三姨捡柴。还领小弟捡煤核儿,捡白菜帮儿……

一次,我居然见她在说书场"捡板凳头"。

那时我念小学。星期天常到火神庙街露天书场听《济公传》。那一天,说书先生说完最后一回书,拍案起身刚要走,忽见一位小姑娘,竟是小香姐,她冲到板凳前,向说书先生深施一礼,转身又向听众深鞠一躬:"叔叔大爷,我叫小香,爹爹病重,没钱抓药。我借说书爷爷这块宝地,唱一段《六月雪斩窦娥》。唱好了,帮我几文;唱不好算我孝敬叔叔大爷……"场内有人喊:"小姑娘,唱吧!"

我从未听她唱过一句,替她紧张得心提到喉咙,却见她不慌不忙,大大方方,理理鬓发,轻敲桌面,一张口声似银铃,场上立即静悄悄。我那时听不懂京戏,只感到她唱得悲悲切切。身旁一位大爷低声夸奖:"这丫头,行!石头心肠也让她唱软了。"又一位说:"不错,眼窝再深的人也能唱出眼泪……"

小香姐唱罢赢得满堂好。听众又点唱几段,纷纷向场上扔钱。小香姐频频道谢。人散了,她捡起钱,恭恭敬敬放桌上一些。又向说书先生施礼:"留给爷爷买壶茶。"

她刚走出书场,我喊一声小香姐,她大惊失色,忙叫我的小名:"千万千万别告诉我爹,爹知道'捡板凳头'唱戏讨钱买药,会气死的。"我第一次看见她水汪汪的眼睛里,真的汪着水……

又过几个月去看三姨,也想看看小香姐她爹的病。三姨说:"上个月她爹故去了。""小香姐呢?""她继父接到沈阳去了。"心想还算有人照应。

转眼过了两年。我和三姨家小弟经过海城东南角的荷花池。小弟遥指对岸城墙根的平康里(妓院街):"听说小香姐的后爹逼她唱戏,打死她也不唱。后来卖到那窑子里了。"我问是卖到对岸吗?他说不知卖到哪儿。

从此,每经过荷花池,都向对岸望望。远看有人像小香姐身影。小学生严禁走进平康里。又看不清她那双眼睛。

后来得知"七娼八戏九吹手"的说法,心想小香姐总算比唱戏的高了一流。

(1997年)

"大筐"活动

"大筐"是旧社会一种花子房的别名,是老弱病残的乞丐组织。

我小时候没听过"大筐"这个名称。但在姥姥家,在秋风扫落叶的季节,见过拎小铁桶的哑孩,比比画画要咸菜。我问为什么不要粮?姥姥指刘家大院:"要粮奔大户。"

奇怪,乞讨还分工!

50年代初，我采访二人转名艺人程喜发的回忆录。他15岁（1900年）在海龙参加过"大筐"。对我讲了那一段奇怪而苦涩的生活。

"大筐"有组织，也有分工。

他们平日住城镇。春秋两季下乡要粮。手拿刻字的小棒，名曰"顺子"。还有拿"吃米牌子"的，听说是知县所赐。拿它下乡乞讨，理直气壮，自称"奉旨要粮"。

"大筐"的东家叫筐头。要粮用的柳罐是他的。他外交官府，内掌"家门"——乞丐的行帮组织。遇没有家门的"黑筐"，他有权没收。要粮的分工，也由他指派。

落子头：领队要粮的小头目。他手拎柳罐斗，专奔大粮户。到有功名人家，离大门三尺放下柳罐；平常人家放在大门石礅旁。然后怪声喊道："东家！瘸老病瞎，要点吃粮！"给粮便罢，不给或少给，说得满嘴冒沫子，没完没了。这种人胆子也大，你说皇上要砍头，他把脖子伸过去。他的助手叫帮落子。

扇子：他手拿竹筒，说是范仲华留下的。落子头要不来粮，他就呜的一声哀叫："修好的老爷爷太太们哪……"随后用鞋底扇打肋条骨，给粮才住手。

舀子：一见粮户还不给粮，就用砖头啪啪打脑袋。也喊："快给点吧！快给点吧……"

破头：遇见一毛不拔的财主，破头最后上阵。用小刀砍破头，躺在大门前。财主怕出人命，不得不给。

相府：本是对江湖人的称呼。"大筐"里的盲人也叫相府。要粮时坐一旁喊嚷助威。

小落子：小孩肩挑小柳罐斗，专走小户人家要些咸菜大酱。程喜发就担任过这个职务。

吃米的：一些失明妇女，也跟大队下乡讨米吃。

随大队下乡的盲人之间，用小狗牵绳领路的叫"软杆"；用一两个好眼睛拉杆领路的叫"硬杆"。"硬杆"一喊"空！"盲人就都高抬脚，准知路上有坑。

要来的粮运到城镇，按等级劈份子。筐头得双份；落子头、扇子、舀子、破头等人得一份；小落子、吃米的得半份。

留些公份换衣穿。内穿蓝布衣，外套破衣衫，名叫"阴阳衣"。死后，放薄木棺内四个黑沙碗当作四个马蹄，又放一缕麻当作马尾，表示来世变站马报乡亲饭恩。站马是飞跑送信的驿马，最累了。

传说"大筐"是范丹留下的。当年孔子陈蔡被围，让颜回借来一座米山，一座面山。孔子说后世还粮。凡是贴春联的人家都可去要。不到奉教的回族人家。

程喜发说："民国初年，官府抓无业游民，逐渐取消了'大筐'。"

（1990年）

"二柜"规矩

旧社会，常见打竹板乞讨的人。走街串巷，口齿利落，不论多大的店铺，不给钱，他就见景生情唱不完，仿佛是天地不怕的好汉……一提"二柜"就服帖了。

"二柜"，一般的花子房，是和"大筐"管辖对象不同的又一个乞丐组织。

"二柜"管打呱嗒板儿的("吃竹林的")、打沙拉鸡的("说华相的")、打烟袋杆儿的("要黑条子的")、打饭碗儿的("碰瓷儿的")、打哈拉巴的("敲平鼓的")和打高粱秆儿的……都是靠唱乞讨的乞丐。

"二柜"也管"要的"(要饭的)。"要的"要法也不同。有"靠死扇的":这种人要饭,一不唱,二不哀叫,编造一些理由,如装作过路人缺少盘缠,或扮庄稼人,假托生养和治病需用百家肉、百家米;也有"靠活扇的":如过年挨门挨户送财神,到店铺念喜兴词的;还有一种叫"要冷饭砣的":只靠手拎讨饭罐,到大门口苦口哀求赏个一碗半碗……

"二柜"的头目,手拿黑皮鞭子,执行"王法"。随便打骂乞丐,打死怨你命短。外来的乞丐,不到"二柜"拜望,饭也要不成。

比如当地打呱嗒板儿的,见外来的正在打板说唱乞讨,也不上前搭话,先打一通呱嗒板儿,然后唱道:"竹板打,响叮当,我问相府(相府:江湖人尊称)奔哪方?"外来的如懂规矩,马上回答:"来得急,走得慌,一道柜上去拜望。"随后到"二柜"。一进屋门,双手擎着"褡子"(褡子:搭在肩上装钱物的袋子),急忙说:"众位相府,清褡子!"这是说我要的钱都在这褡子里,请众位清点。

"二柜"屋里的人也忙说:"相府请坐请坐!"外来人还要把讨来的钱掏出来数一数,嘴里说:"今天不错,见不少渣子(铜钱),还有飞虎子(纸币),大伙花吧!"屋里人说:"都有钱花。"然后把竹板和褡子挂在墙上,坐下来喝茶。柜上就开始盘问:

"相府从哪儿来？"

"称不起相府，经师晚，离师早，不过是个小跑（小跑：小跑江湖的，也是自谦之词）吧！"

"吃谁家的饭？"

回答我是某门某家（对家门的一种说法：丁、郭、范、高、齐五大家，外有韩三门），跑某某人的腿（指师父是谁），抱某某人的瓢把子（指师爷是谁）。

又盘问师父、师爷等情况，一一答对了，知道是门里人，分外亲热；答错了，留下你的竹板和褡子，让你搬师父去。有家门的人叫"跑里的"。"跑里"就得说理，如外来人没有家门，自己表白清楚，也会给你一碗饭吃。

（1990年）

（本文摘自拙著《二人转史料》第一辑）

谢大架子

暮年不忘童年事、童年人。

我有位姓谢的远房姑父，讲武堂毕业，清末民初曾在省政府供职。官不大，架子大，对上对下，一副冷面，从不低头顺脑，对洋人更甚。人称谢大架子。

他习武未成，书法却小有名。据说一个日本要人（可能是领事之类）祝寿，托人请他写一寿字，他说单单没练过这个字。后经老友说情，他在很长很长的立幅上写了一个很扁很扁的"寿"。洋人也很鬼很鬼，一眼看穿这是咒他寿短。

这类事他没少干。刚到不惑之年就告老还乡了，其实是被罢黜了。

官可罢，架子罢不了。还乡遇长辈还哼哈两声，见凡人不语，凡人对他也就敬而远之。谁料他常同我这七八岁蒙馆的学童闲聊。

记得他第一次到我家，我正在刻皮影人子。他拍拍我的头顶："私塾先生夸你能背半本《论语》，会讲吗？"我摇摇头；他又说："背给我听！"我头又摇了几摇。这可急坏了妈妈。谢大架子却说这小子不凡，日后常来交谈。

他走后，妈妈劈头盖脸赏我一顿笤帚疙瘩："你谢大姑父是念大书的人。你识几个字，比人家架子还大！"

其实我是嫌他闲谈占用我的宝贵时间。冬天误我踢毽扔坑，夏天误我小河凫水，特别是秋天误我上山采榛子下地捡大烟葫芦——割过浆的罂粟果实。

更可恼，他常板着冷脸贬斥我。

一次看我的大楷本，他说我不是写字是画字："笔是刀，不能画！"还有一次抓住我一篇作文："'天朗气清，惠风和畅'，这是抄王羲之《兰亭集序》的。接着你又写'天降大雨'，天朗气清哪来的雨！这不是作文这是抄，就算王羲之是你一家子，也该客气些！"你听他这话多损！

此后，见他进门我就想溜走，又见妈妈暗指炕头的笤帚疙瘩。只得正襟呆坐，听他这平素寡言少语的人，冲我怒目圆睁滔滔不断地讲那官场的黑暗、人心的不古。仿佛我就是"黑暗"和"不古"那一伙的。

他每来一次我就遭一场冰雹。

唯独他讲"介子推不言禄""蔺相如完璧归赵"等历史故事我喜欢听;讲家乡的风物传说我更洗耳恭听。他遥指高高老泊山上的磨刀石,讲述铁匠出身的彭大帅曾聚众在这块大石上磨刀。刀磨快了,石磨平了,洋人也被杀退了。只可惜彭大帅目不识丁,有勇无谋,终为内奸所害……讲到这里他指着我的鼻子问:"你说!关东这块宝地为什么出好汉还出汉奸?啊!为什么还出汉奸!"

后来,日本兵占领了海城。他回老家岫岩深山沟去了。他让大姑送给我一部读烂了的《史记》。大姑对妈妈说:"这个死大架子,不吃不喝天天骂鬼子,我端给他一碗粥,他倒我脖领子里了。"大姑又把我拉到怀里:"唉!这回像你这样说话的人,他也找不到了。"

不知为什么,我心好酸!往日怕他来说话,如今盼他来……可他再也没来过。

(1992年)

犟 死 牛

犟死牛,人比牛还犟。我就见过不少犟人。

辽南家乡有位"犟牛倌",眉眼莞尔,嘴不饶人。人言私塾老秀才天文地理无一不晓,他说天下不产这号人。

一日,"犟牛倌"登门求教,老秀才眼皮不撩,鼻腔哼出一个"讲"字。

"敢问秀才,什么米有孔?"

"这……"

"这就是说什么米芯有能穿过细线的小眼儿?"

"胡说!老朽用一辈子餐,阅一辈子卷,未闻未见这种怪米!"

"犟牛倌"不慌不忙从衣兜中掏出一把粳米,又从胸前拔下引上细线的绣花针,面对秀才,把粳米穿成一串,挂在私塾供奉孔老夫子的香炉上,扬长而去……

50年代初,我在蛟河县遇见一位"木匠",犟得别具一格。那时节刚刚成立供销社。有人说供销社的豆油不掺假,他说亘古以来没见过不掺假的豆油。说罢买二斤回家倒锅里熬。果然没熬出假来。从此,谁再说供销社的豆油有假,他脖粗脸红跟人犟:"你熬出假来我赔你油钱!"

最出众的是东丰一位"队长"。

那是"四人帮"横行的年代。一个春耕大忙季节的晚上,县里派人到"队长"这个生产队来讲战备课。说什么原子弹好厉害,一股烟儿,县城没影了;又一股烟儿,全县报销了……讲得社员心惊胆战脊背发麻。"队长"接过话茬:"县领导讲不少啦,我说点正经的吧。明天还得起早种地呀!其实,原子弹并不可怕,全世界一共四个,放了仨,响了俩,还臭了一个……"不必追究"犟队长"从何处得到这条关于原子弹的最新信息,反正他三言两语把县里同志两三个小时的长篇讲演抹得一干二净。

这样的队长在那年月是难得的批判对象。批判他的"唯生产力论",他说不生产喝西北风!勒令他深刻检查,他说检查深刻能不能顶饭！工作组拍案而起："不要认为缺你这个小队长地球就不转！""犟队长"淡淡一笑："转也慢！"

（1992年）

"豆腐先生"

儿时读私塾，先生姓窦，人称"豆腐先生"。这雅号的由来，或许因"窦""豆"同音；或许因他只收富家子弟的"束脩"财物，小户送"空"几块豆腐也就喜形于色；或许因他常用小葱拌豆腐下酒……

看他性体，硬邦邦，冷冰冰，真不像豆腐。不，倒真像冻豆腐，对学童也又冷又硬，只命你背诵，不给你讲解。那时，从《三字经》《千字文》到《论语》《孟子》，均是订得厚厚的手抄本。他一锥子扎下去，扎多少页让你背多少页，差几页就用戒尺打你几下手板。你若请他讲，他冷面一绷："讲？不懂人情世态，你能听懂！"初以为是狂话，后随年岁增长，感到这话也有几分理。

同读一部书，随着对人生更广泛地触撞，会有更深的领悟；同对人生，随着对书更多地涉猎，会有更新的发现。读书与读人不可分，有些名著含量重，更该反复读。

"豆腐先生"还有话："读书人满心物欲，书进不去。要像小葱拌豆腐，一青二白。"当年笑他三句话不离豆腐行。日后思量，头脑清净，内心无祟，有助于读透书，也有助于读透人。

（1993年）

狍　子　哥

早年，在故乡南城，心眼不多的人雅号不少。"傻狍子"独具特色。

狍子本鹿科动物。体轻，腿快，不如鹿潇洒，也无甚傻态。唯独飞跑时，偶闻音响，哪怕咳嗽一声，它便傻头傻脑止步观望，傻等那枪弹飞来。

我乡以"傻狍子"命名的不止一人，我就有两位"狍子哥"。

一位姓郑，手大脚大脸大。有人夸他力气大，他就抱起石磙游行，大汗淋淋，旁若无人。有人说给他保媒，他就请吃"驴打滚儿"。"驴打滚儿"乃关东有名的风味食品，蒸熟的黄米黏糕在豆面上打滚儿。"郑狍子哥"为媒人不晓滚了多少次，依然是光棍一条。真傻呢！

还有一位姓甄的"甄狍子哥"，他可不像真狍子。心眼比常人多，多似蜜蜂窝。他心灵，手更巧，放木匠、画匠、靴匠堆里，均高出一头，但也真办傻事。

我那私塾先生，专穿"甄狍子哥"缝制的"蹚头马"——内衬毡袜的高靿儿革靴。逢人便夸"甄狍子哥"是"关东头名巧手"。后听人言，头名巧手出在北荒张家湾，就是今日的吉林德惠。"甄狍子哥"扔下正赚大钱的靴铺，直奔张家湾投师学艺。苦修三年，出徒后又苦干三年。"甄狍子蹚头马"非但张家湾无人敢比，从关外一直红到关里。他长长出口气，又把更赚大钱的靴铺扔给师父，打道还乡了。

我这位"狍子哥"，会赚钱，不会攒钱，更不会花钱。左盘右算,光棍还乡不体面。罄其腰中余款娶一位"高价大嫂"。那年月,北荒姑娘确实比南城金贵。"北荒娶一个,南城娶一桌",一桌不坐八位,至少也坐四个。"狍子哥"不算这笔账。他让北荒大嫂换上花袄,回南城四出拜见乡亲父老,仿佛巡回展览他这"北伐"唯一的辉煌战果。

返乡后,捡起锛刨斧锯,不盖大宅,不修大庙,专做小小马机。马机是一种小矮凳。原是宫中用品,也叫金机。据说机面上,皇上用,就画龙;皇娘用,就画凤。"狍子哥"不画那些稀罕物,画蝙蝠祝你多福;画寿桃祝你多寿;画鲶鱼祝你年年有余……更绝的是马机多用红油打底儿,而他独创一种酷暑三伏专用的马机,淡青地上画雪花,望一眼起凉风,坐上更消汗,上市就疯抢。

"甄狍子哥"的马机,好看,结实。他总是进山自选色木、楸子等上好木料。做工更精细。榫头卯眼严丝合缝,不许差一发梢。扬言加楔劈柴烧。唯有一个加过薄楔的想留自家用,不料让北荒大嫂卖出。"狍子哥"平素对她低眉顺目,此番目瞪如牛。选一最好的马机,拎起磨快的斧头,东寻西找,总算找到那位买主。"狍子哥"当众施礼道歉,奉上那最好的,摔了那加楔的,摔不坏,用斧劈。劈得买主和围观众人咂嘴,跳脚,心疼。

从此,风传"甄狍子马机",真有股傻劲,抗坐,抗摔,抗劈。

(1994年)

霜　叶

一夜风雪冻秃了枝头，偏留几片霜叶，盯着你，冷冷的。陡然忆起那几副冷冷的面孔。

40年代初，我读书靠同族叔叔接济，学费却从不亲交我手，每次必经他独生子我呼小哥的转递。我守在他家客厅茶几旁，等小哥睁开眼，净过面，放下喝奶的碗，推开烧鸦片烟的灯，趿着鞋的脚步声近了，近了，学费扔茶几上，又远了，远了……我眼织泪网，从不看他冷若霜叶的脸。每次都决心不再守这茶几，又每次都舍不得向那书桌告别。

长大后，恨自己计较人家脸色。肯接济你，足够了，还乞求什么！

1966年，我正为吉剧写戏，一夜成神——牛鬼蛇神。最难堪的，还不是丢开笔墨操起清扫厕所的笤帚拖布，而是怕看同志们的面孔。往日那亲切的统统变成冷漠的，且统统扭过头去。唯在四顾无人时，有偷偷来嘱咐我别过累的，有偷偷来帮助我倒污水的……我悟到，原来是不忍看我，不敢看我。不屑看我的也许有，极少极少。人啊，多好！

我又恨自己到这种地步，仍有闲心看重他人脸面，实则看重自己脸面。这或许是读书人的一种病。纵非通病，患者也非我一人。

我有一位老友，同是一位老首长的老部下。十年的浩劫中，他比我更惨。拖着病体插队到穷山沟，苦熬岁月。眼望下放改造的一一回城了，单单把他扔在那冷屋凉炕上。走投无路，有人劝他去叩恢复领导工作的老首长的门。他如见亲人,倾诉困窘。不料换来老首长冷冷的教训:"回去好好改造自己,安排是组织的事。"他同样不敢看那霜叶般的脸。出门来,泪如雨了。过几日,突然接到回城的通知,心想早知如此,何苦去看那老首长的冷面。后来听说正是那位"冷面"特地去帮他走出困境,他又泪成河了。

其实,老首长一向少笑容。出差错,冷冷批评你;有成绩,冷冷告诫你,不过是大海一滴。倒是在酝酿批判我"右派罪行"时,听说他挺身而出:"这人写过那么多流传的歌,背行李深入那么多乡村,走访过那么多民间艺人。艺术上,我看他是'左派'!"

忆往昔,看过那么多面孔,察言观色费过那么多心神,无用,无聊。何况面冷的心未必都冷,面热的心未必都热……

(1994年)

登　山

"8·15"这一天,想起50年前一件事。

日本投降的消息传到家乡海城古镇。我扔下碗筷向火车站跑去。这日本人聚居的地方,依然飘散着日本生鱼的气味。高挂在宪兵队门前的日本旗确实不见了,仿佛从我心头揭下一张大膏药。生来第一次这样痛快!呼吸自由,行走自在……

突然,林氏医院跳出小林大夫,紧紧抱住我,高喊埋在我心里好久的一句话:"我是中国人!"

小林是我的小学同学。

我10岁,从山沟私塾转到海城小学。小林也从车站日本小学转到同一班级。老师把这一土一洋安排同桌，倒也和平共处。同班还有几十双盯着我俩的小眼睛：侧视者有之，鄙视者有之，对小林更有敌视者。

我虽有土气，好在来自本土。小林却从日本学校来，他父亲又在车站一带开医院，他本人说中国话舌根发硬……看来不像同类。那时中国孩子对日本孩子印象极坏。我们到车站看火车呼哧呼哧喘气，他们骂我们"五月蝇"。"五月蝇"是日本汉字，译成汉语就是"讨厌"的意思。我们总想有一天，这些五月的日本小苍蝇飞到我们地盘，狠狠拍它一顿。因此对身份不明的小林心存芥蒂。

小林受不了冷视和孤寂，节假日只能到我家走走。他说他祖父是海城牛庄人。父亲留日学医，同日本母亲结婚。生下他以后回国在家乡开医院。小林喜欢我家的高粱米面牛舌饼。门上的门神，墙上的福字，他摸了又摸……

过了一段沉闷的日子，小林的汉语流利多了。他人又实在，小同学对他的冷眼转暖了，小林脸上也开晴了。谁料学校决定九九重阳举行亮甲山登山比赛，小林脸上又飘来一片阴云。

亮甲山传说是唐王李世民东征时晾过铠甲的地方。日俄战争后又有新传说。亮甲山不高，非中国人爬不上去。当年日俄军官都想到山顶威风威风。爬到山腰大皮鞋齐刷刷开线掉底，狼牙锯齿般的山石扎烂他们的脚，哭爹喊娘滚下山去……这传说小林也知道。小同学又窃窃私语，到时要看小林的鞋底。

重阳那一天，列队到山下。一声哨响，蜂拥而上。环视左右，不见小林。抬头望，他已冲上山顶。我忙赶上去，他抱住我，含泪喊道："我爬到山顶了！"按传说，可证明他是中国人了。但那时不能公开喊出口。日本的奴化教育，妄图在东北人心中抹掉"中国"二字，只许说满洲人，不准说中国人。小同学们也在心里承认他是自己人了。围看他完好的鞋底，纷纷送给他馒头、糖饼、山里红……

归途上，夕阳抹红小林那张幸福的脸，他悄悄对我说："昨天我试爬过一回了。还跌了一跤。"他笑吟吟挽起裤腿，我见他膝盖擦破一片，不由眼睛湿了……

（1995年）

关东"吉卜赛人"

题　记

我说的关东，不是"斗鸡过渭北，走马向关东"那函谷关东漫瀚的地方；是指山海关外这茫茫黑土地，莽莽黑森林。

我说的"吉卜赛人"，也不是原住印度又流浪到东西欧、南北美甚至澳大利亚等地那奇特的种族；是指同吉卜赛人有类似处的东北"二人转"艺人。他们也四处游荡，也能歌善舞，也有自己成套的禁忌规章，也有既豪放又狡黠的性格，也有被贱视受摧残血泪凝结的历史。

我儿时就跟着他们转，山前转到山后。图热闹不惜冻伤了脚跟。成人后在大学又选了"二人转"这个研究题目。依然跟着他们转，从吉林、辽宁、黑龙江，转到河北的承德、内蒙古的哲里木盟……我发现这些在台上尽情地把人间欢乐送给穷苦兄弟的民间艺术家，在台下度着受尽白眼嘲骂的凄苦岁月。

我一生有不少朋友，最想念的是这些被目为"下九流"的艺人朋友。你把心掏给他，他就把心掏给你，那心秤砣般的实，火炉般的烫。

如今我已年过花甲，他们有些已早我而去了。有的临终嘱咐徒弟把从未外传的唱段寄给我；有的把珍藏一生的《穷人论》传给我；有的把汗水浸红的竹板留给我；有的咽气前拍着胸口说："还有好些没记完哪……"有的健在，成了常牵挂我的人。

我也常在寂静的夜，寂静的书房，耳边响起山野的锣鼓，眼前闪现出那些身怀绝技漂泊游荡的江湖朋友的面孔。我唯有秃笔一支，还可为他们描画模糊的影像，对当今后世恐无大用，对我则是一种莫大的宽慰。

"总算有点色"

50年代初的一个大雪天，我乘雪橇去追艺名"大滑稽"的刘士德小班。追到榆树新立村，刘士德俯身轻声："多亏县里来电话说有位大学老师要来看我们，才恩准只演一场。"

当日夜，八面来风的大空房子塞满了人。昏黄的灯，蛤蟆烟的雾，毫未影响名艺人"金蝴蝶"的唱、"粉白桃"的舞、"大滑稽"机智幽默的说口。场内情绪热得要炸，忘记了场外正在飞卷着铺天盖地的冒烟雪。

散场后，我辞谢了区政府为我安排的食宿，同艺人一起回到他们的"下处"。

"下处"是艺人临时安身的处所。一座和花子房相差无几的村镇小店，南北两铺大炕，炕席破碎，尘土飞扬。刘士德打扫一角，捧出乡亲送来的烧土豆、黄瓜种、苞米面饼子、腌辣椒。一灯如豆，边吃边谈，直到纸窗透亮。

谈得最多的是乡亲对二人转的深情。

有一年，刘士德小班流荡到闵家屯。财主不许站脚。一位人称大老王的烈性汉子大手一挥："到我家门前去唱！"众人也要凑钱挽留。刘士德鞠躬道谢："诸位厚爱江湖人，只求不空肚腹，想听几天就唱几天！"

当晚到大老王家化妆。只见衣不遮体的大嫂躲在五个光腚娃娃背后。光秃秃土炕上，除了一床破旧麻花被别无所有。这一夜，唱手们眼中汪着泪笑里藏着悲，为使乡亲取得片刻的欢乐，情愿倒出一腔血。卸装后，大老王不知从哪儿淘换来一壶酒，眼望那孩子们五双饥渴的小眼睛，这酒谁能咽下去！

唱到五天头，不见老王影。直到月上梢头，他夹着卖完粮的空口袋赶回来："诸位老板受累了，这点钱不算钱，买包茶喝吧！"艺人百般不受。大老王跺足捶胸："你们瞧得起穷兄弟，一文不拿，我心能忍吗！"说罢两眼湿了，刘士德接过钱也湿了两眼。后来，上街买来棉花、被面和被里，硬放在王家。大小七八口，单靠那床破被怎过冬！

第二天大老王送出二十里，分手时一步一回头……

刘士德长出一口气："是真亲！他们不小看我们的艺，也不小看我们的人，小看的是我们这一行。大老王那样亲，如果他有亲人同艺人结亲，也未必赞成。这难怪，连亲生骨肉感到家里出一个唱二人转的都低人一等。我们常常过家门不入，托人偷偷捎回几个钱。"

"金蝴蝶"含笑说道:"旧社会艺人不算人。土改时对咱还真不错,贫雇农戴红布条,中农戴黄布条,地主戴白布条。江湖人戴哪个也不适宜,后来扯个花布条戴上了,总算有点色!"

翌日送别,他们也一步一回头,也不知他们在哪里落脚!眼望那小小的流浪队伍渐渐消失在白茫茫的风雪里,耳边回旋着:"总算有点色……"

(1992年)

"金不换"逸事

俗话说"尼姑奔庵,江湖奔班"。不论南城北荒江东河西的唱手,一旦腹空囊罄,凭一副竹板,奔二人转小班,进门道一声辛苦,就同吃一桌饭,同睡一铺炕,临别还拿盘缠钱。

唯有一宗:要归"江湖道"。

"江湖道"有些怪诞的禁忌:比如不许直说狐、狼、蛇、虎、刺猬、老鼠等所谓"八大家"。非说不可,说狐须加"三爷",说老鼠要称"灰八爷"。

"江湖道"也有使人务正的。

不许"夜不归宿";不许"飞眼挑逗";不许"昼夜不分",卸装后留红嘴唇作风不正;不许"抠斗瓦相",占外行"老斗"和内行"相府"的便宜;不许"外掰鸡儿",在台上令对方难堪;不许"妨彩头",故作藐视同行的过火或反常动作……还有好多个"不许"。

一次，江东名唱手"金不换"奔杨德山班。道过辛苦，老师父递烟倒茶。小的们喊喊喳喳：

"看这位两条一撅就折的仙鹤腿！"

"看那张三天摸不到头的骡马脸！"

"他还要包头唱女的，吓死几口谁偿命！"

"金不换"听在耳里，声色不动。晚上照例要让客人唱一出，请他压轴他不压；小的们摇头亚赛拨浪鼓："还是让陈海楼叔压吧！"陈海楼正红得发紫，瞟一眼"金不换"张嘴就说："谁压都行啊！"毫不客气。

众人化妆，"金不换"不化。头一出开唱了，"金不换"三抹两抹化完妆。大家一看险些掉魂：只画一道眉，点红上嘴唇，裙子扎在两肋上，下露半截腿。蹲在墙角，眼皮不撩，吧嗒吧嗒抽旱烟。

临到他上场，举手抹上那道眉，又点红下嘴唇，一亮相似笑不笑引人喜欢；身量高，一斜身裙子沾地不显高，苗条条好似岸边柳；等他一张口，声像铜铃，又亮又脆又甜，字字入耳。唱得观众目瞪口呆，木雕泥塑一般。一出不讨好的小段，讨来满堂叫不完的好声。陈海楼才知眼皮太浅不识泰山，他压轴也压不住了。

散场后吃罢夜饭。杨德山让小的去睡，老的过来陪陪客，沏上一壶茶。他对"金不换"说："你也是有门有户的唱手，今晚这样做对得起你师父吗！""金不换"忙认错："我冒失，对不住老前辈和众弟兄！"原来"金不换"的过失就叫"妨彩头"。

纵然班里有人冷待他，也不该画一道眉毛半拉嘴，头次上台就毫不留情地压倒同行。

从此，气粗骨峭的"金不换"处处留心。评他比陈海楼多分一厘，他执意不受："这一厘算我的赔礼钱，给小的们买菜吃吧！"

我一生接触的艺人，形形色色。有真本领的讲究"艺保戏，德保人"，在台上红得天崩地裂，在台下不声不响如普通百姓一样。

（1992年）

江湖怕走

名丑程喜发，艺名"程傻子"。50年代请进大学门，朝夕相处十五载。我们采录他口述的民间艺术资料，不下几百万字，还远未录尽。

我问他，为什么知道这样多？

他回答四个字："江湖怕走"。

他解释道："江湖人一走，多见高手，多开艺门，多学本领。都叫我傻子，其实，有麻雀的地方就饿不死艺人，不走才傻哩！"

可见怕走，不是怕走坎坷路。"程傻子"走村串屯当散步。三月雪消，有人沿乡道奔大屯唱"春场子"；程傻子领班奔种鸦片的安图唱"大烟市"。那里名唱手多，不教还可偷艺。当然也是奔钱去。不怕那棘地荆天，蹚不完烂泥过膝的红眼蛤塘。裹腿备两副，一副蹚湿了搭在背行李的"背夹子"上，边走边晒；晒干了再换那副又湿了的。天黑风硬，前无村，后无店，披着露水过夜，照样鼾声比雷响。

"唱大烟市"，怪有趣儿。化妆的时候，小河沟当洗脸盆，镜子挂在小树上。点燃松树明子照亮，招来成团的蚊虻看热闹。艺人转，蚊虻也跟着转，边唱边打，还要打在节拍板头上。

从安图回返，腰中有钱，添些麻烦。走大路怕歹人拦劫，只好翻越人迹罕见的荒岭。喝的是狍皮口袋装满的水，吃的是背上的炒面和"盐洗蘑"。"盐洗蘑"可是一宝，蘑菇丁拌咸盐，蒸熟了再晒干，吞下去喝些水就在肚子里发酵起沫子，耐饥顶饱。

走路眼要勤，见踩折的草叶发黄，人过两三天可放心上路；踩折的草印黑得像熟韭菜，说明前人不远，千万慢动身。头两天钻进不见天日的老林子，万幸没撞见狼虫土豹子。

走到四天头，忽见草印发黑，"程傻子"忙把众人聚到大树下："歇歇再走，那草好像有人刚踩过……"话音未落，树顶上哈哈大笑："你还真内行！"跳下一个持枪的土匪："安图来？饱财呀！""程傻子"忙道辛苦："都有花的呗！"那人注视半响："我下山打探，看过你傻子的戏。算了吧！唱两出放你们下山。"

给他们唱心蹦胆战，冒出一句犯忌的话，就可能赏你一粒子弹。"程傻子"上场沉得住气："绿林好汉乃国公之后，唱玩意儿的是命薄心粗之人，言语不周，请多担待！"接着他出傻相、冒傻话——尽是顺耳的拜年嗑，欢蹦乱跳闯过了这一关。

难挨的是日伪警察特务的打骂凌辱。

走，不光用脚，还要用脑。何年何月何日走过何处，艺人要像背唱词那样背熟这些干巴巴的数字。不然，抽你一顿马鞭皮带，诬赖你是逃犯土匪，无处去找证人。

"程傻子"一看东边唱饭难吃了，就往西走。孤零零的小班游荡在百里不见人烟的荒野大漠。身背盐粮雨布，带家口的，小驴驮着妻儿和锅碗瓢盆。饿极了埋锅造饭，困极了碱土上搭个油布小棚，就地安家。遇有小店的村屯，住进那三间破平房，如同住进今日的三星宾馆。唱好了才给你找住处，也不过是露天的棚，漏洞的炕，扔上一领破炕席算是破格接待了。

这怪不得西边的人冷，那年月越往西走越穷。"高粱面糊"是好饭，不少老乡吞野菜。这地方也有麻雀，饿得蔫头耷脑只剩羽毛骨架一层皮。"程傻子"一看真傻了。偏在这时节，日本鬼子又搞"国势调查"，听说坐在飞机上也要登记落户口。"程傻子"挥泪散了班："上天入地无处藏身了，大家自谋生路吧！"他自己铁了心要到圣佛庙去出家当和尚，没想到当和尚也要找保人。人生地不熟，唱二人转的谁敢保！无奈还得靠竹板讨饭吃，还得走……

嗣后，"程傻子"回想这一段走，也不后悔。毕竟学会了西边的《鸳鸯嫁老雕》等东边没有的曲目和"靠山调"等曲牌，还了解了这一方特有的风土人情。

（1992 年）

"紫茄子"的乐趣

1955 年的一天，飘飘霜叶送我到一家山城茶社。推门见一位紫糖脸的白发老汉正在清扫场地。初以为他是茶社工友，后来才知也是唱了多半辈子二人转丑角的老艺人，艺名"紫茄子"。

平时他看门守夜，劈柴烧水，扫地擦桌凳，手脚不识闲。偶遇场上人手不足，让他顶替一角，换上丑裇彩裤真像小孩过新年换新衣那样欢喜。照实说，他技艺平常，反响平淡，自己却感觉甚好，常挂脸上的那双笑眼眯成一线。班里顽皮小青年竖起拇指逗他："茄子叔是这个，嘴皮子硬！"他说："是吗，叔叔请你吃包子。"小青年们用这种手段不知吃了他多少包子！还对我说："您若夸他一句，准给您摆桌席！"

听这样捉弄他的故事心中酸楚。总想同这位可怜大叔说说话。可是他看我日夜忙着记录唱段，就不停地斟茶倒水，从不插言。一次见我感冒就捧来滚烫的姜汤。我握住他老树枝般的大手道谢，他断断续续说："你教大书，肯到这地方……我慢待了。"说罢让我趁热快喝，转身又去烧水。

一夜，冷风敲窗，灯影摇摇。空荡荡的茶社，他孤身一人凝视着空荡荡的舞台，时而用手拍板，时而会心微笑……小青年告诉我："茄子叔又看戏了。""看什么戏？""看他死去的老伴唱戏。"说得我毛骨悚然。

原来他出自农家，粗手大脚种地巧，粗咙大嗓唱戏笨。他妻子音声姿容却像水灵灵的樱桃，观众送号"樱桃红"。在乡下唱红了就领"紫茄子"到这山城茶社唱；在这茶社又红得发紫就扔下"紫茄子"到大城市搭班，后来吐血死在沈阳。

在"紫茄子"心中，"樱桃红"依然红在这舞台上。逢年过节，他都摆上两双筷，斟上两盅酒，陪坐到天明。转眼陪了十多年陪白了鬓发。兄弟接他回家过年,过不到正月初六就又跑回来了。

我将离开茶社的前夜,买些酒菜同他话别:"大叔年纪大了,还是回家团聚好。"他猛搁一口酒:"家里房舍宽敞,兄弟待我也真心实意。可一到晚上,一没声,二没色,眼望黑漆漆的房笆难合眼。全家大小又不懂规矩,壶嘴冲着你哗哗倒茶,说话更刺耳,睁开眼就'亮子'不离口,'亮子'是梦,艺人忌讳这个字。孩子们抓住'灰八爷'(就是老鼠),扔到泔水缸里硬逼'八爷'凫水……唉!我一天也待不了,更孤单,没乐趣!"我只得为他斟酒,无言答对了。

临别时,他送我一程又一程:"别惦记我,江湖人讲义气,不上台也照样劈我半拉份儿。只求茶社不赶我走,情愿白干活,白干到最后一口气……"相处一个月,头一次见他笑眼里汪着泪水。

后来,听说他果然遂了心愿,在茶社离开人世。临终前让大开房门:"我要唱两句……"哼呀两声,笑眯眯闭上双目。

(1992年)

卖　血

金镶珠,二人转一代名伶,故去近三十年了。

1957年我到舒兰县城,住在剧场附近一个小小夫妻客店里。女店主听说我来采访金镶珠,炕烧得格外热,茶沏得格外浓。她说金镶珠男扮女装,真把女人臊没颜色了!那腰也就这么一把掐……男店主乜斜她一眼:"人家人品最正,不近酒色。只是烟瘾重些，好吸'哈德门'。"

我到剧场，门前戏报上没有金镶珠的戏，地方戏队长说他病了，高烧不退。领我到宿舍看他，好一个清瘦的中年汉子，真像元代理学家胡祗遹评说艺人那样"举止娴雅，无尘俗态"。他言语极少，只是一遍又一遍为我刷洗茶杯。我拿出特意买的"哈德门"香烟，他拱手谢道："烟戒了，多活几天，为乡亲多唱几出。"说罢干咳不止。我忙告辞："等老师康复再来请教。"

谁料晚场戏最后一出，他竟登台唱《寒江》。我忙问队长为什么让他带病唱这出吃力的戏，队长说："您不了解他的性体，您远道来看他，不让他唱，病会加重的。"

我平生第一次这样揪着心看戏。看他那扮相，女店主的赞美不足十之一；那嗓音好像山泉流出来的清凉水；字如珠落玉盘，板似刀切冬瓜，快而不乱，慢而不断。观众眼里他在台上轻松飘逸毫不费力，而我深知有功夫的艺人就是这样暗自用力不让观众觉察。其实正如艺谚所说，"唱戏全凭一腔血"。

打住戏我忙到后台看望他："老师辛苦了！"他笑着抹一把额头上的汗水："看，出透汗病见轻了。"他看出我过意不去，忙安慰我说："也就是今天吧，有点小病还让我休息。旧社会，晚上化完妆，在场上像眼光娘娘似的并排坐着供人挑选。点谁谁唱，不点你就白压一宿板凳，当然也照例分钱。有一次一连点我唱三出，过半夜还点我唱，只觉胸口发热，一张嘴冒出一口血来。善心的老爷送我几粒鸦片烟药丸，吞下去接着唱，直到公鸡张嘴才让我住嘴。唉！吃的是张口饭嘛，不得不卖……"卖字没说完又干咳不止。

事过几十年了,每想起金镶珠老师那个"卖"后没说出字的凄冷微弱的拖腔,我心就又揪起来。

(1992年)

大匠"兰芝"

50年代初,我到沈阳一家茶社调查二人转。前三出尽是著名的女艺人演唱,掌声险些鼓破屋顶;偏让壮汉栾继承男扮女角唱压台戏《包公赔情》。这台他压得住吗?

栾继承,艺名筱兰芝。一出场扮相身形出众,镶白边的黑裙黑袄也不凡,张口开唱,嗓音嘶哑,大失所望,只怕观众算我在内剩不下几位了。谁料他越唱声越响,气越足,情越浓,味越厚,唯恐他唱得太短听不够。

我终于发现一位真正的高手!

卸装后,我赞赏他那"一身素"的戏装:"唱喜的不怕艳,苦戏还是素扮好。"他凝视我好久:"我遇见真正知我心的人了!"

后来他到辽源唱,我趁暑假也追到辽源看他一个月。每演完一场他都说:"我又美了一回!"他确实注重美,哪怕不慎手帕落地,也选用最美的姿态拾起。论唱,他主张大声大气沁人心脾,有时又柔声细语,若有若无;讲舞,他喜欢大拧大撇惊人双目,但抖肩抻袖,又如细丝轻牵,似动非动,更加动人。"大中见小","粗中有细"是他的审美观念。心里美才唱得美,我对他说:"原来你是用心唱啊!"他又凝视我好久:"啊——你原来是用心听!"

我离辽源那日,他外出未归,我以为见不到他了。谁料刚出旅社,他跑得热汗淋淋硬把我拉进一家饭庄,手指那满桌菜肴:"我知道你吃过饭了,也知道离火车开动不到1小时了,悔恨回来太晚,只求你用筷子戳一戳每一盘菜,你走后我也好唱完今晚的戏……"

此后,每次相逢都长谈不止。他关于艺术表演的零言碎语大多是民间艺术家心血的结晶,是我在中外书刊中搜寻不到的朴野的艺谚,给我很多启示。

摊开我们交往四十年几经沧桑的历史,急风暴雨断不了我们的牵念,荣辱升降变不了我们的信任。当宣布我是牛鬼蛇神后,他说我是人中的好人;当人言我显达高就了,他说我依然是平民。

忆当年初相识,满头青丝,如今都残了双鬓。我担心他饮酒过量,他担心我劳累忒甚。一次来探视我的病,又凝视我好久好久:"你可不能比我先走!你让我到哪儿找你去……"

常言说:"浇花浇根。"友谊也需培育,根在心上。

(1991年)

"小骆驼"打败"小骆驼"

二人转名丑"小骆驼",名震关东大地。平素他身披撅腚开花袄,饿毛饿翅,不值一看。一登台,不是他了,龙睁虎眼不饶人。快唱如刀切白菜;慢唱似云绕青空;唱喜的,乐你个倒仰;唱悲的,哭肿你的眼睛。他心雄骨鲠脾气大,有人总想扳倒他。

一年秋,名唱手"小黑翠",追星赶月来会"小骆驼"。艺人叫"打对光",也就是对手赛。这一夜,天高月小,点燃松树明子当灯。两位高手对唱全本《盘道》,这可是吓人打人折磨人的大唱。一问一答一两千句,人情世态,天文地理,鸟兽虫鱼,无所不问,有问必答,答不上就下不来台。这二位开唱之前先斗口:

"小黑翠":"你访听访听,江东河西,谁瞄着我不头晕!"

"小骆驼":"你哨听哨听,南城北荒,谁闻着我不打喷嚏!"

"小黑翠":"你盘倒我,另投师。"

"小骆驼":"你盘栽我,师娘教的。"

说僵了,叨着唱;一不逗,二不浪;一个叉腰,一个抱膀;你盘一篇,我对一篇,一盘一对一个多时辰。班里艺人大气不出,台下观众眼珠不转,仿佛看公鸡叨架。叨来叨去,"小黑翠"淌了汗,领班的解了围,气得"小骆驼"撅了烟袋杆儿。他明知台上压倒同行叫"外掰鸡儿",有违"江湖道"。秉性难改呢,宁把满兜银钱掏给你,身上新衣扒给你,台上决不输给你。平时你贬他,咒他,耍笑他,眼皮不撩;小觑他的艺,眼珠要冒。他艺高气豪,走一方,艺人遭一场冰雹。

艺谚说:"有没有,往东走。"这是说有没有真本事,往吉林江东走一走。特别是夹皮沟金矿,唱好了赏金砂,财路也是艺路,自然会引来各路名家。有人传话给"小骆驼":"夹皮沟,摆擂台,不是高手你别来!"

"小骆驼"偏要来,开场锣鼓敲得响。台下看,一场冷,二场凉，三场更平常。四出"小骆驼"亮出百发百中的《大西厢》，谁料拿手戏没拿住当地老乡，稀稀拉拉拍了几巴掌。这轻轻几巴掌，重重拍在"小骆驼"的脸上、心上。回到住处，头蒙大被。二日清晨，把不离手的大茶缸摔碎，破门出走。

门外大雪横空，众弟兄留不住，撕扒掉他一只棉鞋依然拔腿跑。边跑边喊道："我'小骆驼'眼皮浅，寻师访友再来孝敬江东父老。"说完甩掉另一只棉鞋，穿着破棉袜冲进风雪里，冲进铺天盖地的北风烟雪里……

（1993年）

唱手的耳目

二人转唱手，吃张口饭，自然靠口的功夫。但无耳目相助，难免唱出病，甚至唱丢了命。名唱手"金镶玉"，常讲跟师父夜闯黄松甸子的故事。

黄松甸子黑莽莽，左转是树，右转也是树，转得口干舌燥挪不动步，总算碰见一座树皮搭成的窝棚。窝棚里栖息七八条大汉，捧出大碗烧酒，大盘狍肉，管够。为首的黑大汉冲师父说："江湖江洋隔道江，有缘相聚乐一场吧！"不听那哼哼呀呀的《大西厢》，专点好汉伍子胥遇见马国母的《禅宇寺》。黑大汉手插腰里，侧耳细听。

"金镶玉"唱道：

马国母流落禅宇寺，

只落得僧不僧来尼不尼。
昨晚偶得一场梦，
又怕又惊又猜疑。
梦见乌鸦拦头叫，
不知是凶还是吉？
城外肥猪城里赶，
个顶个是送死的……

"送死的"三个字刚要出口，师父抢过去唱：个顶个是活命的。

那黑大汉哈哈大笑，拇指一竖："我就等你这仨字儿呢，够江湖！"说罢扔三块银圆。师父出满头冷汗。原来这是土匪窝，最忌"死"字。也只有在"起局"——开始歃血盟誓时允许说死，比如说我犯了规矩不得好死，枪打死，炮轰死，水呛死，饭噎死……此外决不许说。非说死不可，就说"睡了"或"倒了"。

"金镶玉"纳闷，看他们貌不惊人，师父怎知是绿林？师父说，进窝棚，眼一扫，一没有"索拨棍"，不是挖参人；二没有开山镐，不是隐遁山林的"洞狗子"；三听那黑大汉张口"江湖江洋隔道江"，自命江洋大盗，手插腰里，枪不离手。单等你"死"字出口，不废你的命，吓掉你的魂……

从此，"金镶玉"唱屯场，唱木帮，唱矿山，唱兵营，唱大车店，唱网房子……不论唱到哪儿，都牢记紧睁眼，慢张口，眼观六路，耳听八方。见台下有"走神儿的""打盹儿的"，就改腔换调，时时碰乡亲的心坎子；见台下有"皱眉的""咧嘴的",就检点话语,别冲了他们的肺管子。当然,该冲的,也敢冲,冲了还让你挑不出病。

有一回,师徒在大粮户唱。一眼望见大斗进小斗出的土豪"万人骂"坐台下,他文明棍粗,个子大。师徒有气说上口了。师父说:"长白山有棵大松树,千八百人手拉手都抱不住。可没有我小舅子的打狗棒粗!"徒弟问:"那你小舅子个子有多大?"师父说:"他总坐着,站起来怕把云彩碰散花了!可就是脑袋太小,没有蒜头大。"徒弟问:"怎那么小?"师父说:"他心狠手辣,大斗进,小斗出,算计穷哥们把脑袋累蔫巴了!"众乡亲开怀大笑,"万人骂"也只得心里疼,人家又没提你的尊姓大名。

(1993年)

烤 火

多年风雨,棱角磨平。我自知内心深处依旧藏着好走极端的恶癖,对艺术尤爱两极——雅的极致和俗的极致。艺术大师的创造常使我心颤,乡野唱手的粗咙大嗓也令我神迷。怕看那不雅不俗的,半雅半俗的。更怕看装雅装俗的"假冒产品"。我以为雅俗虽难合流,但真雅真俗的艺术家,同有真人的亮度。

50年代初,我请艺名"双红"的二人转老艺人王云朋进大学,宿我家,师事之。倏时成了校园的奇闻。堂堂大学教师竟向卑微的卖唱乞丐请教。换传统说法,名列"中九流"〔"中九流":一流举子(读书人)二流医;三流风鉴(看风水的)四流批(批八字算卦的);五流弹琴六流画;七僧八道九下棋。是东北的说法〕之首的"举子"怎该拜"下九流"〔"下九流":一修脚、二剃头；三把（车把式）四班（跟班）五抹油（梳头抹油的）；六从（内侍奴仆）七娼八戏九吹手（鼓乐艺人）。二人转在"八戏"中仍被大戏艺人贱视。是东北的说法。"上九流":一流佛祖二流仙；三流皇帝四流官；五流员外六流客（客商）；七烧（造酒的烧锅）八当（当铺）九庄田〕之末的"戏子"为师！有辱斯文了。发觉那射向"戏子"的目光，也移射到我这"举子"的脸上。你射你的吧，我公开举办"双红"老师演唱会。观众真来不少。来者不拒，罔论居心。

那时节，"双红"已年过半百，两鬓斑白，男扮女装赛俊秀的少妇。嗓音清亮，舞姿俏丽，"玉子板"绝技更夺目。"玉子板"也叫"手玉子"，四块长四寸宽寸半的竹板，"双红"一手掐两块，敲击声脆如玉。用它伴唱，也伴有"缠线""纺线""摘桃""放风筝""大雁展翅"等美的舞蹈。"玉子板"出手更惊人。一块扔在半空，转几转回落手中，还要击在节拍上。"双红"边打、边扔、边唱、边舞，居然赢得不断的掌声。细察看，那鼓得最响的，不过两种人：一是大学的勤杂工，二是著名的教授。我感到两极的艺术自有两极的人欣赏。俗人未必都喜欢雅的艺术，但真俗的艺术，真雅的人也会喜欢。

是夜回家，我手舞足蹈。"双红"老师却如寒松冷月。他烟酒不沾，敬一杯滚热的浓茶，灯下谈心。

谈到艺名"双红"，想必是一红扮相美，二红嗓音亮。老师说："美的亮的处处有，我凭这双手。"又说："这双手是逼出来的。人逼天逼自己逼，不逼不成器，遇到绝处蹚新路。"

他12岁放猪，15岁学唱。长大被抓当劳工，自编自唱《劳工恨》，险些死在日伪汉奸手下。逃出后，"江湖奔班"，但不敢搭班演唱。无奈，衣兜偷揣四块"玉子板"，流窜山林荒野谋生。人称"兜江湖"。说到这，他摸了又摸四十多年汗水浸红的"玉子板"："多亏它伴我一生！"

"双红"老师这一生，风抽，日曝，拳打，足踢，都不怕。只怕冷。这冷，冷言冷眼也不怕，听惯了，看惯了；冷屋冷饭更不怕，住惯了，咽惯了；最怕冷冬数九冻坏这双手。二人转特有的"腕子功""手绢功""挎大板"和"玉子板"都靠这双手。因此，他养成烤火的习惯，放火盆上烤，围炉桶子烤，冲灶坑门烤……一次竟向着太阳烤。

说来话长。那年冬逃奔江北。三九天，先飘"鹅毛雪"；后飞"棉花团"，一团一团埋住道眼；随后又铺天盖地打来"老烟炮"，北风烟雪打得他东倒西栽，挣扎前进未觉冷。傍晚雪歇天晴，缓了脚步。反觉身上棉衣变成夹衣了，夹衣又变成单衣了，风吹如针刺，刺肉，刺骨。更刺心的是这手麻了，木了。"双红"好害怕，茫茫雪野不见一棵树，一根草，无火可烤了。突见西方落日红似火，不由伸出手去……

月亮再亮，晒不干露水。太阳虽热，远火烤不热快要冻僵的手。绝望中"双红"掏出"玉子板"，猛打猛唱猛跑，竟跑出雪原，得见炊烟。他悟到身外的火靠不住，火在自己心里，火在自己手上。从此手不离板，苦练出奇绝的手的艺术。

（1994年）

黑 杏

50年代采录二人转,在家乡辽南的一家茶社,见一位黑袄黑裙的女唱手,动则舞,静如画,声似小河水,流淌少有的真情。卸装后依然一身青。原来正是我想访问的"黑杏"。

那年月,我已访过好多艺人。多似吉卜赛人那样坦直豪放,热得烫人。独有"黑杏"冷冰冰,少言寡语,有如未出嫁的少女。后听班里人说,她确是未出嫁也不想出嫁的姑娘。靠一身技艺,奉养一位不是亲娘的老娘。搭班的唯一要求,同老娘同行同住。有戏登台唱戏,平素足不出户,不吃外行宴请,不受内行馈赠。我想这哪里是黑杏,分明是一株白莲。愈发急于了解她居闹市而不污尘秽的缘由。但几次造访,她都捧茶相敬,身世闭口不谈。我也只好告别。

谁料别了三十年,又在铁岭龙山宾馆重逢。她依旧一身青,只是双鬓挂霜更加清瘦了。这次她被邀参加二人转调演,面露一丝笑意。而我知她不愿回首旧尘,也就再不提往事了。

一日漫步龙首山相遇。她说:"那年老师去看戏,真慢待了……"我忙说她唱得好。她仿佛还想说什么,我依旧没问。眼望身旁的古榆老柳,暗叹时光流逝过快!调演结束她来辞行:"老师如果回乡,我调到文化馆了……"我说定去拜访。说说而已,我也未再回乡。

转眼数载,收到一封家乡来信。上写:"王伯伯,我是'黑杏'的养女。妈妈临终让我写信给您。"我猛一惊,忙往下看。"妈妈说四十年前伯伯曾采访过她。那时她心正冷,又不知您是真为二人转操心的人。闭口不谈，真对不住。后在铁岭相遇无机会说。等您回乡也未等来。去年，可怜的妈妈又患绝症。让我千万千万把她口述的简历寄您。"

简历写道：

1928左右，张妈妈孤儿寡母又收养我这弃婴。自幼跟哥哥学唱。哥哥长大成名，喜穿黑衣裙，艺名"一丈青"。

1944，哥哥被抓到西安（辽源）煤矿当劳工。一去无音信，母女靠给人家浆洗度日。

1946，我去辽源矿山寻找哥哥。不相信"万人坑"里会有哥哥的白骨，一心等他回家。为母女糊口，照哥哥的扮相唱法，搭班演戏。演了多年不见人影。

1966，调文化馆工作，一步登天。不久又被打入"黑帮"。转当清扫工。好在娘已入土，未跟我重受苦。

1980，调回文化馆。收养一个好女儿。在铁岭又见到老师。

以上是老师早想了解的我的历史，平平淡淡。更遗憾，不知姓什么。我真是黑人呀，该叫"黑杏"……

我好悔，不该没再访问她。她这有声有色有血有泪的蹭蹬一生，只留下这样几行！

（1994年）

孤 雁

我还访过一位单身孤旅进城卖唱的艺人。

"二乐子",40年代的二人转名丑。有人贬他是山沟里的鸟,只配结群搭班混口庄稼食儿,进城便饿死。"二乐子"艺高气盛,一副竹板两袖风,一人飞进城。

腊月天,门洞风硬,庙台地冷,投宿"花子房",门前的春联又让人心寒:

上联:鼠盗无粮含泪去,
下联:狗看空家放胆眠。
横批:清锅冷灶。

推门看,横躺竖卧,烟尘笼罩昏灯。心想不妙,回乡脸无光,留城无处落脚。咬咬牙沿街卖唱,去"站阳沟板"。

阳沟乃街旁明沟,上铺木板行走。"二乐子"阳沟板上打竹板,打住南来北往人。唱到迷人处,嘎地停住,拿话拢住观众:"这地方的乡亲咋这么好呢!不像旁地方人,你唱他就看,你停他就散,不管你吃不吃饭,住不住店。你看咱这儿没一位走的,还紧往外掏钱……"钱字刚出口,忽听巡警一声吼,斥他妨碍交通。无奈去"捡板凳头"。

"捡板凳头",捡茶馆说书先生的板凳头。先同茶馆老板讲好分成。单等说书结束,掏出竹板向说书先生道过,再向听众"自报家门":"在下'二乐子',穷欢乐,腰中无钱腹中饿。凑几句贫词,恭请众位一乐吧!"等把众位唱乐了,反端竹板收钱。头一位听众扔两角,他喊赏大洋两块。忙向另一位施礼:"描花照样,越描越像。你老更不能少赏……"就这样又哄又捧讨要小钱。唱淡清了,哄捧无用;唱火爆了,说书先生眼红,说完书不让位,狠压板凳,让你无"头"可捡。逼你去"串客栈"。

客栈老板心硬,拒你门外;心软的领你进门,冲南北大炕老客拱手:"有位江湖人想敬众位一段,有捧的没有?""一段多少钱?""二乐子"忙接腔:"喝不尽的壶中酒,花不完的玩笑钱。赏的无数,要的无边,今日相逢前世缘。可多可少,凭赏吧!"有人喊:"这位江湖嘴甜,唱吧!"一人戏难唱,只得唱《水浒》段子,赚几文挥拳蹬腿钱。

"二乐子"进城不足十天。花子房蹲了,阳沟板站了,板凳头捡了,客栈串了。刨去店钱饭钱,还剩壶酒钱。夜店清冷,"二乐子"孤零零端起小酒盅,想起那江湖班的大酒碗,想起那艺人兄弟厚实的脸,想起那乡亲滚热的炕……滴几滴清泪,恨不能插翅飞回,连夜飞回!

(1994年)

"白菊花"的骨头

50年代初在大学,研究课题选了被贱视的二人转。一因儿时走村串屯常看它,二因很少有人瞩目它,是冷门。

寒暑假,我常走访三省名唱手。

那年冬,耳闻"小金钟"在吉林乌拉街演唱。匆匆乘火车赶到吉林。又雇一张马爬犁,奔驰在去乌拉的冰雪大道上。

赶爬犁的老板,狗皮帽,羊皮袄,乌拉脚,彪悍的关东大汉。摇着马鞭,呼着热气,哼着二人转小曲。我蜷缩在他一堵墙似的背后,依然抵不住寒风的侵袭。只得同他闲聊,磕打牙。

"老板贵姓?"

"姓张,张飞的张。你呢?"

"我姓王,名叫王肯。"

"别逗了,人还有叫那名的?"

我悟到他是把我的"肯"当作啃玉米的"啃"了。忙想解释,又一想,我要说是美国女舞蹈家邓肯的肯,他难免又说瞪着两眼啃呢!于是岔开话题。

"张老板,掌灯前能到乌拉街吗?"

"啥事这么急?"

"去找'小金钟'。"

"'小金钟'?那嗓子金钟一样……"

啪的一鞭子:"响!"

"听话音您也喜欢二人转?"

"这还用问。二人转,神!夏天看它像喝瓢井拔凉水,解渴;冬天看它像睡一宿热炕,解乏……你找'小金钟',去唱二人转?"

"我在大学工作,去学二人转。"

他猛回头:"喂呀,大学教书先生也学咱这土玩意儿!握握手!"

张老板的大手险些把我的手握萎缩了。

"放心吧,王老师,误不了。驾!"

一鞭子把马抽飞了。飞了一段路,马见汗了,阳光足了,又缓步前行。

"王老师,说实话,'小金钟'不赖,照他叔'白菊花'还差一块。"

"您也看过'白菊花'?"

"没少看。嗓子和'小金钟'一样响。眼睛最有神,不管台下多乱,他一瞅,全老实!"

"瞪老实了?"

"你说他瞪人,又不像瞪人;你说他没瞪人,又真瞪人。他瞪的不烦人,震人!震得你老老实实跟他转……驾!"

"我听说'白菊花'脾气暴……"

"暴是暴,分对谁。我像你这岁数,他在哪个大车店唱,我赶到哪个大车店歇马。在台上他像猫似的压板凳,等别人唱不动了,他才张嘴……"

"怕抢艺人的饭碗。"

"在台下,他把老乡当亲人,有难处,舍命帮。'白菊花'常说,江湖人走一处安一处家,走一处迷一处人,万不能走一处败一处名声!"

我忙掏出卡片,记下这几句话。

"张老板,还听说'白菊花'好打仗?"

"分打谁。有一回,伪满警察逼他唱下流的《十八摸》,他说一摸也不会!警察说不会你给我学,他说正经人不听!警察举起马棒就打,'白菊花'操起板凳把警察打趴下了!"

"好汉子！"

"从此他投入马队打鬼子，一去无消息……"

扪心自问，我也曾认为艺人轻浮。其实，轻浮的哪一行没有！

张老板狠抽一鞭子："我最恨一些有财的，有势的，有墨水的……你刨在外，硬充高级人儿，邪眼看唱戏的。我总想掰他一块高级的骨头放秤上称，压根儿不如'白菊花'的骨头重！"

"……"

马在跑着，人沉默着……

（1995 年）

鄂伦春诗话

题 记

　　40年前,我出版一本《呼玛河小曲集》。一本很薄很粗,用东北话说没大辣气的所谓诗集。

　　解放战争那年月,满脑袋炮火,无暇想当作家。何况那年月当啥家也都穿大黄棉袄,干部服不过多两个吊兜。写作就是工作。土改要演戏,就写戏;解放要唱歌,就写歌;新中国真该歌颂,就写几句诗……

　　转眼写到1957年,出版社要出选集。选来选去,只能把反映呼玛河畔鄂伦春生活的凑成一集。这一集孤零零只剩一册。这一册挤擦擦夹在书架快40年了。

　　近来,断断续续写《关东笔记》,不由翻出这本小册子。笑自己当年无知胆大,居然也敢写诗。不过那一首首诗的题目,倒勾起一段段触动过我的鄂伦春生活记忆。人到晚年,情感脆弱,回首旧尘,竟自激动不已。年轻时做梦也梦不到在兴安岭密林深处,还有那么多令我怀念的人和事⋯⋯

于是,写《鄂伦春诗话》,不过是由诗题引起的生活话题而已。

高高兴安岭

高高兴安岭
一片大森林
森林里住着勇敢的鄂伦春
一匹猎马一杆枪
獐狍野鹿满山满岭打呀打不尽⋯⋯

我这几句毫无诗意的大实话,如今看来也有失实处。比如獐狍野鹿现在几乎打呀打不到了。不过这首歌,凭借鄂伦春猎马奔驰般的曲调,曾经奔驰很远⋯⋯

这曲调是偶然听来的。

1947年秋,东北局调我们投奔解放区的大学生到哈尔滨。乘胶轮大马车从辽吉二分区长岭出发,中途在边昭兵站歇马。那时的兵站可没有今日军人招待所的设备。五间土平房,两铺对面炕,自带小铁碗,大锅饭菜不限量。只是屋大人稀,秋风破窗而入,脊背沁凉。

屋外秋阳高照。偎靠向阳背风的大草垛,仰望解放区的天,确实明朗!

回想在沈阳北陵东北大学，同是大学生，退伍的国民党青年军和官僚富豪子弟吃大米"白饭厅"，还用白眼觑我们吃高粱"红饭厅"也难果腹的穷学生；学潮中，我们高喊"反饥饿，反压迫，反内战"，又要求张学良先生回校主持校政。吓得国民党军驾坦克堵死东大校门；入夜，我们还要躲避特务的追踪……如今一步跨进新世界，一似出笼鸟，飞呀，唱呀，吃呀，睡呀，无忧无虑，无拘无束，真想放开喉咙……忽听大草垛顶上传来浑厚的歌声，哼着"那呀那呀那依耶"，无准词。这是鄂伦春人抒发情感的一种方式。

抬头看，歌者正是兵站的鄂伦春族战士小莫。他壮如树墩，团脸高颧骨，两眼明亮。伸出大手把我拽上垛顶："你看！这里的天边怎那么远，那么远呢？"我望那茫茫大野——关东有名的"八百里瀚海"，果然海一样阔。不由问起他的家乡。

"我的家乡兴安岭，高啊！落叶松白桦树，密呢！鄂伦春的天边可不远。老年人说咱那天边是两把闪动的大刀，好像人的牙齿，一上一下不停地切呀割呀，没有神马飞不出去呢，切不断马头也割断马尾……"

"那你是怎样飞出来的？"

"跨神马，民主联军的大汽车！"

随后他又"那呀那呀"唱那个鄂伦春小曲。

50年代初，我在东北师大音乐系教书。庆"十一"编演少数民族大联唱。让我写蒙古族的《草原到北京》和鄂伦春族的《白呀白嘎拉山》两首歌词。后一首节奏过慢，我想起小莫的曲调很像当时流行的《鄂伦春舞曲》，我就填上了"高高兴安岭"

那段歌词。

没想到这首歌不久就传唱开了。

没想到这首歌使我常常惦念这个民族。

没想到这个民族也有人惦念着我。

40年来，交往未断。去年，十八站女乡长关小云来告诉我，鄂伦春至今不忘写歌的人。特地送来纪念鄂伦春定居四十年的书刊、皮包和桦皮茶筒。平生也获过一些奖，这份奖赏格外重了。

（1997年）

莽林野甸新村

1956年7月27日晚，鄂伦春调查组在黑龙江三合小码头下船。宿渔家。往日，一挨枕头沉睡如泥。这一夜眼望房笆，听风声、涛声，只盼鸡叫声，急于要去鄂伦春新村白银纳。

东方可算亮了，乘四轮马车出发。山越爬越高，林越穿越密，蚊虻也越跟越多。这里的牛虻大得吓人，火柴盒紧巴巴只塞一只。不咬人，爱叮马，特别爱叮白马。马面如挂排排奖章，血流好似红飘带。挥鞭抽不掉。马忍无可忍，甩尾蹬蹄不迈步，车夫牵，众人推，一步步挪到山顶。

山顶林密不透风，蚊子又摆队相迎。兴安岭的蚊子也大，但不像内地蚊子悄声悄气偷着下口。这里的蚊子直率，嗡嗡嗡，大喊大叫要叮你了！我们只得捂上蚊帽，宁出汗不出血。心想这深山莽林呀，冬天风雪吼，夏天蚊虻叮，人可怎么活！

烦躁间，呼玛县陪同干部郭其柱牵来六匹马。留调查组组长张云波教授乘车。我辈青壮教师换马。这鄂伦春马也是一绝。口不戴嚼环，蹄不挂铁掌，个头不大本领大，善走山路，穿林海左闪右躲不碰枝干。过沼泽地（俗称"塔头甸子"），专踩"塔头"——草墩头，忽忽悠悠如驾云。外地马踏进泥水就拔不出腿来。

红日西斜，成团的蚊虻裹着车马涌进白银纳村。叮得围观的鄂伦春娃娃拍头，跺脚，地上滚。

我年轻时腿勤，新到一处，不论闹市荒村，放下背包先观光一番。

鄂伦春人向以狩猎捕鱼为生，逐野兽、水草而居。木杆搭成的"斜仁柱"，也叫"撮罗子"，人走家搬无定所。1953年政府选白银纳、十八站等地建起定居点。住宅、仓库、学校、卫生所、供销社，还有未竣工的俱乐部，一色"木刻楞"。根根圆木搭成墙壁和屋地，刀砍毛棱板当房瓦。木房好似大木船，水冲不散，风吹不垮。再转转，好嘛，猎人也有了篮球架，也有了吃水井。看阴凉的井壁挂满狍肉，顿觉饥肠滚滚。谁料新村派猎手去打鲜活的狍子敬客。

狍肉吃法，一种是烧肉叫"达格仁"；一种是烤肉叫"席拉潭"；再一种是煮肉叫"乌罗"，煮到八分熟带血丝最好吃。照顾汉族口味煮过火些正可口。按鄂伦春习俗，狍头敬贵宾。我还是吃那肉多的胸脯。

入夜，小学校灯火明亮。身穿民族服装的村民围坐酒桌四周。社主任孟玉举起酒碗："我们鄂伦春人，靠猎马猎犬猎枪打猎，靠渔船渔叉捕鱼，从未有过土地房产。如今政府为我们修建新村，一步跨入社会主义，一步登天了！今天大学老师又来串门，让我们用酒、用歌、用心来欢迎远来的客人吧！"

于是大酒碗传递着喝……

于是歌声此起彼落……

突然，站起一位老人，仿佛飞来一只雄鹰，百鸟无声了，我惊问身旁的郭其柱同志："他是谁？好一头白发！好一双锐眼！"

"他是英勇的鄂伦春老人。从前那双大手反抗过日寇和奸商。"

"今晚他为什么用手指蘸酒，向天上弹了又弹？"

"他是按鄂伦春古礼，向汉族亲人祝福！"

会后，我把这段对话整理成一首小诗《祝福》。

（1997年）

豪放的猎神

兴安岭的夜，天凉月冷。房门外燃起驱蚊的篝火，映红孟古古善老人刀刻般的脸，目光炯炯，银须烁烁，真像一尊"北疆的猎神"，讲述神奇的传说："早早年，天上恩都力用鹰肉造鄂伦春男人。造女人时鹰肉不够就掺泥做。"

贾宝玉说男人是泥做的，看来女人身上的泥也不少……想到这里我笑了。

老人说："笑什么？女人就是不如男人结实。早先男人的腿还特别特别长呢。三两步追上飞跑的野兽，吃兽肉，穿兽皮，猎人的日子可好过了！"

"野兽可难过了！"

"你和恩都力想法一样。眼看野兽要抓光了，就把猎人的长腿截成如今这样短。追不上野兽用弓箭。鄂伦春的弓箭厉害，猎人去见皇上，皇上让手下人拉鄂伦春的硬弓，十员大将都拉不开；皇上又让射铜钱，十员大将都射不中……"

"鄂伦春猎手拉开硬弓射中铜钱眼了！"

"你猜对了。皇上说'这人不大懂礼貌，可一个顶十个，赏！'赏了好多绸缎，猎人手粗茧厚，一摸绸缎粘手，不要；皇上又赏布，要了，专挑粗布要；皇上还赏两个大金元宝，猎人嫌沉，留一个扔一个……"

我想这也反映了鄂伦春的一种观念。一向以物易物，山外奸商用少量的盐酒米面，换去大量贵重的鹿茸貂皮。1949年后才背上茸角到黑河去卖。卖了好多钱，就买好多酒，买好多毛毯毛料、女装童装……还买手表。从前猎人看时间，抬起头来看太阳，如今猎人买手表，太阳戴在手腕上了！

孟古古善老人说："如今阳光照亮了黑森林，政府发快枪子弹打猎，还发护林员津贴……"

说话间马铃响，孟玉林等猎手回村。来到篝火前急忙点烟猛吸。老人含笑说："好马飞奔只加一鞭，好汉说话一句就算。护林员养成不在林子里吸烟的习惯。"老人讲了《一根火柴的故事》。我曾分分行，修修辞，写成一首诗。现在我不分行抄在这里，几乎就是老人的原话。

黄昏，晚秋的森林，金风翻弄金色的叶子，一位老猎手坐在落叶铺成的金毯上歇憩。用什么解去一天的疲倦？酒瓶空了只有黄烟一把。火柴么偷藏一根……

铜烟锅装满黄烟，只要擦亮火柴，一缕香烟就会升腾起来。这里只有大树盯着大树；也许有狍子、黑熊、山鸡来访，又不懂护林防火的规矩；天上那位恩都力也不太积极……

擦亮吧，森林里点火固然不好，下次不犯也就是了。小小的火苗点起馋人的黄烟，吸一口真像上了青天……

老猎手举起火柴，擦呀，擦呀，擦……突然，他狠狠唾了一口，唾湿珍珠般的火柴头，碾成碎粉。把火柴杆揣到怀里。这时西天挂满晚霞，老猎手挑几片烟叶，放在嘴里慢慢嚼着，嚼着……

（1997年）

泪泡的情歌

白银纳的小学生都在课堂上学过汉语，偏请小倔姑娘云霞当翻译。皆因她妈妈孟提木杰大婶，是"上山事件"的知情者。

"上山事件"，1928年，鄂伦春青年男女反抗包办，集体上山逃婚。听说有好多情歌，是我分工文化调查的重要一项。

开始小云霞阴沉着小脸。我要去她家，她说妈妈忙。后来她知道我写过歌，就让我教她新歌，她给我唱鄂伦春民歌。逐渐露出笑容。

一天早饭后，她来告诉我："妈妈请你到家去呢。"我三步两步跑到大婶家,惊人的整洁。里间木床铺着俄式大毛毯。外间的条桌条凳一尘不染。再看孟提木杰大婶,难怪都说是当年最美的鄂伦春姑娘。如今年近半百,依然俊雅不凡。头扎洁白的头巾,清亮的眼睛透露她心灵的干净。她打开桦皮茶筒为我沏茶。边做针线活边给我讲往事。

"从前有位白净的乌柯艮。"小云霞说:"就是小伙子。"

"小伙子追求一位美丽的乌娜姬,就是姑娘……"

我忙打开笔记本,以为开始讲上山的事了。听来听去,原来是姑娘嫌白净小伙手太笨,箭法太差。小伙一急跑进深山,射了一百个白天黑夜,射中一百只灰鼠,射中一百头黑熊。满怀豪情出山见姑娘,过河想洗脸,水影里的脸变黑了,洗不白了,没脸见姑娘了,上马要远走了。不料姑娘含笑拉住他的马缰绳:"'我就喜欢这样英武的猎手。'双双回家了。"

这传说也有意思。可我要采访的"上山事件",大婶闭口不谈。我理解她不愿讲那伤心事,也就不再追问。只得从旁人口中了解一枝半叶,很觉遗憾。

临别前夜,小云霞急匆匆找我到她家。荧荧灯光下,大婶仿佛自言自语地诉说那一段不愿诉说的经历。

"鄂伦春的姑娘,经霜的叶子抗冻的根,只怕包办婚姻夺走心上的人。大概在30多年前吧,15位要被拆散的小伙和姑娘,唱歌发誓要逃到深山里去。有的姑娘唱:'是苦是乐跟你逃/是福是祸心连心。'有的小伙唱:'生生死死捆一起/九死一生求一生。'他们偷来最快的猎马,大风加鞭,大树让路,飞到高山顶,月亮点喜灯,鸟兽做宾朋,真正过上了幸福的日子……"

我问大婶:"十五位,七对半?缺一位呢!"

大婶半晌不语。轻抹一下眼角说那一个被爹爹看守住了。心碎了,偷偷唱道:"滚滚的泪水呀／不要蒙住我的眼睛／让我再多看几眼吧／我那孤零零的哥哥走走停停……"

又唱道:"我的亲人哪／你慢慢翻过山顶／回头看看吧／呼玛河畔红光闪闪／不是映山红也不是篝火／是你妹妹的红色头巾／向你不停地抖动啊……"

大婶唱着唱着泪如雨下了。还苦笑着说:"看,人老了,泪多了……"

后来官家怕"上山事件"引起暴动,就派兵围攻。猎手们至死不屈。大婶说他们从上山到被处死,大约一个月。临刑前还高唱:"刽子手／你射吧／对准这颗火热的心／活了二十年／自主三十天／死也心甘啦……"

后来,我用这素材写了一部清唱剧。

(1997年)

家

细雨蒙蒙,山风飒飒,告别白银纳,要回家了。

孟提木杰大婶亲自给我备马;小兄弟葛高生送来一桦皮盒狍肉干;小云霞送来一篓新采的都柿果,挂在马鞍前转身就走了……

翻身上马,马不愿走,人也不愿匆匆分手。望着细雨中频频挥手的大婶和小兄弟,忽然想起自己的弟弟妈妈。一时也弄不清呀，我这是回家还是离家……

告别兴安岭的大森林，回到长春大城市。把狍干、都柿分给孩子们；把火柴盒里的大牛虻送给生物系朋友；把记录的手稿安放在书架上；把拍摄的照片珍藏在影集里；把猎手孟玉林让他爱人为我绣的鹿皮手套，挂在书房最引人注目的地方。一来展示鄂伦春民间技艺的精巧；二来不忘鄂伦春朋友的情怀。孟玉林话很少，最愿和我一起说打猎的事。他说："猎人心要大。你自己打中的鹿，另一个猎手遇见了，就分人家一半，两个人的福分嘛！"又重重拍拍胸脯说："心小不是男子汉！"

这年冬天的一个晚上，铺天盖地的风雪猛敲我家的门窗。不由想起白银纳的住房。"木刻楞"禁得住。可全村还有一个"撮罗子"，里边还住着一位84岁的老奶奶呢！干部请，亲人劝，磨破唇舌她也不搬进新房。怕房盖掉下来砸坏她，怕关上门窗憋死她。她说："不透气，不露天，要命也不搬！"初听她这些言行感到可笑。细想想，84年来她在深山密林中游荡奔波，受苦的岁月养成她受苦的习惯，怎知房子里的温暖！

这场大风雪不会躲开她。风雪撕打她84年了。撕破她的脸，脸像粗糙的树皮了；冻裂她的手，手像枯干的枝丫了；压弯她的腰，腰像弯曲的树干了。从前冻死只怨命短，今有了新村不该再受风寒。

窗外的风雪更急更猛，不禁写下《老奶奶，搬进新房吧》这个题目。

"你睡在风雪里／你鄂伦春的儿孙怎能睡稳／我这远方的汉族晚辈／也难收这颗心……"

转眼过了四十年,我挂电话问云霞:"'撮罗子'里的老奶奶,我走后搬进新房了吗?"

"一直没搬。"

"孟提木杰大婶好吗?"

"妈妈 92 年故去了,84 岁。活着的时候,还常念叨你为什么不来家。"

"我很想回去看看,老了……"

"可不是吗,你去的时候我是不懂事的小姑娘。如今也是 56 岁的老太太了,还是不懂事。你捎信捎东西来,我早该去看看你。今年下决心了,春暖花开的时候,我领孩子到家去!"

我放下电话。看窗外的积雪还很厚……

（1997 年）

娃娃山庄

我4岁丧父,5岁开始为哮喘的母亲捶背。她不喘了,睡了,我就飞出门外。门外是无忧无虑的山庄……

绿色食品

领小外孙女逛自选商场,她选中的东西很少。我讲六十年前的自选食品,她嚷着要……

我小时候的自选商场,忒大,辽南一条大山沟。山是青的,水是蓝的,冬天全是白的,食品总是绿的。

春风还刺脸的时候,苣荬菜芽就钻出土来了。苦得甜甜的,剜进小柳条筐,在冰手的小河里,洗了涮,涮了洗,回家蘸酱吃,多下一碗饭。

我更喜欢挖小根蒜。圆圆的小白脑瓜梳着细细的小绿辫子。生吃辣又脆,用它炒豆腐、炖豆腐,平添诱人的野味。

春风抽出榆条的小嫩叶,一摸仿佛有毛刺,我们叫它"刺叶子",摘一把撒在萝卜汤里,比香菜还香,香得别致,香得令人醉……

当老榆树开过一簇簇又紫又绿的小花,结出一片片榆钱,娃娃小食品便正式上市了。从吃榆钱到吃山杏、山李、山枣、山葡萄、山丁子、山里红等低档食品,到吃黑亮亮的欧李、紫莹莹的桑葚和托着小红珠的托盘……吃不断,很方便。

霜来了,野果少了。但那霜打的黑星星、红狗奶子,分外甜。还有割倒的玉米秸可当甘蔗嚼。识货的娃娃专选又青又沉的嚼出满口甜水,傻娃娃随便拾一棵便嚼,也自津津有味。

山庄水果吃完,开吃核桃、榛子等干果。干果不干就动手。你见过没成熟的榛子吗?不是黄褐色的,是嫩绿色的。挤在绿盘上,不用嗑,一咬就开,白榛子仁一股水,可吃性不大。只好再去山上寻摘山梨蛋子。先捂在装衣物的大木柜里,捂到大雪封门,一掀柜盖喷出满屋梨香,咬一口,酸甜,酸甜……

小外孙女吧嗒嘴了:"还有吗?"

还有菜园里的瓜菜可不许自选。我偷吃过顶着黄花的小嫩黄瓜和小紫茄包,挨了妈妈一顿打。

"偷嘴不是好孩子,为什么不让你妈妈买西红柿?"

小外孙女最爱吃西红柿,她妈妈有钱给她买,我妈可没有闲钱买水果。再说直到我在沈阳念中学,才第一次见到西红柿,叫洋柿子,一股甜不甜酸不酸的洋味。吃多了感觉还可吃,也不如香瓜好。

吃香瓜,不掏钱,不记账,看瓜老头不许进瓜园。一直等到"罢园"那一天才开禁。香瓜生长也论"喷"。开一次花结一次瓜叫一喷。头喷、二喷，直到开花也不结瓜了，瓜叶也见黄了，瓜蔓也快干了，老瓜头也夹着行李卷离开瓜园了。这就叫"罢园"。娃娃们飞进瓜地，摘那些生瓜蛋子啃……

倒有一种请你白吃的瓜——产黑瓜子的打瓜。打瓜窝棚前一打瓜槽。瓜可白吃，子留槽内。娃娃们又敲又拍专挑熟透的沙瓤瓜，吃一个，又一个，吃得下颏、前胸、肚皮都流打瓜水……

小外孙女瞪圆眼睛："湿了背心衫衣，你妈妈不打你？"

我小时候哪见过背心呀，冬天光身穿空心棉袄；春天妈妈掏出棉花就算夹袄；夏天换上晒黑了的"皇帝的新衣"，什么也不穿了……

小外孙女刮着小脸："羞！羞！"

（1997年）

生猛河鲜

近年，餐馆大吃生猛海鲜。什么生鱼生虾生牛肉，还有炸蝎子、炒蚂蚱……不出奇，六十年前尝过了。

夏日田间地头，蚂蚱飞来跳去，捉住烧吃，煳香煳香，特级厨师也炒不出那种香味。

秋天看庄稼，乌鸦难对付。杆子轰，嗓子喊，它却飞去又飞回。唯有弹弓高手射中它，烧吃它，解恨又解馋。但烧乌鸦不如烧蚂蚱容易，半生不熟，影响食欲。娃娃头杨三，听来乞丐用铁蚂蚱偷鸡的故事：乞丐躲在暗处，用拴细绳涂绿油的铁蚂蚱逗弄公鸡。公鸡一叨，叨开铁蚂蚱里的崩簧，支住鸡嘴叫不了，夹到野外裹泥烧。泥不可过干，火不可过旺……我们如法炮制，"娃娃鸦"不亚于"花子鸡"。

但烧不如烤。冬天盼下雪，雪地上扫一小块见土的空地，撒上粮食粒，支上拴绳的门板或筛子。麻雀饿急了飞来啄食，一拉绳拍不死也扣得住。拔毛去尾架在火盆上烤。东北火盆有泥做的，也有铁铸的。扒出灶坑柴火，架上小铁丝网，摆上一排小雀，烤得金黄黄，油汪汪……初到北京吃全聚德烤鸭，说句不怕你见笑的话，还真不如咱那烤雀。

娃娃也生吃。敢生吃蝎子的极少。捉住蝎子，掐掉尾上毒钩，扔嘴里，嘎巴嘎巴，吞了，英雄般傲视群娃。

群娃也敢生吞蝌蚪。舀一瓢河中凉水，小蝌蚪在瓢里游来游去，一张嘴游进肚里，又解渴，又祛火。大人见了也面带笑容向咱讨一口喝。

最美不过舔蚁酸了。河滩上大蚂蚁成群。抓一只舔舔尾巴扔了，抓了舔，舔了扔，那种酸哪，啧啧，任何名醋都酸不过它……

家乡离海远，不知海鲜滋味。但有河，捞些小鱼熬鱼汤，摸些小虾炸虾酱，也怪鲜的。值得炫耀的是马尾吊鲶鱼。三九天，嘎吱吱冷出响了。趴在冰河上新刨的小冰窟窿旁，拴个马尾活套吊在窟窿里。一不怕冷，二不怕等，那小鲶鱼也许奔光亮来，也许想换口新鲜空气，一露鲶鱼头，马尾一提正好套住鲶鱼鳃。如果能吊到三五条一拃长的，就飞跑回家，给妈妈和妹妹过一个节……

（1997年）

大游乐场

六十年前，我的辽南家乡实行男女分校。男娃女娃也分开游戏。偶有女孩闯进男孩领地，准获"假小子"称号。也有富家子掺在女儿国里，就叫他"娇小姐"，白眼珠看他。

常见女孩跳绳、踢毽、打瓦、跳房子等户外活动。屋里玩法，却不知底细。听说她们玩"嘎拉哈"，还有"过家家""摆媳妇人儿"，学大人串亲戚，拍孩子，喊喊喳喳学大人说话……烦人！

男孩玩得粗豪奔放，总要比高低。最喜欢带响的玩意儿。买不起鞭炮，就和黄泥做"泥窝窝"，比大眼玉米窝头的眼还大，啪的一摔，比谁摔得响；顺手掐个豆叶放空心拳上，另一只手猛一拍，比谁的响声脆；柳叶呀，马蔺叶呀，均可当哨吹，比谁吹得美……

更有趣的是玩水。老斗山下有条无名小河，深处没脖，浅处没脚脖。游法一律"搂狗刨"。扑腾腾，扑腾腾，比谁扑腾得快。唯有大男孩才敢往山根深处游，因为他们有裤子。那年月的裤子好似分叉的布口袋。扎紧两条裤腿口，迎风一兜一兜，兜一裤子风扎紧裤腰，兜成一个V形"救生裤"，卡在脖上洋洋自得游向深处。

老北风封冻了小河，游泳场变成溜冰场。我们自制的冰划子、冰爬犁，还有打冰尜，与今日的冰刀、冰球差得太远，不多说了。倒是打雪仗勇猛顽强。家乡山上有块大磨刀石。老人说是当年彭大帅打鬼子在这块石上磨刀留下的。打雪仗好伙自然是彭大帅的人马。好坏伙手心手背定。两伙埋兵布阵，一声令下，雪球飞滚，雪尘漫天，俨如电影屏幕上的炮火硝烟……

平日扔坑，摔跤，打箭杆，弹琉琉，捉迷藏……特色不浓。南方有骑竹马，我们骑高粱秸马。选一根墨绿色的叫乌骓马，红黑色的叫枣红马……这是从说书唱影里学来的。骑在胯下，比谁的马快，还不是比谁的腿快。

我家乡满汉杂居，满汉娃娃最喜欢玩"跑马城"。分两队对阵。手拉手准备迎击。一阵先念"跑马城，马城开，打发格格送信来……"然后点名攻城，冲开拉着的手，就领回一个俘虏，俘虏多者胜。

山里娃娃玩得野，一进城就蔫了。我9岁进海城，街连街，房挨房，车撵车，人赶人，看一眼头晕，喘气都费劲……

（1997 年）

小民俗村

正月十五蒙蒙亮，小孩妇女都去滚冰冻的河面或结冰的井沿。还念叨"轱辘冰／轱辘冰／不腰疼／不腿疼……"不管腰腿疼不疼，来年还照样轱辘冰。

二月二，"洒龙道"。端一簸箕柴灰，从水缸根洒到井台上。打两桶水沿龙道挑回家，不回头，不说话，水倒缸里这叫"引龙进家"。那时节真盼龙进家，又怕龙抓。

三月清明上坟，娃娃没兴趣。前一两天的寒食节，怪了，过节不吃好的也罢，还不许动烟火，饿得肚子咕咕叫……长大才知是为了纪念抱木焚死的贤人介子推。

五月端午天不亮,踏着露水采艾蒿。编个蒿圈戴头上,挑选一把插门上。

最有意思的是七月七,星星出全了,娃娃们趴在黄瓜架下,偷听牛郎织女的悄悄话;又放一碗凉水,接织女的眼泪。一连趴几年,没听见半句话。倒盼来一场瓢泼大雨,织女的眼泪流成河……

中秋节不吃月饼也无妨,瞪圆眼睛寻找月亮里捣蒜的小兔子……

过年自然最喜欢,吃顿饺子香一年。大红的春联,震耳的鞭炮,动心的锣鼓,秧歌的浪,二人转的唱……使你乐以忘忧。

大年初一,乡亲见面,不是拱手就是叩头。正月初三,老婆婆领一串小媳妇出门迎神。耳上的耳环亮亮的,手中的手绢晃晃的,真像老抱子领着一帮小鸡崽儿。淘气的娃娃捂着嘴喊:"老鹞子——嘶。"喊得婆婆直瞪眼。

不年不节也有热闹看。大户人家的红白喜事、萨满跳神、巫婆弄鬼……最实惠的当数"抢痘奶奶"。

哪家的娃娃出天花,结疤时上供送痘奶奶。五摞二十五个馒头,不少。供完放簸箕里扔在大门外,他家的孩子就不落麻坑了。

娃娃们早在门外守候,见端簸箕的人走来,一个个摩拳擦掌,簸箕一扬,孩子们像橄榄球队员那样疯抢。一次我抢到一个沾满沙土的馒头,刚咬一口,让三姨夫夺去扔掉了。擦擦我嘴边的沙土:"让你妈看见,气不死她?"

还有一次是被三虎叔夺去的,还给我们买了豆馅烧饼……

(1997年)

打 工 娃

穿活裆裤的娃娃打什么工?

西院李奶奶有棵大枣树。娃娃们常捅青枣吃。李奶奶打不得,骂不得,哄劝无效果。只得求娃娃头杨三和我帮她看枣树。口头约定,红枣丰收,给杨三一小瓢,我是副手,半小瓢。

外祖父给人家看西瓜地。我帮他清清瓜皮瓜子,轰轰鸭鹅,也算参加劳动。外祖父,性暴烈,年轻时参加过义和团,一杆红缨长枪瓜棚前一立,无人敢乱进瓜园。平素他默默无语,浓眉下一双亮眼,闪闪逼人,对我也很少笑容。但我在瓜棚午睡时,他偷偷为我扇扇子,夜晚把艾蒿火绳悬我头顶熏蚊子。我知道他疼我,但绝对不许我自己摘瓜吃。遇有晒裂的小瓜,才切给我几块。

我三姨父是雕龙镂凤的巧木匠。活少时蘸山药梨膏卖。我和他家小弟帮助刷洗山药。那黑纹和须根,洗不净,刷不掉,刀刮又怕伤皮。他后来发明一种秘不外传的绝招,今日我替他公之于众吧。聪明人善于在平凡中发现神奇,又善于把神奇化为平凡。三姨夫在众多可擦拭的东西中发现了荨麻,又在荨麻刷、荨麻团种种试验中选定了荨麻捆。扎得小荨麻捆紧紧的,擦得山药干干净净,蘸成梨膏洁白如玉,放在盘中好像工艺品,一抢而空。他给我留两串,小弟一串。

我还有位远房舅舅,辽南有名的"喇叭刘"。他"上活计",就是在办红白喜事人家的大门外小席棚里吹吹打打。我常去看热闹。偶遇人手不足,让我代打小镲。他一点脚,我打一下;

他不点脚,我也会打了。但不能留我在大门外一同吃饭。在旧社会,吹鼓手是下九流中的下九流,不许进院内大棚与客人同席。他不愿我同他一流,只得给我买一包芝麻糖,回家还不许说是打小镲换来的。

娃娃最盼秋收后捡地,捡那落下的谷穗高粱穗。捡一天可到东家吃一顿四盘菜。不过是炒土豆丝,白菜片,炒豆腐,炒豆芽……

我6岁那年杨三领我捡了一天。慢说还要弯腰捡穗,在地里散一天步,收工时也迈不动步了。回家一头扑到妈妈怀里,呼呼睡着了。杨三对妈妈说:"这小尕真野!谷地里的小耗子顺他裤腿爬上去,他从活裤裆里掏出来就摔死了!"

妈妈看我腿上那一道道耗子抓的血痕,流泪了,再也不许去捡地,我也就再也吃不到那四盘菜了……

(1997年)

瞠目辽西

晚年访辽西，有如儿时跟妈妈出远门，处处新鲜，两眼瞠圆……

青青牛河梁

年少时读泰戈尔的《新月集》，最喜欢"我爱他并不因为他好，只是因为他是我的小小的孩子"等诗句。模仿甚至是抄袭他，我曾写过："我爱家乡并不是因为它好，只是因为我是它的小小的孩子……"

孩子爱家乡能说清它的好坏吗！

长大游关内名山，迷恋，赞叹，好！回顾家乡闾山的奇，千山的秀，兴安岭的苍茫，长白山的神奥，也不坏！也可一游。脸上并无太多的赧色。

然而，一旦走进新石器时代的西安半坡村，浙江余姚的河姆渡，面对这五六千年前的先民文化遗址，顿觉家乡那肥得流油的土地，地上生长那样壮实的大豆高粱，而今又加上玉米，地下的文化遗存怎那样稀少。恨不得把半坡哪怕半坡一角搬到山海关外，以免人言东北无文化，点头心不甘，摇头气不壮……

其实，早在1935年，就在关外赤峰红山，发现了红山文化的遗址。什么打制石器呀，磨制石器呀，细泥彩陶呀，还有带篦纹、划纹的粗陶……同半坡年代相差无几。那时年幼无知，不问这类事，不留这份心。

近年，见报刊不断发表红山文化的新发现。阜新查海遗址的先民聚落；喀左东山嘴遗址的裸体孕妇陶像；特别是凌源与建平交界处牛河梁女神庙的发掘，震惊中外考古界。我真想冲脚下大地喊一声好样的，像一条实实在在的关东汉子，不声张，不夸耀，深藏地下五千多年不露富！

报刊文章读遍，不如亲眼看。几番要去，工作缠身。今春狠心要访女神庙，过敏性哮喘，冷热气都受。最佳不过五月天，又患结膜炎。红着眼睛我也去，坐了一白天硬席火车，暮色茫茫到凌源，看不清这古城塔子沟的新面目了。

出车站，闯来几条大汉抢拎提包："用车吧？去宾馆还是去温泉？"

去温泉？好主意！行前查阅《塔子沟纪略》，查不到牛河梁，倒摘记一条热水汤泉，"平地之上，其泉昼夜源源不绝"。又说这泉水"祛痼疾，疗疮疖"，何不暂住一宿洗一洗，或可治眼病。

乘上三轮小棚车，也轻快。城里灯光越甩越远，夜色越聚越浓，黑压压，阴沉沉，这位大哥要送我何处安身？惊疑间灯光一亮，驶进热水汤的大门。司机笑吟吟拎下提包，悔不该猜疑好人。

突然楼门又迎出几条大汉一位大姐，急匆匆安排住处，点火造饭。要一碗豆角炖排骨，端来一盆。还站立桌前看你伸筷。过分的热情使你联想古小说中荒村野店的粗豪。

未到牛河梁，先领略了古朴的遗风。第二天洗过温泉赶到宾馆，凌源领导更诚挚豪放，派人派车沿现代化公路，送我进古老的"神秘王国"。

登上青松林中的牛河梁女神庙遗址，旁有广场般的大平台，周围有石块垒成的积石冢。遥想当年的盛大祀典，惊叹先民的凝聚力和创造力。不说那猪龙形玉饰和镂孔形陶器等珍奇文物。单看从神庙侧室发掘的彩塑女神头像，圆脸、塌鼻、高颧骨，上挑的眼角，玉镶的眼球，质朴温厚的神态，感谢先民巧手，使我得见五千多年前北方母性的风采。

有学者说，牛河梁遗址的发现，提出了有关中华五千年文明起源一系列突破性问题。扩大了中国文化史、建筑史、美术史一系列学科的研究领域。我考古知识甚少，果若是，自然高兴。但我对家乡，依然像"小小的孩子"感情用事。从前怨它地下穷，如今又思虑它地上算不算富了。眼看要飞入21世纪，还以大豆高粱外加玉米而自豪吗？茫然望着身旁的松树……

同行的徐主任告诉我，这松树是1954年开始栽种的，目前成为亚洲面积最大的人工油松林。

人工林？心头一亮。举目望去，远山一片青，近岭一片青，沟一片青，坎一片青，青得动心，青得醉人……好个牛河梁的后代，不沉湎于先人创造的辉煌，在先人用尽丛林大树的荒山秃岭上，一笔一笔重涂耀眼的新色……

（1997年）

凌源影卷

古城凌源，小住三天。洗过热水汤，访过牛河梁，还品尝过凌源小吃三宗宝：炸糕、烧饼、豆腐脑。岂止三宗，那夹肉的对夹，荞面的碗坨，还有香酥的炸鸡头，都好。我不赞成什么都贴上文化标签。但文化独特的古老城市往往有独特的小吃，意料中事。出人意料，凌源还是皮影之乡。

儿时在山村爱看二人转，也爱看皮影。看二人转像头顶烈日，火辣辣；看皮影如身披月光，清凉凉。每逢影匠赶小驴驮影箱进村，两辆大铁轱辘车架在河边当舞台，据说借水音唱影调，分外水灵。单等月上梢头，清脆的锣鼓响了，梦幻般的影窗亮了，驴皮刻的影人儿，正如宋人吴牧《梦粱录》中所说："公忠者雕以正貌，奸邪雕以丑形。"会走，会坐，会骑马，会驾云，还会舞刀弄枪杀杀砍砍，真好看！更好听的是迷人的四胡伴着勾魂的影调，进你耳朵就再也挖不出来了……

可惜今日很少见了。没想到凌源还有人看影，还有不少年轻的影匠唱影，更有爱影如命的专家韩琢。

韩琢年近花甲，敦敦实实，一见如故。他说凌源老乡太爱影。从前有个小伙向打水的老汉问路，不唱影调不告诉。小伙只得唱着问：

"问大爷要去南庄往哪走？"

老汉摇着辘轳唱着答：

"顺着这辘轳把你往西行……"

哗——水倒桶里接着唱完"啊……"那个又长又美的甩腔。

我说辽南乡亲也爱影。祝寿唱，丰收唱，节日也唱。韩琢说辽西也一样。正月十五灯会影，三月初三河神影，三月十六山神影，四月二十八娘娘影，五月初五雹神影，五月十三关帝影，六月二十四龙王影，七月七喜鹊影……马下骡驹还唱骡子影。得唱便唱。

我最关心的是影卷。唱影和唱戏不同，要翻着本唱。这本叫影卷，是研究东北民间文化不可少的文字资料。我问凌源有吗？韩琢说有倒是有，不去收集就没有了。头些年，一位老影匠怕"破四旧"，烧影卷烀熟一个猪头……我惊问现在呢？

韩琢领我到展室，打开一排木橱，《五峰会》等名戏整整齐齐陈列在木橱里。我抽出一部蓝布挂面的新函套，翻看里面的毛笔新抄本，工整干净，爱不释手。韩琢说："这是从收集到的180部3000万字的旧影卷中，先整理重抄出来的162部。不太容易。"

我说太不容易。我知道影卷是影匠的命。180部，要走多少路？要费多少唇舌？艺人用过的旧影卷，灯烟熏黑，手翻磨破，整理重抄要花多少人力财力？

韩琢说："没花多少钱。做函套的马粪纸，是从书店发完课本的废纸堆中挑选出来的，乳胶是文化馆用剩的，函套装订自己动手不用工钱。感动了文化局长，给我们买了两捆16开刀切纸，他还要从他每月工薪中资助我50元。他挣那点钱，忍心要吗……"韩琢眼睛湿了。我心在颤抖。有些领导者,包括我在内,对基层难处了解过少。但求少摆几桌豪华筵席,少用公款盖几栋超标准私宅……能资助多少个韩琢!

韩琢说他不算什么,最难得的是那些日夜抄写年过六旬的老同志。按要求一页写七行,一行十四五个字,还要纠正病句,改掉错别字,一丝不苟,不要报酬。

我眼前浮现出那些戴花镜,握笔杆,默默抄写的老人们的形象,很想知道他们的姓名。

韩琢让我看每扇橱门的里面,都有抄写人的彩照和小传。他们是离退休领导干部薄国新、王远、房顺,退休工人李桂、刘诚,还有农民兄弟高玉堂、王堂、梁福玉……

韩琢说得对,凌源影卷是靠众人的心血和汗水保存下来的。这笔在他处少见的文化遗产留给后人,后人会理解他们的辛劳吗?他们不求理解,但求肯看一两眼,不当废纸……

(1997年)

罕见的鸟化石

朝阳大地,一块文化大磁石,吸引八方客。古遗址,古城,古刹,古塔,还有古器,看不够也看不尽;知名古人也不少,胡人安禄山和史思明是朝阳人,平息"安史之乱"的名将李光弼也是朝阳人;流传很广的东北民歌《九反朝阳》中的义军首领李凤奎生在朝阳,据说抗日英雄赵尚志的祖居也在朝阳;朝阳的文人更出众。人称"蒙古族曹雪芹"的尹湛纳希,生于朝阳北票下府乡。他描写蒙古族贵族家庭生活的小说《泣红亭》《一间楼》，国内外有多位学者在翻译和研究……

这次吸引我来朝阳的却是一种鸟化石，一种震动世界考古界的一亿多年前的鸟化石。

5月17日，朝阳县文物管理所，破例让我见到这珍贵的鸟化石标本。同行的张万连同志又领我到孙家湾乡小梁家。东屋精心刺绣的门帘、苫被单和碎布制作的坐垫，是他母亲民间刺绣的"展室"；西屋炕上地下摆满化石，才是这位年青收藏家的宝库。

他指给我看一块化石上的蜻蜓，透明的翅膀仿佛要抖动；又一块化石上的蚂蚱，一碰怕要蹦走；更有一块北票鲟正在吞咽蜉蝣的化石，使我看到古生物的生活形态；最后捧出锦盒珍藏的鸟化石，头和尾，翅和爪，我只看到它的奇异，不知它为什么那样珍贵。

据说从1861年德国发现第一块鸟化石以后，百年来极少见到。80年代末，在朝阳连续出土，近两年又在北票发现一些1.42亿年前的鸟化石，为研究鸟类起源提供极难得的标本。我国研究古鸟类专家侯连海先生把它命名为"孔子鸟"。

离开这不平凡的农村小院，在车上张万连补充说，科学家珍视鸟化石的科学价值，有些人却用它换钱。正当别人疯狂地非法采掘和倒卖的时候，小梁却把收藏的6块无法估价的鸟化石，还有龟类、鱼类以及蚂蚱、蚂蚁、苍蝇、蚊子等珍奇化石，无私地交给中国科学院古脊椎动物与古人类研究所。专家提出要用小梁的名字，为一块最好的化石上的鸟命名，他执意不肯。

他说:"如果这个名字定要给我,那就送给我已去世的妻子吧。她生前对我爱好和收藏化石,给了最大的支持和理解,现在我不能为她再做什么了……"

车上人默默无言……

(1997年)

"说话的地方"

多年来,常见沉实的人才沉在下面,或来自基层。浮在上面久了,架子不大口气也大,大就空,空就无用。我怕犯这病。最好走出悬空的高楼,会会沉实的朋友,刺刺麻木的神经,或可清醒一阵子。

这次到朝阳,深感朝阳人才多。单说同我采访呼我老师的同志,论年龄是晚辈,但也真是我不便呼作老师的老师。

读杨廷玺《萨满信仰的梦魇》等研究民间艺术的系列论文,不像出自美术家之手。论文的背后,可见他扎扎实实钻研了大量剪纸、刺绣等民间艺术品;又扎扎实实钻研了人类文化、历史、民俗和美学等好多学科。连他那颇有文采的语言,也定是钻研文学的结果。他的文章是钻出来的。

读张万连的《凌河纪行》,又感到他的作品是走出来的。这位朝阳有名的记者下去采访,从不劳汽车接送,自己从凌河源走到凌河尾。走了八千里路两度春秋,走出这部结结实实的著作。

难怪王光同志早就告诉我到朝阳务必访访他们。可惜无暇深谈,写不出更多的感触。

王光还提到女画家车淑珍,同样走完凌河全程,画成雄浑壮丽的百尺长卷《凌河入海图》。王光说她貌似静静河水,心像滔滔大海,装满乡亲的苦乐和豪气。她的画是喷出来的!

但我见到她,那样朴实,那样拘谨,默默坐一旁,我拿起香烟,她恭恭敬敬点火,倒像我那木讷的女儿,怎会挥大笔画出那样大气磅礴的作品!她又寡言少语,不问不开口,让人心急。但一开口又令你吃惊。她说:"我算什么画家,不过是找个说话的地方。"

说话的地方?看看她在画上说了一些什么话?

一幅《红土潮》,凌河两岸那红红的千沟万壑,潮水般向你扑来。她题道:"家乡的红土地,沟连沟,坡连坡,似大海之潮涌,千百年来养育着世世代代的辽西人。"

又一幅《红岭悲歌》,红土崖年年岁岁,秋供粮,冬供柴,柴粮收尽依然是光光的满崖红土。她写道:"实以血肉付出而无怨无悔。"

她爱在画上说红土,也说石头。

石头山,石头碴,石头房舍石头墙,石头碌子石头磨。还在高高石壁上,从上到下凿了一眼半壁石头井。题作《半壁水井一方人》,这方人站在壁顶摇辘轳,靠长长的井绳汲河水生存。可见人比石头硬。

她自己就是无怨的红土,坚硬的石头。

她本是穷苦的农家女儿,调到城里文化馆,糊画板,练画笔,看画谱,读画论,一步一步凿出自己的"半壁井",汲取生活与艺术长流不断的活水……

她又是文化部门的领导。撇家外出，顶风冒雨走凌河，遭误会，受冷落，一次画到乡政府，只讨来一碗高粱米凉饭。乡亲却热茶热饭款待她。给钱不要扔下方便面，大娘让小孙子收下："俗话说，吃官饭牙不疼！"她哪知不疼也冰牙……

车淑珍热爱她那山荒水少土红石头硬的家乡，更爱她那勤劳善良百折不挠的乡亲父老。她把长年累月憋在心里的爱，心里的苦，心里的志气，统统说在她的画面上……

（1997年）

医巫闾山神

知道医巫闾山是东北名山的人，恐不太多。辽西人除外。

早在两千多年前，《周礼·职方氏》中载："东北曰幽州，其镇山曰医巫闾。"幼读他山经学院，一位秀才老夫子可谓"闾山迷"，尤其推崇明代贺钦的《医闾先生集》。课堂上高声朗诵："年少睡还少／夜长醒更多／土床烟火足／跌坐默吟哦。"我暗自嘀咕："土床不如土炕好……"老夫子耳尖，敲我一藤鞭："土炕能入诗？"

这一藤鞭没白挨，长大读《全辽史》等方志笔记，每见闾山必摘录，闾山成了我神驰梦往的地方。

去年秋，蒙锦州文联领导关怀，让我老友成刚夫妇的好友王光同志问我抵锦时间。我说车次未定，不劳接站。她说："如果接不到，我给您在金都宾馆预订了床位，不贵。"

9月2日到锦州，乘三轮到金都。王光预订的床位30元一宿，可真不贵。接待小姐说我年岁大,住四人插间不方便,改住单人包房。王光来了一看,惊问这得多少钱……同来的领导岔开她的话,忙让她沏茶。

第二天,驱车到北镇小阁,山本不高,腿老了,迟迟不愿挪步。王光说,上次陪汪玢玲老师来,老太太真刚强,不用人搀自己上……我一听老汉也不甘示弱,爬!爬一步,退两步,她一看不搀不行了,喊来司机小宋师傅,把我提拔到山顶。嘘嘘不止,无心登那古堡般的巨大山岩。她让我到山野诗人老陆的小屋休息,这人还通情理。

山岩旁的小屋真幽静,青松为邻,白云做伴,正想多坐一会儿,她又领大家去看田园石佛。我无心细看,倒饱餐一顿难得的田园农家饭。后来听说又是她改变了北镇同志的宴请地点。在锅灶前同女主人策划这烀毛豆、花生、茄子、玉米的绿色食谱。还给人家唱了一段《二大妈探病》……看来这人还深知民心。

一进隋代始建的北镇庙,山神塑像器宇不凡。历代帝王或御驾亲临,或钦差大臣,每年必来告祭。告祭的石碑,修庙和题咏的刻石,至今仍保留五十多通,俨然一座碑林……又因读过王光的论文《寂寞的山神》,才感到山神的寂寞。她认为山神一旦高坐在这深宅大院,享受皇家神的封赠,看起来威严华贵却切断了与民间精神上相互依存的命脉……

她说得有理。神,或人,坐在哪儿确是不可轻视的问题。

从前我也曾坐牛车,坐爬犁,坐乡亲热炕上,同王光一样采录民间艺术。如今老了,主要是地位变一些了,自认为不太计较礼遇,但出门不坐软席,迎送不坐轿车,宴会不坐头几桌,看戏不坐前几排，面不改色，心也不愉快。一次在辽阳看戏，送我一张30排戏票，不高兴。谁料这剧场别出心裁，30排在台前，1排靠后墙。

十多年前在沈阳，一位老同志领我挤公共汽车："轿车坐久了，腿软。还是与民同挤吧！"那时我没往心里去。此番间山行，从床位到座位，从提拔上山到改吃农家饭……我知道王光同志是按她自己的思维和习惯行事，无意点化我。我却有心点化自己。

告别间山常想间山神。一次在通化中途换车，谁也不通知。自己定下不贵的床位；自己预购硬座票（此列无软座）；自己在露天饭摊吃一顿豆浆油条；自己淋着小雨站排，剪票，出站，上车。

上车后找到自己的座位，左右溜一眼，自己感觉还行……

（1997年）

碑

凌晨抵兴城，三星未落，秋风清冷。一位车夫问我：

"您到哪儿？"

"宁远古城。"

"南关北关？"

"南北东西都去。"

他以为笑谑，转身走了。我随后乘上他那号称"神牛"的小车，他狡黠一笑："您是来逛古城的，我免费导游。"

车到北门，隐约可见门额"威远"两个大字，箭楼高耸。进城不见一人，仿古街关门闭户。惊叹街道太窄。车夫说走八抬大轿也够宽。到十字街，先去"春和"东门；又看"永宁"西门。古城墙，外砌青砖，内垒石块。车夫说中间黄土夯实，本地人叫"虎皮墙"。

好一个"虎皮墙"，明始建，清重建，之后又多次维修，六百多年来用了多少人工？一块块大青砖犹如一通通"无字碑"，深浸着无名无姓的筑城人的血汗。

转到南门大街，倒见两座有名有姓的高大石坊。一座是1631年为前锋总兵祖大寿竖立的"忠贞胆智"坊；另一座是1638年为援剿总兵祖大乐建造的"登坛骏烈"坊。车夫说："这哥俩都是软骨头叛徒，皇上还给立牌坊！"他说得不错。崇祯表彰的"忠贞""骏烈"，不久屈膝降清。本想流芳百世的石坊，反成遗臭万年的罪证。连乾隆见了也留下嘲讽的诗句："若非华表留名姓，谁识元戎事两朝。"

出"延辉"南门，无心多看。绕到兴城宾馆，厚谢了"导游"。突然风起云来。站在明代军事家袁崇焕拼死守卫的土地上，仿佛见到他身先士卒多次击败努尔哈赤和皇太极的大军；仿佛听见他拒绝撤军关内的有力回答："官此，当死此，必不去！"

谁料他并未死在这舍命守卫的阵地上。多疑的崇祯，中了皇太极的反间计，以纵敌叛国罪，把这位真正忠烈的功臣，凌迟处死在京城街头。不明真相的百姓，误将这位伟大的爱国者当作卖国贼，争吃他的肉……历史竟如此无情！

次日赴车站，遥见站前巨大的塑像背影，想是我凌晨下车时那看不清的黑影。近前看,居然是新立的袁崇焕塑像。傲岸雄伟,正气逼人,阳光照射,如披金甲……心里好痛快,谁说历史不公正!

列车远去,心静下来。细想想,人的善恶功罪,不建坊,不塑像,也会在众人口中立碑……

(1997年)

梦绕家乡戏

前三十年读书教书；后二十年写书；唯夹在中间二十年的吉剧生涯，宛如一场梦，一场扯不断唤不醒的梦……

白　菜　窖

1959年春来时，吉林大地开始孕育新剧种。我还在莽莽长白山区修公路。入冬调回大学，看管菜窖。

书店买不到有关窖菜的书。假日访郊区菜农"白菜王"。老人家热心教我：窖内修白菜手稍凉，温度正适宜。除烂叶少动刀剪，用手轻轻摘，勤摘勤倒垛，开春会长出嫩叶来。长出翎毛才算高手……

我照老人家指点行事。窖内排排菜垛，一似书房排排书橱。每垛都挂着记载修菜日期等项的卡片，朝夕察看，只盼嫩叶早出现。

那年月，大学教职员也分批下窖劳动。有我教过的音乐系毕业生，见往日衣着还算整洁的老师，如今老农般腰扎围裙，满襟灰尘，不忍多看。捧起我皲裂的手掌："老师擦些蛤蜊油吧！"我说不疼。怎知这比三九天头顶寒星采石筑路，轻松多了，暖和多了。

最碰我心的是他们谈论新剧种（那时还未命名为吉剧）。

他们看过第一个剧目《蓝河怨》。有人说很好看。有人说粗俗不堪，很刺我耳。其实我早就惦念这出戏了。这是我采撷多年的二人转的一种新走向。

一日华灯初上。我注视文化宫门前《蓝河怨》的宣传板，很想看戏，无票进不去。听广播戏中那一段《五更思亲》，如同喝一碗香浓的高粱酒……平素窖内剩我一人，头脑清空，独自领略寂寞，也是一种享受；此番新剧种击碎我宁静的心，勾起我创作的瘾，昏黄的灯光洒在手中白菜上，不由想到怎样使剧种长出翎毛来？怎样既有地域色彩又有时代印痕？怎样把二人演唱衍变成新的戏剧形态……有些设想居然记在菜垛卡片的背面。但又发觉谁会听取一个摘帽右派的意见，这不过是无人理睬的梦想。

梦中也愉快，醒了更痛苦。于是收心窖菜，不再自讨苦吃了。

谁料一个飘雪的中午，农场白场长喊我到他办公室。帮我扫去身上尘土，又让我解下围裙。他捧出花生、酱肉、两碗酒："老王啊，你看菜窖我省心，想留留不住了，喝碗告别酒吧！"随后掏出介绍信，"让你午后就去省文化局报到"！

省文化局人事处处长接待我："分配你去搞新剧种。很急，明天就上班！"临别又补一句："调你不易。省领导亲自安排的。"

哪位领导，不便多问。自知这是破格的安排，破格的重用。

梦想成真，真不是梦？恍恍出门外，踱在漫天飞舞的雪花里……

小　红　楼

每逢二月二，常想小红楼。

50年代末，安达街28号一幢红砖小楼，一层电影机械厂；二层新剧种剧团。1960年2月2日，吉林省政府在这里将新剧种命名为"吉剧"。从此中国戏曲史又添吉剧一笔。

编导室小如斗，挤在二楼东南隅。楼下机床震耳，楼上锣鼓敲心，《桃李梅》《包公赔情》《燕青卖线》等早期剧目，就在这热闹声中问世。那些风华正盛的编导者，转瞬间残了双鬓。还有人化作一缕轻尘。

今年二月二，本想约在世的老伙伴回红楼看看。怎奈均年过花甲，或脑血管欠通，或心血管不畅，再不能大步走路大碗喝酒了，再不能大喊大叫为一段词一首曲争论不休了……悒坐书房，回想红楼上一副副面孔。

先说张先程。不敢论知己，敢说是创作的知音。我写唱词为他谱曲留天地；他谱曲为我唱词添翅膀。爱看他闭双目，拍大腿，痴痴迷迷哼着撕心裂肺的唱腔。最不爱看他发火。但他为一件小道具的不合设计而红头涨脸，而怒发冲冠，又心服他抓剧种质量的严厉……

再说炳晨。风趣红火，曲如其人。精明的头脑像一台储存二人转音乐的电脑。小曲,小帽,主调,专调,输入不息,随用随取。更愿同他结伴远行。乘车住店他全管,忘带粮票也管饭。一次到北京,我说此行粮票可算带来了。掏出看,吉林地方粮票,北京不要。还须他操劳……

想起老弟刘方。背负家居两地的重担,日夜攻打吉剧嗨调关。常见他端回滚热的饭菜,吃半碗,放下筷子拿起笔,凉了那半碗。耳闻晚景孤单凄楚,眼望临别赠我的瓷盘,仿佛又见他那熬得苍白的脸……

又想起申老师文凯。从大学到剧团,教师本色不改。教书,作曲,同样认真。他舍弃民间文学和外语翻译诸多特长,一心扑在吉剧唱腔设计和剧种发展上。常提改进方案,有板有眼……

还有崔广林,人称"鼓乐王"。奇异的唢呐,吹抖多少乡亲的肩膀,吹开多少乡亲的愁眉。又为吉剧谱写《万年青》《三朵花》等多少醉人的旋律。谁料这位能奏能写的民间音乐家,病后说话都有些吃力……

那时吉剧的编剧没有编曲多。

最重感情的剧作家籍华,早期参加创编《蓝河怨》。离团高就,晚年又同冷岩创作大型儿童吉剧《春雨红花》。老兄性烈而心软,待人恳挚。曾把远道购来的珍贵药品,送给我医治久病的家人……

又难忘能写能演的刘中。苦学苦练一生,苦苦追求一生。追求地域特色浓烈的喜剧,追求关东性格野拙的吉丑。一举手,一投足,一声唱,一句念,精心琢磨,百练不倦。最难得,岁月消退不了他对吉剧的痴情,两鬓苍苍,还把《包公赶驴》的一招一式，教给幼儿园的儿童……

更忘不了导演金玉霞。一代名伶，刻意求新。懂程式不拘于程式，为吉剧营造如诗如画的生活气息；懂行当不为行当所限，为吉剧雕塑有棱有角的形象。同她合作，使我懂得写戏不单用文字，还要用音乐，用舞蹈，用美术，用展现在舞台上的一切。可惜她已远逝，难得再见了……

我怀念红楼故人，并非这些人毫无瑕疵，并非你我间毫无磕碰。一旦投入剧种的创造，忘了你，忘了我，紧抱一团，点燃起一团又一团腾腾烈火。

时至今日，鬓虽残，心未冷。每逢相聚研讨吉剧，那火苗依旧很红，很红……

鸡·鹤

人的心境会随环境变。

当初，如果我正潇潇洒洒在大学教书，调我到剧团，口头服从，心头也会罩上一层雾。而那一年，钻出阴冷的菜窖，登上剧团的红楼，竟感到步上青云。再看身旁率真活泼的演员和乐手，又恍若鸡入鹤群。慢说到编导室写戏，到厨房烧火也愿意，总算离我的专业近了，近多了！

初进编导室，唯有刘方在。他面有难色手指墙角的桌椅："室内原有四个人，你只好坐那靠边的第五把椅子了。"好心的刘方，但求重新拿起笔，第五把？第五十把我也不在意……

蓦地感到知识分子呀，多么惧怕失去手中的写字工具！

从此，我那干涸多日的金星笔，又为吉剧效劳。在团里写；在家中写，在巡回演出的火车上写，在招待所的灯下写，在舞台上边拉大幕边躲在侧幕后面写……只求台下观众爱看，别无奢想。领导接见靠后站，吉剧早期照片很少照到我。周总理看戏后的合影，也只能在最后一排找到我半张脸……

并非我不愿抛头露面，并非我淡泊名利。特定的境况决定我特定的心态，那时能以同志相称，并委以创作重任，满足了，很满足了。

然而，日月转移，环顾我北大或师大同学还有学生，大多评为教授、副教授了。而我，依然在戏班打本子，不禁又萌生失群的鹤的心情。演员也说："见您初到剧团，一身灰芝麻布学生装，一副念大书的模样，不像咱唱戏的班里人。"

班里人，短时短程难知心。天长日久，越来越思念班里的朋友。

世人眼中，唱戏的轻飘粗俗。看不到他们滚爬摔打，汗水淋淋，苦练惊人的硬功；更看不到他们重情重义，敢爱敢恨，滚烫的心肠。单说对我吧，当年手头拮据，写戏常吸低级烟，就有人把好烟放我桌上；外出写到半夜饥肠滚滚，就有人送来点心；被打成黑线人物清洗厕所走廊，就有人偷偷帮我拎水桶；批判利用剧本反党，就有人用事实证明我对党很有感情……凡此种种，不单是私人的爱护，他们甘愿为剧种献出自己的青春，也格外爱护为剧种出过力的人。

1978年在梨树县演出，突然宣布我任副团长，顿时响起猛烈的掌声，让我讲话，不知讲什么好："我只能写戏不会领导……"会后一位演员说:"不在于您会不会领导,也不在于官大小,您为吉剧写了十八年,总算赶上好年月,真把您当作同志了……"辽宁书法家王冠赠一条幅:"寒松肌骨鹤心情",我很喜欢他的字。这句话赠我班里的朋友最合适。

"神帕"

出自东北艺人粗糙大手的粗布手帕,历经几代的苦练,也成了可转可顶可踢可抛可飞去又可飞回的驰名遐迩的手帕绝技。俗赏雅也赏,外国朋友惊呼它是"神帕"。

"神帕"的神,自然要有神奇的技艺。

1978年刚刚20岁的吉剧进京。吉剧手帕惊动了京剧、川剧、蒲剧等名剧种的名家,并且登门习练。后来又有歌舞、杂技的演员去学加工。小小手帕飞过长城长江,飘越大海大洋。

1987年吉剧参加香港"中国地方戏曲展",某些观众怀疑翻飞自如的吉剧手帕有"遥控装置",直到散戏后上台亲自查看,才相信这"遥控"原来"装置"在同他们并无异样的人的手上。

去年在北京纪念徽班进京200周年的一次晚会上,吉剧青年演员马世杰、梁淑清表演的"高踢手接""远抛脚接"等难度较大的手帕技巧,艺惊四隅,又引来兄弟剧团要求学习的函电。

特别是去日本演出《火焰山》,吉剧手帕使东京、仙台、横滨、名古屋、京都、大阪、福冈等地的日本朋友心醉神迷。热心研究中国戏曲的吉川良和先生说:"在假牛魔王回洞一场中,女演员在手中翻动飞舞手帕的优雅丰姿以及飞向二层观众席而又回转到舞台上去的那种神奇的'手绢功',使观众感到很新奇。而且每日谢幕时,大约有十块手绢飞向观众,使得观众们也争先恐后地夺取这飞来的礼物。"

吉剧手帕确实为我们剧种增添了光彩。这产自黑土地的"毛桃"居然成了摆上国内外大雅之堂的"仙桃"。然而,仙桃也尝一口才鲜,如果没完没了地往人家嘴里塞,无缘无故地卖弄和戏耍,也会令人感到俗不可耐。何况单比技艺,杂技歌舞又是出于蓝而胜于蓝的强敌。

因而,要苦练神奇的技艺,却不能满足于技艺的神奇。

我以为"神帕"更应神在运用的神妙上。

永远不应忘记,吉剧手帕是戏曲技巧,是表现戏中人物个体或群体情绪的一种特殊手段,也是戏中形似或神似的一种特殊道具。

吉剧注意手帕的妙用。早在 30 年前,《燕青卖线》中丫鬟的"叼绢"、小姐的"顶绢"和时迁的"抛绢",运用三种不同技巧表现三个不同人物的自负心理;近年在《三请樊梨花》中用手帕技巧"倒红毡""舞令旗"以及最近《火焰山》中结合情节或情感的那些妙用,才真正展现了吉剧手帕的魅力。

"神帕"要用手练,用心耍。神奇的技艺要有助于表现戏剧人物的神态,体现地方剧种的神韵,成为陶宗仪在《辍耕录》中所说的"气韵生动,出于天成,人莫窥其巧者"的"神品"。

否则,乱用,瞎用,用到使人厌烦的程度,也占一个神字——神经病!

第 九 层

今日我上班地点，南湖畔一座高楼第九层。凭窗远眺，长白山宾馆的白楼耀眼。细搜寻宾馆近邻吉剧团，楼太矮，认不准，两眼望酸认不准。

身在吉林作协，吉林作家不浮不躁不断写出新作品，自然高兴；调离吉剧十多年了，竟也不断地牵念它的一举一动……

吉剧去香港，去日本，身未去心去了。人到晚年，褒贬，得失，胜负，成败，早该置之度外。谁料吉剧的远征，征得我坐卧不宁。怕港人看不惯粗豪的北疆剧种，更担心在日本售票公演几十场，能招来几个异国观众……当轰动香港风靡东瀛的消息传来，明知用词难免夸大，总可放下悬着的心。不爱饮酒也斟满杯，灯下独酌细细品……

作协有难处，自然要管；吉剧遇困难，明知省里厅里更关心，我也东访访，西问问，喜一阵，忧一阵，伤那份多余的、无效的脑筋。

去年秋叶红了的时候，随吉剧团同志乘车去北京，重温一次剧团生活。当年的娃娃成了骨干，后续的新人不常见面，同样天真，同样调皮，同样呼我老团长，扶上搀下，嘘寒问暖，逝去的岁月又悄悄回到身边。特别是那帮武戏小伙伴，上场前眼睛瞪圆，击掌宣誓为吉剧争光……不由想起第一代为东北父老乡亲，为首都北京观众，为周总理演出的动人场面。如今这新一代的足迹，过了黄河，过了长江，过了大海，为剧种又添新光彩。

这光彩添得不易，很不易，我很知底细。

早期的吉剧，趁戏曲独领风骚的风头，诞生在多方爱护的怀抱中。长大虽经风吹雨淋，人心未散，羽翼又丰。今日的吉剧在大潮中摔打。从前一句话办成的事，而今须磨破唇舌。人心浮动，一步一坎。居然创造出《一夜皇妃》这样满族风情画卷。《关东雪》这样关东人物画廊。多次获奖也高兴，更动心的是吉剧的脚步未停，蹭蹬路上走得还很坚定……

前几日，又从九层窗口遥望吉剧楼。耳闻楼内又有新风景。驱车去看，果然，那悬挂"艺不惊人死不休"口号的旧排练场，装修成明灿灿的现代的多功能的新厅。恰恰赶上排练迎接香港回归的节目，翻腾跳跃，艺更惊人。特异的手绢功，片哪，砍哪，拧啊，转啊，如同粘在手指上；远抛近投，飞去飞回，不像人追手绢，倒像手绢追人……

走出剧团，灰秃秃的树梢绿了。

钻进车内，回首望一眼出入多年的地方，一种债未还完的歉疚掠上心头。还要为它做些事，不单动口，要动笔！

（1997年）

山野见闻

恩都力的杰作

我在北大荒看见了海,无边无际的草的海,碧绿碧绿……

1956年7月,东北师大鄂伦春调查组一行七人,取道古镇嫩江,翻越小兴安岭的高峰大岭,奔赴黑龙江畔的黑河。那年月,嫩江人民政府一无轿车,二无吉普,特派大卡车送我们上路。

车出古镇,村屯疏疏落落。越走人越稀,路越窄,眼越宽。朗朗长空下,莽莽大荒野,翻滚的绿浪,澎澎湃湃向我们涌来,涌来,卡车颠簸在大海里……

颠颠簸簸,颠出天边一抹黄。飞车近前,原是大岭脚下满坡黄花夹道相迎。又有结队的蝴蝶绕车护送。我们几个也算教大学书的人了,居然孩儿般脱下衬衣左挥右扑,乐不可支。

卡车驶上大岭,身后突然飞来巨大的阴影遮住烤人的烈日。

回头看，一朵黑云尾随车后同我们赛跑。云到雨到，罕见的大雨点劈头盖顶淋去一身热汗，倒也凉爽。谁料雨后路难行，卡车赛牛车，爬一步，哼一声，越哼岭越高，越高人越冷。多亏单夹棉衣带着，加一件，又一件，四季服装一天穿，这叫什么天！纵然是"胡天八月即飞雪"，刚进七月就穿棉？

一个个裹着棉大衣偎在车厢角，挨到大岭之巅伸手不见五指了。茫茫黑夜何处安身？忽跳出几点灯光。不由想起古小说中的句子，那不是庙宇，定是村庄……近前看，竟是在"贼庙"废墟上新盖起的一排木房。门前四盏灯笼四个大字——合作食堂。

老服务员捧来滚烫的红茶，又端来喷香的饭菜。吃饱喝足，依在热炕上卷一支土产的旱烟，正自品味这人间的温暖，老服务员讲起"贼庙"的故事。

大岭本是南北客商必经要道。从前有座关帝庙供行人止宿。后被强盗霸去，拦路抢劫，大岭就成了雁过拔毛的险峰恶岭……

这一夜，贼窟，神庙；冷雨，热茶；黑云，晴空……变化多端的天上人间，令我浑浑然不知是梦是醒。次日清晨，又一场瓢泼大雨砸响了板房棚顶，心想又是老天作对，气昂昂蒙头大睡。朦朦胧胧听人高喊："彩虹！"

出门看，雨过了，天晴了，天怎这样近，近在眼前了。眼前雨水洗过的蓝天，悬挂弯弯的七彩虹桥，虹桥下还有弯弯的桥影……不对！那不是桥影，那是又大又圆色彩分明的环形彩虹！

忽想起清人刘建封《白山纪咏》中的诗句："铁崖偶见圆虹现，疑是蟾蛾坠翠环。"我在大岭见圆虹，不是疑，是惊，是喜，仿佛顿时驱散灵魂中污浊卑琐等世俗的烦恼，心清似水去接受那神奇的美的呼唤。任何人间的翠环、玉环、银环、金环，都不配形容我第一次见到的晶莹亮丽的神环。

这神环，从大岭到黑河，到呼玛河，到我走进奇异的鄂伦春新村白银纳，在我头脑中时隐时现。

我分工调查的鄂伦春神话，神真多。日月星辰有神，风雨雷电有神，山川草木鸟兽虫鱼几乎都有神。唯有恩都力是主宰天上人间万物的神。这神造了人，人又伤了神的心。

恩都力把用鹰肉造的人下放人间，人却失去鹰的生存能力。只得从天上洒白面供人吃，吃饱了便躺下，不干啥，还吵架。恩都力不洒白面洒白雪，白雪止渴不解饿，人才会捉野兽吃。恩都力露出笑模样。不料当初他把人腿造有三丈长，迈几步就捉住飞跑的野兽，吃饱了又躺下，又吵架。恩都力一怒把人腿截成如今这样短，大兽追不上，小兽吃不饱，身上毛发又少，风雪天不出洞，懒懒地躺下等死。

恩都力心伤透了，恨人不争气。恨了七天七夜，发现该恨自己。只顾让人吃饱，没给人造一个追求美的生活的头脑。于是把他又忙了七天七夜的杰作悬挂在人的眼前，于是人动手脚也动脑了。腿截短了造弓箭延长了腿；毛发太少穿戴兽皮加厚了毛发，不畏风雪四季忙，造出种种创造美的世界的器物，恩都力见了也瞠目结舌，自愧不如了。我追问：

"恩都力的杰作是什么？"

"永不褪色的七色光环！"

噢，也是七色……

巴　拉　人

怪！有人共事多年记不清面孔。有人四十多年前只碰一面，至今不忘他那双猎人般的亮眼。

他是一位巴拉人。

50年代初的一个冬天，我在吉林蛟河县境搜集拉法砬子的传说。也采录关东大集的风情。集上名产当数关东大叶蛟河烟。蛟河烟中尤以漂河一带的烟叶为上品。

一日，我正访问专卖漂河烟的老大爷，一位东北人所说的车轴汉子来到烟摊前。他壮壮实实，头戴大皮帽，身披白板大皮袄，足蹬俗称"爬山虎"的薄底皮靴，手拎皮条扎口的皮口袋。从背后拽下那张卷着的狍皮，大爷打开一看，换给他八扎漂河烟，他不接。闪动一双亮眼伸开两个粗大的巴掌。大爷明白他是要换十扎。便解释说：

"这是漂河烟！"

"抽出烟就行。"

"这烟最好抽……"

车轴汉子依然闪着亮眼伸着巴掌。大爷笑着装一袋漂河烟递给他。他吧嗒吧嗒抽几口，立即接过那八扎烟放进皮口袋。大爷多给他一扎，他摆手不要，大步走了。

我说这人特别。大爷说他是大山里下来赶集的半拉人，不知为啥一个整个叫成半拉！我想东北未成年的长工叫"半拉子"，车轴汉子分明不是；我在长白山访问过"半拉黑"，那是触犯官府豪霸逃进深山的人，没有户口，过着半黑半白半死半活的苦日子，不敢像他那样大摇大摆走动；还有日伪统治时期，我们私下把汉奸二鬼子叫"零点五"，算个半拉鬼子半拉人。车轴汉子更不贴边儿。从此，半拉人成了我田野作业的一个题目。可惜教课任务重，又去北京学习，未能早考察。

60年代访敦化林区。在江东饭店吃饭。一位老林业工人看我像外来客，端来酒菜同饮。我知道不能拒绝老木把的一腔豪情，也就边饮边谈山林往事。我问起半拉人，老木把说有巴拉人。早年住在张广才岭里，有时下山用山货换些油盐火柴等物。摸不清他们的根底儿。

这一次，向敦化民俗学家李果钧同志请教，才理出巴拉人的根蔓儿。他认为巴拉人是不在旗的满族人。散居在张广才岭的大森林里。岭东的叫巴拉人，至今额穆一带仍保留巴拉窝集、巴拉顶子、巴拉淳等地名；岭西的称半拉人，蛟河左近也有叫半拉窝集、半拉撮罗子、半拉山的地方。

半拉人原来就是巴拉人。

巴拉人，满语 Balam 的译音。译文有几种："行为狂放之人""言行轻狂之人""不受拘管的狂野之人"。

哪一种都有一个狂字。巴拉人因何获此称号？说法也不同。

一种认为"在努尔哈赤统一女真各部的过程中，凡被征服或招抚的女真人，皆编入旗籍，构成满族的主体。但是，也有少数女真人未被征服，他们逃入张广才岭隐居下来……在清代

被称为巴拉人，或巴懒尼雅玛。"（引自《满族大辞典》"非旗人的满族"条）

另一种说巴拉人是"指努尔哈赤以来为躲避兵役而逃到东北边境地区的一些人。清代他们没有隶于八旗。但后人仍有些成为满族。"（引自《满族大辞典》"巴拉人"条）

我在采访中，还有人说巴拉人是追求自由的女真人。我听到的《打画墨儿》《乌拉草》等传说故事和关于狩猎、祭礼等民俗，均是满族或汉族同志讲述的。只有一位巴拉人的后代说他儿时折院中柳枝挨过大人狠打。我对民族学、人类文化学的知识有限，当时并未在意。

后来辽西王光赠我剪纸"柳叶妈妈"，又谈到了辽西对柳的崇拜。我查阅资料，也有巴拉人在院中栽一棵柳树，"不准在柳树下拴马或喂养家禽家畜，也不准孩子们攀折柳枝"（转引自刘小萌、定宜庄的《萨满教与东北民族》）。家祭时柳枝插大门旁象征吉利。又有记载，野祭也在青草吐绿的野外柳树下进行。并说禁止四五十岁以上的不育妇女参加，也不许为人诡诈和对父母不孝的人参加。违者萨满命人打三十皮鞭，逐出祭场（引自王宏刚、富育光的《满族风俗志》）。

可见这是一些北方民族视柳为生命女神，崇柳、拜柳的遗风在巴拉人生活中的体现。

巴拉人还保留古野的"猎人酒令"。双手食指放嘴上表示八字胡的老猎人；双手捏耳垂表示戴耳环的猎人妻；双手做射击姿态表示弓箭；双手学虎爪模样表示老虎。行令时，老猎人胜弓箭，弓箭胜老虎，老虎胜猎人妻，猎人妻胜老猎人。还是母性占先。

公骥老师曾嘱咐我:"东北有好多鲜为人知的奇特而复杂的事物,多访多录慢作结论。"果然,过去我以为满族都是旗人,偏有不在旗的巴拉人。其实东北汉族中,既有被流放的流人,也有"闯关东"的"闯人",还有我曾说过的"老洞狗子""半拉黑"等孤伶人……

我竭力多访多录,解释留给当代与未来的学者。

(1998年)

老跑腿儿

东北话粗,也可细品。单身汉通称光棍儿,或光棍子。老了还叫绝户棒子。棍棒同类,好理解。

单身汉又叫跑腿儿,跑字有讲究。我总觉得含有单身出外谋生的意思。我想说的老跑腿儿,即指流离到老也未成家的单身老汉。

我访过伐木的"跑腿儿窝铺",挖参的"跑腿儿棒槌营子",采矿的"跑腿儿工棚子",垦荒犁田的"跑腿儿大伙房"……随处可见鬓残齿落的老跑腿儿,深深皱纹刻着孤凄悲冷的历史;手上厚茧牢记开发山林大地的辛劳。

先说早年东北的拓荒者。

东北地广人稀,早年关内占有土地论亩,还是60平方小亩;关外论坰,1坰10亩又是90平方大亩;而关外的北荒更论方。我听说1方等于40坰,不知确否。假如按王安石新法计算,以东西南北千步为一方,也大得吓人了。

老年人说"跑马占荒"者，跑一圈儿占有几方几十方地。如此大荒野，靠谁垦成黑油油的熟地？靠本地穷苦农民。也靠山东等地跑来的单身汉。其中幸运者熬成佃户，再苦再累算立了自家锅灶。那些一辈子手捧东家饭碗的老长工，劳累到死，身葬异乡，只盼魂归故里。

1947年在北大荒参加土地改革，一户大地主的大伙房里，还有五六位年过半百的老跑腿儿。分得房子地，依然孤守"光棍窑"。村干部分别介绍他们与寡居的妇女结成几户新家。集体办喜事，男披红，女戴花，放鞭炮，点喜蜡。蜡烛汪着烛泪，老跑腿儿憋着眼泪，憋呀憋不住，人喊哭出来吧！一时泣不成声……这喜泪盈盈的婚礼，非止一处。当时已有秧歌剧《老跑腿儿安家》在东北解放区流传。

老跑腿儿，行行有。二人转等江湖艺人，大多单身游荡，四海为家。他们自己说："街死街葬，路死路埋，死在壕沟当棺材。"

城镇也有单身的榨油油匠，搬运"小杠"，烧酒的"糟腿儿"……我有一位远支的"糟腿儿"六舅，晚年烧不了酒，孤零零蹲在烧锅的栈房打更。见面就嘱咐我好好念书，缺学费他添补。他说不图活着得济，只求日后为他坟头添几锹新土……

听妈妈说六舅是从河北乐亭跑来的，自幼学唱皮影戏。你看他虎背熊腰，唱影还唱"小"，"小"即小旦。掐脖子唱出来的女儿声音银铃儿一般。只因性情暴烈，为朋友抱不平打伤了人，才跑到关东来烧酒。

我想求六舅唱一段，妈妈摆手说不可。他年轻时还跟关东本地影匠有交往，越来越不张口了。也许嗓音不亮了，也许一唱就想家……

　　一次妈妈让我请六舅来过中秋节。到他更房子门前，看他守着酒壶，用筷子敲着酒碗，哼哼呀呀唱，大概是影调。哪像银铃儿，悲切切倒像学妇女哭泣的铜唢呐。

　　其实好多老跑腿儿，不仅带来一双劳动的大手，也带来装有种种文化的头脑，是东北开发史上不留名姓的功臣。我跟孩子们说不该忘记他们。孩子们不怀好意地一笑。我明白笑的内容：有你老头记着就记着吧……

踩酒曲的童工

　　酒曲，早年酿酒引起发酵的块状物，形似土坯。

　　六十年前在辽南城镇，时见几条汉子率一队身背小行李卷儿的孩子过市。冷眼看好似唱戏的小科班学徒。细打听才知道是游动踩曲的童工。

　　儿时常去探望看守烧锅货栈的六舅。货栈是储存造酒原料和酒曲的地方。有粮仓，有曲房，有磨坊，有晒场。平素空落落的大院静得怕人，唯有高高木杆上那条观测风向的木龙摇头摆尾。六舅说踩曲的孩子一来，就有热闹看了。

　　这帮孩子大多十二三岁。家穷，靠一双小脚踩来的小钱贴补家用。踩完一处换一处，百八十里用腿量。一进湿冷的住处，抱柴草，铺炕席，累得齐刷刷躺下就懒得动了。

　　踩曲更累。踩曲房大如教室。一侧和面师傅面对架起的大锅；另三侧靠墙排列破衣烂衫的赤脚童工；中间坐着手持藤鞭的工头一声号令，不停地把麦粉豆粉麸皮等物倒进大锅和成面团；又不停地把面团塞进模子让孩子们用脚跟踩实。那酒曲模子比土坯模子多个把手，前一个孩子踩完了，下一个拎着把手翻过来再踩。每一块酒曲都要经过几十个孩子这样手拎脚踩，从日出踩到日落，手脚麻痛直不起腰来了。

那踩曲号子好怪！调不难听，意思难懂，不像汉话。一喊"阿拉巴郎巴里……"只听啪啦啦一声响，一齐翻，一齐踩，也还热闹；翻慢了，踩轻了，那顿藤鞭可真难挨。有个身单力薄的小童工挨打最多。常见他下边小脚紧倒腾，上边小手紧抹泪。

这孩子与我同姓同龄，同样死了父亲。比我还瘦小，都叫他"小拉渣儿"。东北话，把最后最小的猪崽儿叫"拉渣儿"，吃奶抢不到乳头。这孩子吃饭也靠不近菜盆。十几个孩子挤着一盆菜，他只得舀剩下的菜汤泡那又硬又红的高粱米饭。

中间歇憩，一个个累得横躺竖卧；几个皮实的还有心思玩那"石头·剪子·布"；"小拉渣儿"呆坐一旁，翻看七裂八瓣的手掌。我向妈妈要来蛤蜊油和干净布条给他缠上，他瞪着深陷的大眼睛，也不说啥……

踩完酒曲，孩子们背起行李卷儿列队转移。"小拉渣儿"突然跑到我面前："哥哥，我还能来踩……"

但以后来几伙踩曲的童工中，左找右找也不见他的身影。

（1998年）

大雪敲窗

关东三大怪：窗户纸糊在外，大姑娘叼大烟袋，养活孩儿吊起来。

我小时候，人前叼大烟袋的大姑娘很少见，小姑娘倒有叼着耍的；婴儿真就吊在摇车里。摇车没有辊轳，也叫悠车。据说这是满族风习。我也见过鄂伦春的悠车叫"额莫刻"，小巧精致，平日吊在住宿的"撮箩子"里。游猎搬迁，吊在骑马妇女的背后或胸前。任猎马奔驰，婴儿照样玩耍安睡。看来这两怪不算太怪。

窗户纸糊在外，更不怪。内靠窗棂的木格支撑，窗纸才不会被外来的暴风雪吹落屋里去。何况关东的窗纸并非都糊在外。

大户人家的正房多为五大间，每间上下对开四扇窗，下两扇是玻璃窗，上两扇才是糊纸的花格窗。但用洁白光亮的"磨造纸"糊在窗棂里面，才能显露出雕有盘肠、蝙蝠等花样的窗棂艺术。防风霜雨雪侵蚀，外挂两扇风窗保护。晴天支起或摘下来。这风窗才把窗纸糊在外。

小户人家常用风窗糊法。粗糙的窗户纸上，横竖拉上一道道麻经加固，再掸上些豆油增加亮度。入冬纸窗封严，再亮也看不见窗外情景。

我小妹冬天气喘，妈妈不许她出屋。刚满3岁的孩子，憋闷急了，就用蘸唾沫的小手指，偷偷把窗纸捅个小孔向外看。俗话说"针鼻大的窟窿斗大的风"。为这常挨妈妈打。我只得诳她说，窗外有老风婆专扎小女孩手指头。她不信，我拿削尖的细篾（高粱秆的硬皮）等在窗外，看她小手指捅窗纸，就扎她叫道:"哎呀呀,风婆真扎呀……"从此再不靠近窗前了。

我看小妹一冬不见天日,忒可怜。家乡山里产云母,撕一块巴掌大透明的云母片,正好镶满一小窗格。小妹得见窗外的麻雀飞,雪花飘,高兴得如同今日儿童看那新型的大荧屏彩电。

其实,纸窗也有迷人处。清晨睁开眼,阳光照在薄厚不均的粗糙窗纸上,恍惚惚映出看不尽的景物,有山,有树,有大嘴乌鸦,有驼背老头……你想看什么就能找到什么。

更难忘那风雪夜。如果下米粒般的雪糁子,唰,唰,我感觉有巨人挥锹向窗上扬沙;如果是扑来铺天盖地的狂风暴雪,好像他又抡起大拳咚咚敲窗户。敲得窗框乱颤,小屋也要抖了。吓得小妹扯被蒙上头;我却想天亮有一场雪仗好打了;妈妈几番起身查看窗划是否划紧,躺下又叨叨不止:"你姥家的窗框糟烂了……你爹的坟头又让大雪压上了……"

1949年后住东北师大宿舍,双层玻璃窗削减了风雪的威力。只在儿女下乡插队的年月,想起他们用报纸或草帘堵窗,风雪一来心又揪起来。

近年来搬进南湖新村的新楼,双层玻璃窗外还有封闭的阳台。儿女也先后搬进温暖明亮的新居。娘早已故去,唯有年老的妹妹仍住岫岩山村农舍,但也不用纸糊窗了。如今她又先我离开人世,我更无牵挂。除了有时会想到风雪影响生产外,其他与我个人无关了。

不过去冬雪太少,几乎忘了这是关东的冬天,若有所失。一日清晨,小外孙女高喊下雪了!凭窗看,那雪一片一片鹅毛般轻轻飘落。我说难怪昨晚无声息,我小时那凶猛的大雪咚咚敲窗,才有意思。

小外孙女说:"我同桌小同学家,单层玻璃,暖气也不热,她小手都冻了……"

(1998年)

小河拆桥

六十多年前,家住海城东四道沟。上有五道沟、六道沟,究竟还有多少道,说不准。只闻一沟比一沟的山高,一沟比一沟的林密。密林中伸出一条曲曲弯弯的小河。

小河哗啦啦从屯西流过。水不深,也不宽。河中立两个木架,搭三块木板,便是一座桥了。

桥头是娃娃领地。早晨上学捧河水洗脸,傍晚放学跳河里涮脚。节假日聚在这里打闹嬉戏。

小河水清亮亮,河底多彩的卵石,翠绿的水草,如同装在洁净的大玻璃缸里。摇尾的小鱼列队游来,咳嗽一声,尽钻石底。一掀石头又四散奔逃,河面留下一层有趣的小泡泡。

河窄,滩不窄,有成片的大小卵石。大者可当桌凳,下"五道"棋("五道"棋,横竖五道线,各持五个小石头棋子,先吃净对方棋子者胜)或"憋死牛"棋("憋死牛"棋,方格内画两条交叉的线。各持两个棋子,被憋得无处走者败)。还用卵石垒大院墙,有前门、后门、炮台。娃娃头杨三分兵攻守。玩累了躺下仰望蓝天上的白云变幻……

小桥下游是姑娘媳妇的营盘。洗衣,洗头,洗脚,三伏天还穿衣坐在河里洗澡。叽叽喳喳,烦人。但互不相扰。那位二虎嫂一到,形势顿时紧张起来。

二虎嫂也像二虎哥那样膀大腰圆,说话瓮声瓮气,罕见的女低音。可惜音色美,吐字不雅,男人羞于出口的脏话她也敢掏。最可恶,对娃娃一律称作犊子。犊子生来不怕虎,看她来洗衣就搬石堵坝憋水。下游水少了她就骂。骂越狠,坝越高。气得她光着大脚片儿来问罪:"给你们这帮犊子剃光头,送千山当和尚!"

杨三不慌不忙领我们脱掉小褂,双手合十坐小坝上:"快剃!正愁找不到剃头匠哩!"二虎嫂高叫:"你杨三的刺儿头最难剃!"杨三笑道:"你忘了刺儿头的生日是五月十八……"话音未落,二虎嫂扭身蔫退了。

旧历五月十八,传说是小神爷的生日。小神爷,乌龟也。旁处敢嘲笑它,但我们山沟惧它,尊称它为"爷"。"爷"的诞辰还有人到河边焚香上供。听老辈人讲,有一年山里发大水,小神爷成群结队伸着脖子顺流而下。到屯头拐弯处,一个大漩涡,旋塌了一大段河岸,险些把二虎哥家的茅屋旋到"王八窝子"里去。这可能是二虎嫂怕听五月十八的由来。她只好回去搬请小杏姐出马。

小杏姐待我们好。有时她在河滩上晾衣衫,常端铜盆到桥头来:"看你们小脖黑得像车轴了。"说罢按着一个个用猪胰子洗。猪胰子是用猪的胰脏和碱捣成泥,再抟成球形晾干,专供洗脸使用的山村"高级香皂"。每次小杏姐需消耗大半块才能洗净一根根"小车轴",洗黑一盆盆清水。此番,娃娃们看小杏姐上阵，威风大减，呆呆瞅着她，她不瞅我们，也不开口，把我们脱下的脏小褂全拿走。杨三忙喊自己会洗，小杏姐回头一笑："不如不洗呢。"杨三急忙下令拆坝放水。然后齐刷刷躺在河滩上，静等着穿那洗净晒干的小褂。

多雨的季节，夜里听窗外几声炸雷，雨声哗哗不止。天亮跑到桥头，白汪汪一片，桥板不见了。水落了，可到下游找回来，找不到就捞上游冲下来的桥板搭上，有人来要再另想章程。这些活大多是杨三领我们干。

自从知道杨三的生日真是五月十八，娃娃们更加惧服他。看他那梗着脖子的神气，还真有几分爷的气魄。

（1998年）

海城高跷

家乡辽南的海城高跷秧歌，驰名国内外。红火奇异，可谓关东一绝。

高跷，也叫高脚。我说不清它的源流，也不必追溯到《列子·说符篇》中的记载（《列子·说符篇》载："其技以双枝长倍其身，属其胫，并趋并驰。"看起来也是双棍绑小腿上，又走又跑。只是那一双跷腿太高。该是一种杂技表演）。只能说说我亲见亲闻的情景。

六十多年前，冰封大地，山村娃娃便翻腾山柴垛，选两根带分杈俗称"卡巴拉"的树棍，脚踩锯成离地三寸左右的"卡巴拉"上，双手紧握木棍上端练走步。直练到布鞋底磨出深坑，能走了，会跑了，就扔掉这双练功的"拐棍"。再寻找木材哀求大人做一副高跷腿，腿头钉上防滑的马掌钉，早起捆绑小腿上，屋内屋外练，上学下学也踩跷走。至今依然怀念那踩在冻土冰河上的行行小坑，那迷人的嚓嚓声……

一进腊月门，村里筹办高跷会。挑选灵巧好乐的青壮农民，培训高跷的男女角色（那时节女角也用男人扮）。头一名是武丑扮相的头跷，戴鬃帽，持马鞭，蝎子形的白鼻梁，向上翘的八字须，俏皮，英武。第二名是类似武旦的二跷，头插绒球，额涂红点，像个手举马鞭的野性女子。还有丑公子、彩婆子、傻柱子、青蛇、白蛇。我最喜欢老渔翁，卷沿的帽圈，斜披的黄袍，长长的灰白胡须甩来甩去，好气派！我偷妈妈搓麻绳纳鞋底儿用的线麻做胡须，挨了一顿笤帚疙瘩。我眼泪不擦，跑出家门戴上麻须照样甩。

高跷队里扭得最欢最浪的是头上戴花，身穿女衫的上装和小丑打扮的下装。这一上一下叫一副架。一队高跷要有四副六副或更多副架。最后一副架叫"压鼓的"。艺不惊人压不住。

我村有位压鼓的小万哥。私下看，模样一般。上装扮女人，女人不如他晃眼。走起来风摆柳，扭起来蝴蝶飞，乡亲送号"万人迷"。下装最逗人的是"傻球子"。圆圆的脑瓜像个球，东北方言把"顽皮"也叫"球"。又傻又球，甚合乡亲口味。有这二位压鼓，其他高跷队只得拎着鼓槌躲开走。

那年月，高跷上街表演叫"街趟子"。伴着《句句双》《五匹马》等欢快的鼓乐曲牌，边走边扭，又翻身，又缠头，又耍扇子又飞手绢，真好像新春正月刮春风，刮开了一溜颤动着的花花朵朵。

高跷队一进大户门楼,头跷等四个人驮起老渔翁,再骑上一童子,这叫"骑象"。万象更新,骑象童子还要唱喜歌。比如,"一进大门抬头观／当院立着灯笼杆／灯笼杆好比摇钱树／东家好比沈万山……"门户不同,唱词也变。

唱完喜歌起鼓跑大场。头跷二跷挥鞭领队,跑圆场,变队形,什么"双日耳""四面斗""十字梅""宝盒盖""串荞麦""龙摆尾",那真是瞬息万变。变得你多长几双眼睛不够用,冷风刺骨不觉冷,愁事揪心忘了愁……

其实,旧社会踩高跷的大多是穷苦农民。喝粥的肚子填不饱,彩衣遮住补丁落补丁的破棉袄,一上场,龙一样翻,虎一样跳,为的是让愁苦的乡亲笑一笑。

日伪残酷统治那十四年,禁止中国人吃大米,吃了抓你"经济犯";禁止中国人说自己是中国人,说了抓你"思想犯"……但禁止不了中国人扭中国的高跷秧歌。"四人帮"倒真把流传多年的高跷禁了,想搞秧歌新样板,乡亲说是秧歌体操,用那冷眼也懒得瞧。"四人帮"一倒台,海城高跷仿佛挣脱了捆绑十年手脚的绳索,格外欢腾。

那一年元宵节,几十伙高跷赛着扭,大街小巷塞满了人。这一伙压鼓的"上清场",女孩踩跷舞得美,小伙子更逗得新,人像潮水向这儿奔;那一伙"下武场",打飞脚,扔旋子,前翻后滚又叼花,潮水又涌向那一方;更有一伙撮起高高的梯子,表演"蝎子倒爬城",绑跷的丑角倒立着,双手轮换向梯上爬。一磴一磴爬到梯顶再爬下。爬得观众又像旋涡般地朝这涡里卷……

我望着眼前穿戴整齐的观众，回想当年山沟里那些破衣烂衫的伙伴，六十多年来，苦也好，甜也好，看高跷总是那样眼珠不转咧嘴乐。乐是我乡亲的好性格，乐是从心里涌出来的浇不冷的情，乐是从胸中喷出来的扑不灭的火……

（1998年）

年　纸　单

儿时读私塾，大山沟的小屯里，我也算个会写俩字儿的人物。迎新春，写春联不敢动笔，常替小户人家写年纸单。

乡俗，过了腊八杀年猪，洒年糕，蒸年干粮，磨年豆腐，还要赶年集办年货。办年货常把想买的货品，一笔笔从右向左竖写在大红的横纸条上，先写神像等年纸，这个横纸条俗称年纸单。

通过年纸单的长短，可见门户的大小。

大户人家的年纸单，比关东大汉横伸双臂那一庹还长。头一位请"一家之主"灶王爷，又请进财的财神，降喜的喜神，看家护院的门神，延年益寿的寿星，治眼病的眼光娘娘，保儿孙的张仙……钱多呀，用谁就请谁，其实是买谁。还要买敬神祭祖的高香、蜡烛、挂签、鞭炮、烧纸、金银箔和喜庆的灯笼、年画、写春联福字的大红纸等物。然后再写花椒大料生姜，红糖白糖冰糖，油盐酱醋茶，芝麻栗子枣。外加毛虾、冰蟹、小银鱼和大胖头鱼……按单采购一大马车，赶回家去过肥年。

小户人家年瘦。年纸单，两拃长，稀稀拉拉写上头位灶王爷，门神也该请，富家防盗，贫户避邪。《白毛女》中杨白劳贴门神也唱大鬼小鬼进不来嘛！其余诸神，小门小户请不起，请也未必来，来也没有好吃好喝好招待。拣几样生活必需的年货，小筐挎回家，孩子大人也露笑容。至于那些穷掉底儿了的，过年如过关，挨到腊月二十九去赶"穷棒子集"，揣几个舍不得给孩子吃的鸡蛋，换一张新灶王爷贴上，也算有点年味了。

那时候，我手写年纸单心纳闷：灶王爷，官不大，为什么家家先请他？

外祖母说他是玉皇派到各家主事的。你说啥做啥，他都记在心里上天禀报。传说有个小牛倌放牛，天天从山里蹦出个小金马驹儿同他玩耍。牛倌爹听见起了歹心，要抓住它发大财。小牛倌心善，偷偷告诉小马驹儿再也别出山了。这件事灶王爷禀报了玉皇大帝。从此，小牛倌放牛牛壮，种地地肥。天大旱，哪怕飘来一小朵乌云，下雨也先下在小牛倌租种的地里。牛倌爹可遭罪了，心口疼，咳呀呼声一辈子……

外祖父一听狠磕烟袋锅："灶王爷总那么公平吗？恶人也得势，好人常受穷，早早晚晚赶他回西天！"祖父说中了，如今果然不见灶王爷的影儿。但没听说旧社会谁敢赶他。

前些年回故乡，文化界朋友赠我一册《海城民间故事集》。其中还真有一篇《李秀才赶灶王爷》。

李秀才穷得叮当响，赶集卖字为生。眼看熬到腊月二十三，冻得嘶嘶哈哈，分文未进。肉案小伙计趁胡屠户不在，偷着赊给秀才二斤猪肉。回家炖好刚想祭灶，胡屠户踢开房门，把肉扔给他牵来的恶犬。秀才娘子哭道："咱不吃不算啥，灶王爷不吃好能说咱好话吗！"秀才提笔画了一匹黑马一把鞭子。并题诗一首："一匹黑马一把鞭/我赶灶王早升天/玉皇要问人间事/为何文章不值钱。"写完烧掉了。

  天上玉皇听那些吃饱喝足的灶王爷言人间好事，饿瘪了肚子的灶王爷来告秀才的状，检举秀才的诗。玉皇一看眉头紧皱，眼瞪这帮好吃好喝嘴上抹糖的部下，也回秀才一首诗："灶王受贿把孤骗/唯有秀才敢直言/从此亲问人间事/揭短文章也值钱。"传说秀才过上饱暖生活了。真假不可考。不过这故事是海城驸马村农民刘清惠讲述的，农民刘多学记录整理的。倒真是农民乡亲的一种愿望。

（1998 年）

旅途自语

三访呼兰

1953年访呼兰。大雪初停,夜沉沉,不见萧红笔下冻裂的大地,但见冻得哆哆发抖的几盏昏黄的路灯。

钻进旅店,一铺热炕一壶茶,烘化身上霜,眉上霜,心上霜。开口向店主询问我要采访的名艺人徐生。店主从根说到梢,唱旦角艺名金翠花,改唱丑角贺号"大绝活",如今离乡到绥化去了……

再问萧红,他说耳生,也许家不在呼兰。翌日赶赴绥化,无暇再询问。临行去看魂牵梦绕的呼兰河,竟是一条曲曲弯弯冷冷寂寂的冰川!

1982年再访呼兰。乘车直奔萧红家。第一眼,不像。萧红几次说她家的院子是荒凉的,很荒凉的。而这里是拥挤的,很拥挤的。四边住着的,不再是"几个漏粉的""几个养猪的"和

"一个拉磨的"……周围住户挤进了前院,挤进了萧红最喜欢的后花园。只见五间下沉的旧瓦房和房前一株老树。我扶窗向东里屋观望半晌,仿佛看见她坐炕沿上背唐诗,看见她呆立窗前生闷气……然而,还觉得不像她的家。

今年 6 月访呼兰,阳光灿灿,满目新楼。萧红眼中的小城,不那么小了,不那么寂寞了。再到萧红家,新砌的大院墙,大门楼。前院新栽了树木,后花园新种了花草。唯有碾坊里的碾子、磨、手摇的风车,诉说着往事……

走进整修过的五间大瓦房,橱内陈列萧红的遗著遗物,墙上挂着萧红的遗照和名人的题赠。唯有几件旧家具可能是萧红触碰过的。而屋地,我坚信是踩着萧红的脚印了。

走出房门,长呼一口气,这像萧红的家了!但看房前凝眸沉思的萧红塑像,她在想什么呢?难道她依然不满意这个家吗?

萧红短短一生,住过的地方不少,她究竟满意哪个家呢?

哈尔滨的东兴旅馆吗?欧罗巴旅馆吗?

上海的福显坊 22 号吗?

武昌的小金龙巷 21 号吗?

香港的九龙尖沙嘴乐道 8 号吗?

……

或许我目光窄狭,萧红是呼兰的骄傲,关东的骄傲,中国的骄傲,难道没有她安身寸地吗?但,在那黑云碾人的年月,她热爱过的故乡故土,真正热爱她的又有几人?她叫着"我拿什么来喂肚子呢?桌子可以吃吗?草褥子可以吃吗?"左邻右舍有谁送过一个她想偷又不肯偷的"列巴圈"吗!甚至她那些相依为命的家人,除了逝去的老祖父,还有谁同她相依到底呢!

萧红啊不必多想了!你是命中注定没有家的女人,没有家的作家!

怅怅然走出院门。回首望高悬"萧红故居"一块匾。故居?对了!这不过是萧红早年居住过的地方。正如她还有客居、寄居、旅居等好多好多居住过的地方一样。用她自己的话说:"移一个窝就是了。"

(1995年)

少林三绝

名山古刹访过不少,应朋友之邀到少林,除想拜拜禅宗之祖再看看塔林,别无他趣。谁料这里的一堵墙,一座亭,一片坑,却深深镂刻在我日渐麻木的头脑中。

墙

平生最恨墙。它挡你隔你围你困你,还要撞你。于是见墙就躲得远远的。

那本无活龙却说得活现的北海九龙壁,不去看;那奇妙的可相互通话的天坛回音壁,耳聋,不聋也不去听;唯有长城靠近几回,还几番登上高高的大墙之顶。但近来居然有人说中国落后它负有一定的责任,今后再也不登了。倒是少林达摩洞中那面阴冷的石壁,磁石般地粘住了我。

据说这就是禅宗初祖达摩面壁10年(一说9年)寂坐修心的那堵墙,我静立壁前,顿生杂念:在这又湿又凉的天然小石洞中，慢说盘膝静坐10年，就是坐10月，坐10天，坐10小时，纵不叫苦也不会感到舒服。我决心在这里静坐10分钟，也好体验体验1400多年前达摩的心灵活动。谁料游人嫌我碍事，友人拉我快走，恨的墙躲不开，爱的墙靠不近，不讲理！

后来回家把写字台塞进靠墙的一排书架中，留出小墙一面。每日面壁而坐，纵不能"心入墙壁"，也有助于见性明心。只可惜那墙是白灰喷过的，我正在寻找一块浓碧阴凉的石板，镶嵌进去……

亭

我一向喜爱亭，爱它四面无墙，通风良好，出气自由。

绍兴的兰亭，西安的碑亭，万寿山上的铜亭和我家乡茅儿寺不知名的小茅亭，都曾使我坐下就忘记站起。

但，少林的立雪亭却使我产生压抑感。名曰亭，其实是一座屋顶沉重的庑殿式小殿堂。亭名"立雪"，更令人脊背发冷。

相传这是禅宗二祖立候初祖达摩的地方。他头顶冻云站立着，脚踏雪地站立着，雪深过膝依然一动不动地站立着。遥想这师徒的神态倒真有意思：一位坐得稳，一位站得牢，坐得稳的终于把衣钵法器包括那颗心交给站得牢的。

于是这亭也使我不敢侧目视之了。但那立雪的动作可不想学。两手空空站在雪中，只怕白白挨冻。

坑

毗卢殿砖铺地面上有小坑一片。都说这是少林僧人练拳习武的脚坑遗迹，叫作少林拳"站桩"坑。

东北人用东北话说"好凿死铆子":"人脚能把砖地站出坑来?扯!"

细看那砖,质地坚实,不像今日那种偷工减料一碰就出坑的次品;再看那坑,自然平滑不见雕琢痕迹,更不像为了虚夸花拳绣腿而谎报成绩的产物。

我不禁自言自语:"看来是我冤枉了……"没等"古人"二字出口,那壁画上500罗汉好像齐刷刷对我怒目而视;那一片坑上好像齐刷刷站起一群英武刚毅的少林僧人,使我如同面对家乡那齐刷刷一大片原始红松林!

告别少林。那墙,那亭,那坑,重重地压在心头,压得汽车哼哼不止。车窗外,残照冷落,晚风凄紧,路旁老树纷纷倒退……突然眼前一亮,见一红领巾小脚高蹬在树干上压腿,一动不动,仿佛一动不动地在那面壁、立雪、站桩……

(1989年)

我爱铃声

编者让我谈谈业余爱好。乍一想,我从早到晚坐在家中写,好像全是或全无业余;要谈爱好,那可多得不晓究竟爱好什么!

只能谈近来我比较爱听铃声。

我说的铃声,不是那急促促刺耳惊心的门铃声。聪明人创制一种会演奏的门铃,初听也新鲜。但不管主客的喜怒缓急,一律要听它奏完为止,似应改进。我已经抠出电池,停止了它的工作。

我爱听的是悬挂在檐角或马头的铜铃。

恰好老友从东瀛归来,赠我一铃,似钟而小,外貌古朴,有如出土的青铜响器,悬在书房一角,丁零零、丁零零,那才是悦耳的乐音!

我爱铃声,敢说历史悠长。

儿时在僻野山乡,夜深月落,黑沉沉了无声息。偶听那一串串马铃响,由近到远,仿佛把我引向明亮清爽的天地。但那学堂的摇铃,却使我又爱又恨。恨的是那当当当好似驱鸟入笼的上课铃。唤来身穿破旧长衫的老先生,或因饥饱不均,喜怒无常。每见他眉头紧拧,我们便暗摩掌心,预防挨他戒尺的狠打。其实,打肿了抹上墨汁,凉丝丝也有常人品尝不到的滋味。

下课铃自然爱听,使我们又可张开翅膀。

我对铃声欣赏水平的增长,是从 1982 年随中国戏剧家访问团到东海舰队开始的。舰队同志像安排作战计划那样精密地安排接待我们的日程。头一天登舰下艇,第二天观光旅游。那宁波的天童寺,绍兴的禹王庙,特别是普陀山上许多寺院的铃声,倾耳细品,各具特色。就连只有几名水兵把守的小小珞珈山,也有小小观音寺,铃声小而脆,令人神迷!

最难忘的是 1984 年细雨蒙蒙的一天,游承德俗称"小布达拉宫"的普陀宗乘之庙,空旷旷不见人影,寂静得心神不宁。突然飘来檐角的铃声,飘动了我的诗情。穷索枯肠,苦无佳句。忽忆起元代诗人萨都剌的"竹院东风僧未归,落日楼台铃自语",把"落日"改成"细雨",约可表述我的心境,尤其是"铃语"二字妙极。

我书房中的铜铃,是常常同我耳语的。焦躁时要我冷静,倦惰时要我奋起,混沌时要我头清目明……

嵇康说:"铃铎警耳",果然不差。

(1991年)

白花点将台

1962年冬,我曾去访吉林著名的乌拉古城——海西女真四部之一乌拉部的中心城堡。

熟悉当地文化又是剪纸艺术家的老康同志陪我,一到乌拉街,来不及喘口长气灌口热茶就催他同去古城旧址。

那一天,风硬云低,路人稀少,空寂寂大地上唯有削得尖尖的玉米茬刺人眼目,朦胧中仿佛见到刀剑闪烁戈戟铿锵的古战场。

公元1613年,建州女真首领努尔哈赤又一次率铁骑踏进这海西女真的疆土。两军相距百步,厮杀甚酣。努尔哈赤"舍马步战,矢交如雨,呼声震天",一举灭了乌拉。

如今只留下乌拉古城的废墟一片。

但那一段段内外三城的断壁,好似一排排身残志坚的乌拉壮士,仍在一动不动地守卫着乌拉故土;那高高的白花点将台,更在不断地传扬着乌拉精神。

我与老康快步奔到台前,恰在这时天空洒下洁白的雪花。啊——白花,我访乌拉主要来访你,还劳你迎接来了!我跑上40多级的石阶,捧起台上一把冻土,这台是白花你用背来的国土筑成的吗?

有关白花的传说颇多,兴味最浓的是背土筑台这一情节。

相传白花父亲是软骨头的乌拉之主。屈膝媚敌献出了红花、黄花两个女儿,敌酋又发兵逼索三女儿白花。年仅17岁的白花血战三天三夜,败退到松江西岸。身边将士和随军的乡亲伏地痛哭,白花誓死不屈,率众背国土过江筑成这座点将台。每日苦练精兵,终于大破强敌,收回失地,复兴了乌拉……

老康说白花复国也不易,多亏她识破并斩了暗暗通敌叛国的大将铁头,用黑石棺将他深深埋葬,让这丑类永不出世。《永吉县乡土志》还真有铁头坟的记载。传言雨天常露出闪着黑光的石棺一角,乡亲说这是铁头的黑心。可见黑心是埋不住也绝不了的。

回到寓所同老康围炉交谈。我总觉白花这位传说中铁骨铮铮的女英雄好像实有其人,真是写戏剪纸的好题材。

可惜我的戏没写好,也没见老康的剪纸发表,常引为憾事。其实,这也是高估了我们手中的笔与刀,人民或爱或憎或褒或贬的口碑流传久远,人民的评价才是珍贵的,最珍贵的!

(1990年)

乌 拉 草

1990年秋,在铁岭龙首山写东西。头昏昏,放下笔,钻进山林。刚爬一个山坡,气喘吁吁,坐在草地上,脱下皮鞋揉脚,陡然发现我坐在乌拉草中。面对这儿时帮助我过冬的朋友,萌生一种愧对它的感情。

乌拉草也叫"靰鞡草"或"乌喇草"。"草民"用它暖脚，谁料文人也有兴致把它拉进诗文，而且用墨较多。

《扈从东巡附录》中载："尴他姑儿哈非：乌喇草也。塞路多石碛，复易沮洳，不可以履。缝革为履名乌喇。乌喇坚足不可裹，泽有草柔细如丝，摘而捶之实其中。草无名，因用以名。"

这是康熙二十一年翰林院侍讲高士奇关于乌拉草的描述。可见在三百多年前，为适应塞北难走的坎坷路就有了用牛皮、马皮或猪皮做成的乌拉鞋。鞋硬难穿，偏偏又为关东"野老"生长出这种又细又软的野草，捶一捶放在乌拉里正好。因此无名草也就叫乌拉草了。

后在《吉林统志》中另有记载："俗语云：关东有三宝，人参貂皮乌拉草。夫草与人参貂皮并立为三，则草之珍异可知。"还说"吉林山里所产尤为细软"，絮在乌拉里，即使"严寒而足不觉冻，此所以居三宝之一也"。

更有趣的是当时还用过乌拉草命题考试。吉林优贡沈承瑞因有"任他冰雪侵鞋冷，到处阳春与脚随"等佳句，受到学使大人的赏识，还真考到前面去了！

这是为了应试被动将野草入诗的。主动吟咏者也不少。翻开嘉庆道光年间锦州金朝觐撰写的《三槐书屋诗钞》，其中就有《乌拉草》三首。本想全录，三八二十四句有多占篇幅之嫌。只摘一首：

白岳灵葩属贡参，

寻常弱草亦堪吟。
生当夏雨宜河畔，
捣向秋风入夜砧。
翻笑倾葵空自卫，
更如挟纩可人心。
缘随野老同行止，
未必跫然喜足音。

抄到这里，关于乌拉草的名称、历史、生态、用途、价值等大体都说到了。只有一条翻阅文献尚未查到，那就是该草为什么后来被除名关东三宝而为鹿茸所替代？

我只好猜想当年它列为三宝是因暖过关东大汉的脚。如今穿乌拉的极少见，没有必要也不可能为保持当年地位，硬把乌拉草往近年流行的棉胶鞋、大头鞋、旅游鞋、雪地鞋里塞；或硬说这些鞋都不如往日草絮的乌拉好。

当然也不必因它退出宝位就贬低甚至否定它在历史上的珍异与奉献，把它说成被时代抛弃的毫无价值的废物。

知识少对任何事物都会作出不正确的评价。其实乌拉草不絮乌拉仍有不可忽视的用处。还是抄书结束本文罢！

《辞海》中说这种莎草科植物"纤维坚韧耐久，为制作草鞋、草褥、人造绵、纤维板等的良好材料"。

看！还是良好材料！

（1990年）

榆 树 人

我常去榆树县,不单因为它是驰名中外的大豆玉米的产地,据说它还是四万多年前吉林远古居民"榆树人"的故乡。

1951年在榆树周家油坊一带发现了称作"榆树人"的旧石器时代晚期的文化遗存。

那些用石材兽骨制作的石器骨矛和那大牛头骨化石,常使我想到如今拖拉机轰鸣的榆树大地,曾是野蒿丛生的莽莽草原。当年"榆树人"与猛犸象、原始牛等凶兽厮杀,同寒天大雪搏斗,该有多么艰苦,多么顽强!多么像榆树那样耐寒、结实!

可惜人们常把松竹梅入诗入画,却很少有咏榆画榆的。

这也难怪,榆树的形象确实没有松的挺拔、竹的清秀、梅的冷艳。榆树皮色灰褐还常有鳞片脱落;榆树叶狼牙锯齿粗糙无光;榆树有花也是偷偷地开放,好多人不知它的形状。这也不能责怪人家无知,怨只怨榆树不会显示自己,那一小簇一小簇又绿又紫小模小样的小小花朵,不近在咫尺,谁能看出它有花的模样。

唯有榆荚俗称"榆钱"的倒还争来庾信"桃花颜色好如马,榆荚新开巧似钱"和欧阳修"杯盘饧粥春风冷,池馆榆钱夜雨新"等难得的诗句。从吃着眼,《燕京岁时记》中还有"三月榆放钱时,采而蒸之,合以糖面,谓之榆钱糕"等记载。这些算是高看榆树的文字,也只说榆钱的形巧可食而已。

但在劳苦的乡亲眼中,榆树那可是宝,浑身都是宝。

榆木坚致可造房,造农具家具;嫩叶嫩果可吃;榆叶煎汤可杀虫；榆皮的用途更广：纤维可代麻，调制可成胶，泡水可当妇女的头油，戏班还用它化妆贴片子。特别是大灾之年，榆皮磨粉可做榆粥榆面充饥活命，自古以来救活了多少条穷苦人的性命……

榆树的皮肉筋骨全都默默地实实在在地奉献给人了。正如今日榆树人默默地实实在在地把用心血汗水培育的大豆玉米大量奉献给国家一样。

这大概是远古"榆树人"的遗风，也可说是关东人的一种榆树性格吧！

（1990年）

晚　情

山　大　娘

山大娘,与西晋"竹林七贤"中的山涛同姓,是长白山区一位心热骨挺的老人。

1958年夏,我下放到临江修公路,就是那条从临江到长白盘山跨岭的险路。名曰下放干部,实则劳动改造。分派到山大娘家借宿,偏巧糊墙的报纸上刊有批判我先专后红的文章。惴惴然怕大娘另眼看。

也许大娘不识字,烧热炕,留热水,待我如家人。特别是他的小孙女山丫,跟我女儿木箫同岁,同样的苹果脸,同样的拗脾气。我喜欢她,又不敢亲近她,常呆呆地看着她。山大娘好精明:

"想女儿了?"

"不,怕女儿想我。前年我采访鄂伦春,她病了一场……"

山大娘一把拉过山丫，让她叫爸爸。我忙拦住：

"不行啊，大娘，我是犯错误的人，人家会说认贼作父……"

"他说他的，就认你这个'贼'了！"

"您看墙上，还有批判我的文章……"

"他批他的，我不认识字，认识人！"

第二天收工回来，见大娘剪个大红石榴盖上那篇檄文，待我比往日更亲。

从此，心敞亮多了。挥锹舞镐，打眼放炮，挑灯夜战，越战越酣。还购些筑路书籍钻研。深感这也是一门很有趣的学问。收工早时，就在荧荧灯光下，偷偷给大娘唱二人转。小山丫偎在身旁，不时地送草莓止渴……

转眼公路竣工，我竟上台领奖。先进生产者、劳动模范一类头衔落在我头上不合适，不知是哪位高人的高招儿，评我为"跃进手"。平生获奖多次，最珍视的是这个"手"啊！还领10元奖金，乐颠颠跑到散发煤油味的供销社，给山大娘买二斤绿豆糕，给山丫扯几尺花布。灯下给妻儿写了一封真正有喜可报的报喜信，很长很长。

谁料好景不长。庆功会后演电影，偏偏是宋王发配的《林冲》，沙皇流放的《谢甫琴科》。无意中说声好，有心人汇报我以"发配英雄"和"流放诗人"自居，又挨一顿批。山大娘心疼我，要找队长讲理。我笑着说："习以为常了，不必生闲气。"

临别前夕，风雨敲窗。哄睡了山丫，难合双眼。山大娘连夜剥花生仁，让我捎回家给孩子，又煮十多个鸡蛋留我路上吃。第二日凌晨出发，大娘起大早送行，紧紧抓住我的手说："王肯啊,往后少说话,心憋屈就唱一唱……"

我嗯了声,转身就走,不忍看老人家眼中汪着的泪水。心想傻大娘啊,我给您唱二人转,人家还批我毒化老贫农呢!唱也不行啊!

如今,我可以说了,也可以唱了。而您却长眠地下,听不到了,听不到了……

(1993年)

热 炕

1947年冬,在北安参加土地改革。天嘎嘎冷,风刮脸,雪描眉,唯有火炕烫人。

谁料领导让写改造懒汉的戏,特地安排我住懒得炕都不烧的"光棍李"家。正想接受冷炕考验,他背驮茅草,破门而入,撇了镰刀,口中有词:"念书人皮薄肉忒嫩哪……"边叨咕边把茅草塞满灶,烧得满炕腾热雾。热雾中乜我一冷眼,亮出他新糊的"狗熊旗":"你准是奔哥哥的懒名来同吃同住的。看,炕能烧得热,来春开犁,说不定谁插这熊旗!"这细节我曾用到秧歌剧《二流子转变》里。

50年代初,住蛟河驰名的合作社老杨叔家。他怕城里人不见荤腥难下饭,刨冰窟捞小鱼熬酱汤,拴马尾套钓鲶鱼。炕够热了,又现打疙瘩柴加温,加得你翻过来,折过去,如同锅烙饼,他才叨起烟袋锅,细讲那大砬子山的传说。

最有气势的是汪清林场丁婶烧炕。填几大块木头桦子,掰一大块松树明子，一根火柴点起一灶大火，不禁夸那明子好。一夸不得了，临别时丁婶赠我半麻袋精选的明子："长春缺引柴，用完你再来！"傻婶子，煤气炉用不上这林中宝，只好挑几块透明闪亮的留作纪念。

更难忘榆树弓棚田大爷家的热炕。这里打粮多，柴垛自然高，玉米秸秆铆劲儿烧。那时节，深入生活要劳动，田大娘看我白天干活夜里写，灶坑里埋上又沙又面的烧土豆，炕桌摆上又酸又甜的削皮黄瓜种。有充饥的，有解渴的，至今仍回味那情义无价的夜宵。那回感冒发烧，米汤熬土豆丝灌两大碗，麻花被压两床，炕头一焐，满身透汗，打针吃药，不如这一焐奏效。难处理的是节假日。那年十月一，杨队长，朱劳模，邢家兄弟，李家张家都拽去过国庆节，公社又来人接。田大爷抓紧腕子不放手，田大娘堵住房门不许走，我也不想去。招待所服务态度不错，那炕可不够热。

回顾这一生，从故乡辽宁，到参加革命的黑龙江，再到工作多年的吉林，热炕不知住过多少铺。茅草烧的，疙瘩烧的，桦子烧的，庄稼秸秆烧的，一律那样热！

如今很少下乡了。可忘不了那一铺铺热炕。特别是在倦怠的时候，冷漠的时候，逢年过节的时候……

（1992年）

砂锅居的启示

50年代在北京学习，每逢节假日，有时与二三知己去登扬翠岭等人迹鲜见的地方，有时就去看望引导我走向民间的诗人公木和散文家吴伯箫老师。

1954年秋去伯箫老师处，他正扫飘落院中的黄叶。我说："老师的颈椎又发硬了？"他笑笑说："你还记得！"记得他在佳木斯东大时告诉过我，不论怎样忙，颈椎发硬一定要放下笔活动活动。进屋看果然是刚刚放下修改文稿的毛笔，那密密麻麻工整的小楷有如刻印的一般。

老师问我学习累不累？我说苏联专家讲一遍，翻译再翻一遍，讲义还印一遍，我坐不住。常逃课去图书馆抢座位，有关民间艺术的卡片抄录一百多张了。老师说北大图书馆藏书多，应多利用。学民间，要深透，也要熟悉古典艺术，多听听外国人对艺术的见解也很有好处。比如烹调，同是普普通通的豆腐，高明的见多识广的名厨会做出一道道风味独特的名菜。

我说东北乡下有一种豆腐也颇有名。用生豆油和盐面葱花拌豆腐，名曰"白虎卧沙滩"，可谓豆腐席中的上品。

老师哈哈大笑："好啊，今天就请你去吃豆腐吧！"

老师领我到西四一家小饭店，门悬"砂锅居"一块旧匾。那时的砂锅居还是未经扩大装修的旧门市。室内挤挤巴巴塞满了人。老师要几碟冷荤和两份砂锅豆腐。可能看出我东张西望兴趣不厚的样子，他说这可是老字号，听说那锅灶一百多年未熄过火。这倒提起我的精神，站起来就要去看。老师按我坐下说那不过是表述历史的久远……这时冒着热气的砂锅豆腐已经放在眼前了。

我东北佬初次见这怪东西，容器不凡，豆腐未见异样。放到口里可立即感到又嫩又鲜又有特殊味道,汤更可品,而且吃到底热到底也很可贵。我竟吃得津津有味。

老师问我:"比你的'白虎卧沙滩'如何?"我说:"各有特色。"

老师说的确是各有特色。特色的形成是长期摸索实践的结果。你看这小店貌不惊人,每日顾客盈门。北京人喜欢它,你这东北人似乎也可下胃。我说它既是大众食品,也是像老师这样名人欣赏的名品。老师说,更难得的是它经得住历史的考验,经久不衰,名不虚传……

我拍案叫道:"搞创作做学问也当如此!"他说:"你就是好联想。"

伯箫老师,如今你不在了,远离我们而去了,我也两鬓挂霜了。但"砂锅居"的对话,至今我仍在联想着……

(1990 年)

师兄丁耶

丁耶赠我书,常题赠王肯师弟。儿女们不解,我说你丁伯伯确实是我的师兄。30 年代初,我在海城文庙小学读书,他是我上几班的学长。

我们都是从"穷山恶水出刁民"的辽东山沟里走出来的山乡子弟,都是前清遗老遗少教过的不肖门徒,都是海城火神庙街茶社说书先生的痴迷听众,又都有不平坦不平凡不幸的童年。

40 年代末,我们又在东北大学相逢。又同受穆木天、吴伯箫、公木、公骥、锡金诸位老师的培育指教，又都是大学校园圈不住的不安心教书的教师，又常为创作问题争论得面红耳赤。

平素闲谈，我看不上这位废话太多的师兄。可是一谈起创作，特别是我把自己写的东西拿给他看，他非但句句不废，而且常用闪光的语言开启我的思路。《草原到北京》《高高兴安岭》等诗歌都经过他的批点。他的《外祖父的天下》是我最爱读的长诗之一。我对他有时出言不恭，但心中承认他也是我创作的师兄。

我佩服这位不像诗人的诗人。他确实有一颗不因年老而衰老的诗人的心。如今患了冠心病，我依然感到他的心比健康人的还要健康。他的心很大很大，容得下常人容不下的痛苦；他的心很硬很硬，经受得住常人经受不住的折磨。我一生也有波折和苦恼，一比丁耶，云轻雾淡，在这方面丁耶也是我的师兄。

我同他交往四十余年，没见过丁耶的愁眉苦脸，没听过丁耶的长吁短叹，任何情况都改变不了他那幽默而又酸辣的语言风格。

唯有在这次春节前，在电话里听到他哽咽的声音。他告诉我将去四平陪他神志昏迷的儿子过年，家中撇下病妻弱女，他说："真不知道怎么活了，不好办了……我不多说了！"

"我不多说了！"使我震动。我一向嫌他说话太多。曾同他约定，他发言时以我咳嗽为号，一咳嗽就收住。他说好。开始还管用，后来在北京开会，他趁我去厕所之机又开始滔滔不绝的发言，咳嗽不灵了。我说要搞到一支微型麻醉手枪，你再多说话冲你嘴巴发射一弹。他哈哈大笑，好像任何武器也降服不住他。如今，他自己不多说了。我好难过。师兄啊，我不该限制你说话，闷在腹中你更痛苦！

近来，他儿子渐愈，丁耶又恢复常态，真让人高兴！时至今日，重要的是保持住大的心、硬的心，写作不可过累，健康，健康啊是第一位的！

（1992年）

致 王 毅

王毅，你走了！见不到你了！再也见不到你了！我不相信……

记得那年在烟台海滨，北大同窗三人，我居长，四川徐荣行二，你最小，眼望滚滚大海，遥想未来。我说精力你最旺，希望你最大，前程你最远。谁料你竟先走了，走得又这样急！

如今，面前只见你的一组遗照。《作家》编辑部要发表，我替你谢谢他们。王毅，他们不忘你这位不忘《作家》的作家——我那再也不能写稿的兄弟。我一向不愿在自家刊物上发表不像样子的文字，这次却主动请求人家发表我这封你见不到的信。

说也奇怪，今年连发三信，你都见不到。五月你寄来剧本，约定你从日本回来读我的信。我如期寄了，你来信说未见到。又连发两封均退回。无奈我寄给陈巅同志转你，也不见回音。倒是在你给成刚的信中，见到你正在拼命，拼小说，拼剧本，一直拼干了心血。

有人知道你是小说家，不大知道你是戏剧家；有人知道你是北京人，不大知道你是东北化了的北京人。你对东北大地的痴情，对东北戏剧执着的探求，仿佛自幼我们就同在北风烟雪里打过雪仗。忘不了每次相聚,长谈不倦。你我喜怒无常,好生闷气,特别好生那种冷视东北文学艺术的气。我说文以"气"为主嘛!光气不干非好汉!我们无力也不配组织大家干,关上山海关大门,咱俩赛;你说打开山海关大门同徐菜赛;我说拉着徐菜跟国外赛……王毅呀,当年豪言犹在耳,你走了,我老了,唯有徐菜英姿飒爽,愈战愈勇,前不久带《红楼惊梦》等几出新戏进京,引起众人瞩目。可惜这样的喜讯你听不到了,早些告诉你多好!

王毅,你我都不是完人。褒贬荣辱任它去!遗憾的是想到的还没有做到,想写的还没有写完,回顾走过的路,脚印太浅,太浅。今后,你走了,我要数着来日迈步,鬓虽残,心未死,跟在同志身后,向前走!向前走!

(1988年)

小李和我

轿车司机小李,同我相处十多年了。

十年前,我省作协从省文联中分出,分房,分物,分人。文联主席是老友,我二人也争得面红耳热。特别是人员分配,"包袱"向对方甩,争那最得力的。舌疲唇焦争来司机小李。

小李口舌木讷,眉目却清秀,只是肤色黧黑。我说他不勤洗脸,他也不争辩。后来出国为我国大使馆开车,晒了三年非洲的太阳,回来时反倒白净些了。我说你看,出国养成了勤洗脸的好习惯!他也不争辩。不声不响把他的奥迪擦洗得更黑更亮。

上下班在车内免不了谈一些公事。小李从不插言,也不外传。有时我主动问他对某人或某事的看法,他话语不多,却了了分明,公正得可以。我说你当领导准比我强。他说起码耳根比您硬……

岂止耳根硬,头脑也比我灵颖。善于认路是司机的本领,不出奇。他更善于记电话号码,记活动时间,记你让他提醒的每一件事。我越老忘性越大,儿时的事,枝枝叶叶清清楚楚;眼前的事,前脚告诉我,后脚便忘了。小李是我的活电脑。他不在身边,怀里就得揣上备忘录。

我对他最不满的是开车快。市内行车,他迁就我,尽量开慢些。出城上长途,不听调遣了。一次,交通警察拦住他,说他超速。乐得我手舞足蹈,连说该,该,最好缴他的驾驶证!气得他半晌不屑看我。我也觉得这样幸灾乐祸不甚适宜,扔给他一支洋烟。他说您该坚持抽您的关东烟"蛤蟆头",再拴一挂老牛车……我说"驴吉普"也将就用。

其实,他同我口上争,心中无阻隔。他知我常服救心丸,外出又常忘带这种药,他就暗自替我带几盒备用。他为我开车,操心多,好处少。比如我怕宴会,不喝酒,陪坐受罪。但看他人的司机常出现在这种场合,有时为小李也去应酬。他看出我的心思:"别去了老头,我也不喝酒,想喝也不能喝,比您还坐不住。"

他这人于世默默,不会怨尤,心却清亮。当今金钱灼人烫眼,生财有路,耳闻修理汽车还可拿回扣。而小李不拿这路钱,大多自己动手。更难得的是,他对在位的、离职的、有权的、无势的,一句话,对上对下一副面孔。一次,大雪初歇,一位退休老职工同我乘车到医院看病,需验血并做 B 超等检查。老职工怕影响旁人用车,告诉小李不必等他,自己回去。小李说:"过两小时一定来接您,不见不散。路滑,千万别自己走。"这类事多多有。

近来,见小李温习法语,心想是否又要出国,不觉戚戚然。明知不该留住他,也留不住他。然而,总盼他自己打消这远走的念头……

(1994 年)

老　趣

丢了卢梭

我几次翻箱倒柜找卢梭。

不找卢梭的《民约论》《忏悔录》或小说《爱弥儿》。我找他那薄薄的《一个孤独的散步者的遐想》。

他这本散文集，买来就塞到书橱里了。没想到后来竟成了我旅行的常备品。几乎同常备的药品一样。

原因很简单。早年我外出采访，提包塞满笔记本和书刊。年纪大了，就觉得提包沉了。于是笔记大本换小本，书写大字改小字，有人见我那"蝇头小楷"，夸我节约纸张，其实我是减轻行囊。书刊也只带一两本，还选那薄薄的。

对卢梭，我敬重这位法国的哲学家、文学家，但素无研究。歌德说："伏尔泰结束了一个时代，而卢梭则开始了一个时代。"我也不甚了解他是怎样开始的。选中他的这本小册子，皆因携带轻便。

外出乘火车,读书可消磨时间。一次去北京,见对铺那位如痴如醉捧读《射雕英雄传》。车到锦州他睡了。我顺手拿过他的小说,翻开就放不下了,居然不知不觉过了山海关。才知金庸先生真是难得的旅途伙伴,往日失敬了。

而卢梭的这本名著,可不适于在隆隆车轮声中拜读。翻看几页便木了。换口空气,走向末节车厢的后门,门外那树木,那房舍,特别是那长长的铁轨,迅速地退去,退去……陡然想起刚刚读过的卢梭的一段话:"我们刚刚脱胎于世就进入了竞技场,到死才走出来……"

这莫明其妙的联想,感到卢梭的遐想同常人的距离并不遥远。

当你旅居异地,熬过忙于应酬的白昼,夜晚送走最后的客人。孤灯下,静悄悄,翻开卢梭的小册子,常有一些句子跳进你的眼里。

比如"我丢开了上流社会和它的浮华……"

比如"我的心灵得很费劲儿才能跃出它那老朽的外壳……"

比如"考验越是巨大、严峻、繁复,对于善于承受考验的人就越有好处……"

这些并不深奥的句子,会消除你一时的烦闷和浮躁。使你感到身旁该有卢梭说说话。

然而,有时卢梭的话也真刺你。

那年到烟台讲课。宿新建的宾馆。推窗可见我最喜爱的大海。但我紧闭门窗,埋头备课。因听者无白丁,纵不想立异鸣高，也该给人家一些启示。写完一二三四，有章有节，自以为很有些内容了。推窗放进清爽的海风，涛声也很悦耳。下意识翻开案头卢梭的小册子，忽见他写道："他们致力于教育别人，却从不启迪自己的内心……"又说："我一贯认为，在教别人之前，首先要充分认识自己……"

第二天我废了讲稿，老老实实讲了自己的得失。

就这样时读时辍，时喜时嗔，时有所得，时无所获……却一直伴我外出。或许任何东西携带久了都会产生一点感情，一旦失落它，怅怅然坐卧不宁。

去年赴天津，行前找不到它了，翻腾几次也找不到。我常丢东落西，丢什么也不该丢了卢梭……

无奈向朱晶借来一本卢梭文集，可惜不是我那种版本。纵是同一版本，也不是跟我多年纸页发黄的那一本了。

从此旅出外地，有时睡前伸手去拿那小册子，拿不到了，空落落，闭了灯……眼前便浮现它那磨旧了的封面，那圈圈点点勾勾画画的一些句子，有的还记得。印象最深的是全书最后一句："归还受之于人的所有爱助。"只怕不会和卢梭的原话一字不差……

（1995年）

散　步

新居方厅，厅徒四壁。我本俗夫，俗了一辈子忽然高雅几天，想挂几幅油画，搞一个微型的家庭画廊。但求画不易，中我意者又少，于是决定自己动笔。

小女儿说："爸要参加美展哪！"

我听得出她话中有刺，刺我异想天开。何况她爱人又是获过奖的青年画家，更使我认定她不怀好意，小觑我的艺术创造力。

大女儿却低声对妹妹说："爸要画就任他画吧，他患官能症，逆着他全家不得安静……"

哼！图安静才支持我这"荒唐"的行动，也是别有用心！

其实，不论他们赞同与否，我早已构思了。白天构，晚上思，清晨散步也在想。一日，细雨蒙蒙，从南湖归来经过一段泥路，一步一步，留下了一行深深的脚印。啊——脚印！何不用它做我的画题！

回想我从家乡那穷山恶水的沟沟岔岔，直到北京长安街、上海南京路、西子湖畔的林荫道、普陀山下的百步沙……不知留下多少脚印。而最深者，挑来选去，当数印在我亲手铺过的桦龙公路上的那一双。

1958年，我们一批不识时务的大学青年教师，被下放到桦甸县，修筑从桦甸到龙王庙（即今日白山电站所在地）这一段五级砂石公路。

筑路者常从无路处起步。人马开到蝴蝶沟，面前只见两山夹着一沟野草闲花，蝴蝶翻飞，名不虚传。我虽处在改造中，但野性难改。脱下破烂的衬衣，四出飞捕，忘记了是我捕蝴蝶，还是蝴蝶捕我，只是感到庄周的神经与我同样正常。

但，苦中作乐乐不久。严冬一到，天上飞舞的"蝴蝶"是白而凉的，我们又不会作茧自缚，只得蜷卧在冷透心的帐篷里。

说冷也不算冷，还常有小蛇偷偷爬进帐内取暖哩。同时，到最后抢修阶段，挑灯夜战"连轴转"，一夜睡不上两三个小时觉，不摘狗皮帽，不脱裤子袄，棉胶鞋也不离脚，冷床上一倒鼾声如雷，早把冷给吓跑了！

如此大干30天，路修好了，我的棉鞋也脱不下来了，用力一拽，同时拽掉我脚跟上方溃烂的一层皮，有趣的是那皮很像一只粉红色的彩蝶。

公路通车那一天，敲锣打鼓，热闹非凡。特别是那些多年跋涉在泥泞中的乡亲，两眼潮湿，傻笑不已。孩子们在路上打滚，姑娘媳妇换上压在箱底的新鞋……而我们这些脱胎换骨的"筑路者"，不时地拾起路面上的一叶枯草，踢开一块碎石，好像文章定稿，要删掉一个多余的文字或标点符号。是日夜，月色朦胧。想起明晨就要离去，我又一个人走在这洒过汗水的路面上，悠闲自得，有如散步一样！

噢——散步！好题目！

回顾一生的脚印，不论是沉重的、艰苦的，还是轻快的，均可看作散步留下的……

正当得意之际，大儿子来了，他是被破格评定的美术副教授。往日我未把他放在眼里，今日却也破格把他拉进我的书房。偷偷告诉他我要画一幅什么样的油画。在一块涂上白色或黄色的画布上，勾几条弧线当坡当岭；再由近及远点一双双歪歪扭扭的黑点当脚印，脚印越点越小，不知何处终了。立意是：走了一生坎坷路，回顾不过是散步。画题就叫《散步》，如何？

他沉默，我不语。静场片刻，忽听他连声叫好。我又破格扔给他一支待客的名烟。他未敢点燃，却吞吞吐吐地说：

"不过……"

"不过什么？"

"不过我说出来请爸爸别发火。我以为想得很深，画法还不够新。不如在纤维板上涂上厚厚的油色，您不必勾线线点点儿，只要穿上您散步的鞋，踩上一个脚印，就画完了。"

我愤愤地说："啊，你以为我用手画不好，让我用脚……"

他忙说："仅供爸爸参考。"说罢借机匆匆逃走。

他逃走后我细想想，这年头都是儿子训老子，可这一次儿子训得似乎有一点点道理。他毕竟是专攻美术的，比我的美术水平略高一点点也是可以理解的。于是我暗自采用他的画法，用脚踩成了我之油画《散步》。

朋友评论如何或能否参加美展，暂不去想。挂在方厅，自我感觉良好，至少那《散步》的脚印，真是我的！

（1988年）

吹牛现象

为什么不吹猫吹狗而吹牛？

原拟就这一问题引经据典写一篇古朴文字。后嫌稍旧，又想改用时装展览式的新论新词新创一种新款式的散文。怎奈编辑索稿特急，只得在原题《吹牛》之后新添"现象"二字，以便迅速加入最新流行的"××现象"之列。至于论点论据，一仍其旧，来不及创新了。

我的论点很明确：牛比猫狗大，因此才吹牛。

我的论据也充分："俗话说有骆驼不吹牛，骆驼比牛大，可见哪个大就吹哪个。"

但，探索多年，至今仍使我困惑：为什么不说吹骆驼？

也许骆驼皮虽厚而不如牛皮禁吹，怕吹破？这一结论能否确立，尚无把握。

较有把握的看法，是牛比骆驼普及面大。单就国内说，南有水牛，北有黄牛，高原还有牦牛……到处有牛可吹，因此也就到处可见"吹牛现象"。甚至反对吹牛者，有时也不免吹它几口。我就有这样两位著名的作家朋友。

1980年，张天民、鄂华和我，从人民的敌人，奇迹般地变成人民代表。劫后重逢，喜出望外。但都不触伤痕往事，却愿到"酒吧"闲聊。

那"酒吧"是宾馆为代表们特设的。顾客不多，唯我三人是常客。每晚轮流做东，选几碟酒菜，开几瓶啤酒，华灯下边饮边聊，聊不尽兴不分手。

一夜，四川"产"的鄂华首先摆开龙门阵势。

"喂！二位到过从临江至长白那一段公路吗？"

天民白他一眼，端起酒杯猛灌一口。

我瞅都不瞅，只是低头慢慢地呷酒。

而鄂华三杯水酒下肚，调门又提高八度：

"哈！那条路好险哟！四道沟，八道沟，十二道沟，沟深路窄。乘小车在路上跑，犹如在树梢上飞，雾中飞，云里飞。飞到那高高的飞机岭哟，胆大者不敢侧视，胆小者双目闭紧，连我这被王肯称颂的'四川猴子',下望一眼,也稍感头晕哩!"

我确实称颂过鄂华的登高本领。那年他领我爬鸭绿江的尖刀砬子,似"刀尖"直刺青天!我爬至山腰,险些休克,而他如履平地,捷足先登。称他"四川猴子",的确不是帮他吹牛,而他自己却越吹越牛:

"喂!天民,你这来自南方的莽秀才,休看当年敢碰旗手,未必今日敢走这条路哩!"

天民瞟他一眼:

"老兄不就是在80年代乘小车飞过一次吗?在下于60年代为写《路考》,与司机同志们同住一铺炕,同驾大'解放',从临江到长白,不知往返多少趟!过你那稍感头晕的飞机岭,如过长春的小南岭,一切正常。你有什么值得大讲特讲的呢!"

鄂华无言以对,只得举起酒杯:

"来!王肯作陪,为我俩的胆量干杯!"

我声色不动杯不动:

"劳驾先把杯放下!你鄂某80年代乘着小车飞;你张某60年代驾着大车跑;知道吗?50年代我王某不修这条道,二位飞跑得了吗?"

"啥子?你修过这条道?"

"说实话,本人也是东北虎,多年修炼炼成猫,若非二位口气太大,这口气能咽也就咽了。想当年,为修一个合乎标准的弯道,要崩掉大半个山包。放炮以后,我腰系这么粗的安全绳,拴在山顶这么粗的树桩上,手擎这么粗的铁撬杠,要把那崩裂开的这么粗的,不,这么大的废石处理掉。谁料我从山顶下来,刚踩一块大石,哗啦一声巨响,那半坡石块如山洪暴发顺坡而下,而我也追着石头飞滚……只听山下同志喊:王肯完了!我想好人无长寿,祸害一千年,我怎么能完?遗憾的是我那安全绳不够长度,把我吊在离地约有 3 米处,活像吊着一只弯腰弓背的水蝲蛄,多少影响我那勇敢而豪迈的形象……"

他二人有如木雕泥塑,听呆了。还是我举杯打破这僵局:

"来吧!为同样命运的朋友,为走过同样的道路,干杯!"

"干!"

(1989 年)

集　叶

集叶,儿时的癖好。

50 年前,在故乡辽南,也许在辽南我那小山沟,男孩折花者少,好集叶。尖尖柳叶可吹哨,茸茸豆角叶能拍响。春天来了,榆木钻出的小嫩叶,俗称"刺叶子",豆腐汤里撒一把,那山野的清香,天下稀有。苣荬菜叶苦一点儿,既顶菜,又顶饭,至于乌拉草,草叶柔如丝,踏雪履冰是靠它暖脚的……

后来进大城,对叶的兴味淡了。谁料 50 年代末,我又集叶,而且大量集,集成垛了。

那时,我住的大学宿舍,是日伪时期修筑的。两居室不足 19 平方米,一家 6 口,挤些,好在有废弃的小浴室,盘一铺可卧一人的"微型火炕"。夏天还好睡,冷冬缺柴烧。幸喜院外大街旁杨树参天,秋后叶落满地。天蒙蒙亮,操自制的铁丝耙,轻轻松松搂满两麻袋。日积月累，竟得一垛，够烧一冬了。我本山村人，习惯盘腿坐，热炕上读书写字，忒美呢！儿女们不欣赏，非但不帮忙，还向他们的妈妈告状："满院大学老师，谁像爸，背麻袋，扛耙子，搂树叶……"

80年代初，搬进四室一厅的新居，不必再搂叶烧炕了，儿女也不再告状了。我和叶也疏远了。自从海军邀我们写戏的到东海访问，才又犯了集叶的瘾。

舰队首长精心安排，一日登阅舰艇，一日游览名胜，到处皆诗境啊！可惜我不善画，又不会摄影。于是重操旧业，采集了鲁迅百草园的野草叶，秋瑾故居的枸橼木叶，王羲之"兰亭"的乌臼叶，陆游题壁的"沈园"柳叶，天童寺的樟叶，普陀山的白果叶……片片夹入日记中，注明品名和出处，插图一般，见叶如重游旧地。此后，成都杜甫草堂的竹，乾县武则天乾陵的枫，西安杨虎城将军"止园"的杨，均有叶存留。

可叹关东，只留龙首山的山里红叶一种。听说周总理在铁岭读过小学，猜想他也许采过，才收几片。而我久居的"森林城"长春，竟一片也未留下。

去年春，南湖新村满眼新。唯中街一段长砖墙，久经风雨褪了色。夏来时，"爬山虎"上墙，越爬越绿，绿得醉人；秋霜后，绿叶变红叶，又红得耀眼。不由动了采集的念头，却未动手。一因绿化管理员朝夕巡视；更因亲见这"爬山虎"爬得艰难。按常规，它属葡萄科高攀植物，卷须尖端有吸盘，自己会爬的。但在这紧贴大街的墙上，小小吸盘抵不住快车飞过的风吹尘扑，爬上跌下好可怜！多亏热心绿化的老同志，头顶烈日，铆钉扯线,一枝一蔓引上那800米长墙。心血沤红的叶,怎忍伸手摘!拾几片飘落的,标明"长墙红叶",产自南湖新村。

新村还有一种叶,奇特的月季叶。

作家王汪夫妇送我一株"绿云",绿叶配绿花。我珍爱这清净淡泊的月季珍品。怎奈花谢了,叶也渐脱落,入冬所剩无几。凄凄然藏起那亲手莳弄的小小叶片,心阵阵疼。后问方家,方知月季冬眠,只盼它早醒早吐芽。

如今,暇时翻看我的《集叶集》,思绪缕缕。绿叶枯了,没忘它给我那一滴滴清凉;红叶干了,没忘它送我那一捧捧热火。遗憾,没留下春城杨树叶,我烧了那么多那么多的杨树叶呀,哪怕只留下一片……

(1993年)

帕尔曼的腿

去冬一夜,中央电视台直播了一场动人心魄的音乐会。当今世界十大交响乐团之一的以色列爱乐乐团,本世纪最优秀指挥家之一的祖宾·梅塔,果然名不虚传。那终生与轮椅为伴的小提琴演奏大师伊萨克·帕尔曼的演奏,更令我心灵震颤不已。

我听音乐,特别是听器乐曲,不同于音乐家的欣赏,也不同于"发烧友"的入迷。我浅薄的音乐知识不可能细微地领会乐曲每章每节的奥妙,只是凭感觉去接受那乐曲感情的触撞。帕尔曼震颤了我,除靠他小提琴中流淌出来的真情,也因我亲眼看到了他那双腿,那双因患小儿麻痹症而残废了的腿。

我自幼出入穷山僻野，腿有功夫。长大游荡四方，拔腿便走。名城，古镇，闹市，荒村，每到一处，放下行囊先到街上转几转，转回来再净面掸尘。而近年，国内不愿走，国外不想去，连居住四十多年的长春也远隔书房窗外。偶尔乘车经过最熟悉的重庆路，居然找不到重庆路新华书店！目光困在高楼丛中，疑是初访外地新城。至于清晨散步，也从三千步到一千步，从一千步到一步不走了。看来是老了！相信了"人老先从腿上老"这老人不该轻信的老话。

看帕尔曼他那双残废的腿，看他那上下场艰难而又坚定的脚步，看他那拒绝他人搀扶的傲岸伟烈的神态，我不禁感到他不是用腿走，他是用心走。正如他用心灵演奏《无伴奏 E 大调小提琴奏鸣曲》一样。

帕尔曼这位摄魂动魄的音乐大师，这位钢铸的硬汉，给我巨大的力量！使我捶打着自己完整的双腿，不是你老了啊，是我心老了！"人老先从心上老"，才是实话。

近年来，虽然外出不多，走路很少，自认为在艺术路上未停步。依然不停地读书，依然不停地思索，依然不停地写作。看了帕尔曼的那双腿，深感在艺术路上，我走得多么缓慢，多么轻飘，多么蹒跚……

我常听《最美不过夕阳红》那首歌曲。我更喜欢"满目青山夕照明"那豪放的名句。来日无多，更应迈开比帕尔曼健康得多的双腿，大步向前！

（1995 年）

书可"疗独"

听说人老易患孤独症,有时人越多越感到孤独。这征兆我似乎也有些。

每逢文艺界联谊舞会,本想去看看老友。但那鼓一敲,灯一暗,人一转,我仿佛孤单单置身于雷声隆隆电光闪闪枝叶摇摇的玉米地之夜。

是我不会跳舞?真会!50年代在大学跳交际舞如同40年代在解放区扭大秧歌一样,算是进步的表现。何况教我的又是几次参加"全运会"大型团体操设计的杨瑞雪教授;或许认为无人请?其实,不管是否愿意,总有几位出于礼貌或怜悯前来相邀。我也总是谢绝好意,匆匆来,匆匆去,匆匆回到我的书房里。

我的书房,一盏灯,几架书,连套沙发也没有,很少在这里会客,但有中外古今好多好多师友同我长谈不止。

司马迁的刚毅、鲁迅的冷峻、丰子恺的超脱,常使我心潮起落;往昔那些哲学大师的话语,领会起来比较吃力,但偶有所悟也乐以忘餐;近日朋友赠我录着托尔斯泰讲话的原声唱片一张,我不懂俄语,只得珍藏在书柜里,但我熟悉这位神交已久的古怪老人的声音,遗憾的是未能目睹他那寂静的庄园和他祖国的景物。谁料金河寄来散文集《中国作家看苏联》,领我免费旅游一番……

书给我太多的快乐。

当然,某些书中的狂言大话也使我气恼,而气恼会激起参与意识,心向书房之外。

但丁说:"人不能像走兽那样活着,应该追求知识和美德。"知识和美德要从实践等多方面获得。书也不可少,它既是好友又是医生,既可无限地补充我有限的知识,又可有效地医疗那无谓的孤独。

(1991年)

我乡我土

儿时,读海城山沟私塾。沟外学童说他们的沙河最长,我们说沟里的斗山最高。

"沙河水往东能淌到东海。"

"斗山顶向北能瞅见北京。"

北京本在斗山南方,山河水向西流淌。娃娃们爱乡土,浪漫派,住哪儿,哪儿最美,不论东西南北。

长大些,到省城读中学,县与县比。

"我们辽阳有才子王尔烈。"

"我们海城有大帅张作霖。"

"王尔烈笔头子硬!"

"张作霖枪杆子横!"

更大些,到北京读大学,难免关内关外比。不过懒得提张作霖了。而说我们东北有张学良将军;有人参,貂皮,鹿茸角……

没想到外国留学生也跟我们比。一次去图书馆,一位捷克女生突然盯住我脚上鞋:"噢——捷克产品,顶好!"这皮鞋真是我在北京刚刚开过的捷克展览会上购买的。不由也指她身上的中式紫缎棉袄……她一端肩膀:"中国的绸缎,也行。"

人到中年该冷静了。但在梨树干校,为了"秃尾巴老李"这条传说中的黑龙,险些吵破了屋顶。晚上躺在炕上闲聊,一位同志说"秃尾巴老李"出生在他的家乡黑龙江,腾地站起一位原籍河北的同志要证据。

"有材料可查,我教过民间文学。"

"我再教教你,'秃尾巴老李'出生在我河北唐山李庄,他家的大门正对着我舅舅家的后墙……"

如今老了,不争这类事,仍动这类心。

妈妈说我家祖籍山东曲阜,出圣人的地方;后来大概是迁到河北丰润。果若是,曹雪芹可算同乡了。后问健在的长辈五婶,她说我家是迁到昌黎保定十里又跑到关东辽南的,不是丰润。

居然不是……

近闻曹雪芹祖籍辽阳,离海城很近嘛,又动心了。今夏挥汗去辽阳看看虚实,有石碑和文献为证。辽阳人特别是年轻人,知道曹雪芹竟比知道王尔烈的还多。我购得厚厚的一本《曹雪芹祖籍在辽阳》,欣然回长春。

谁料刚到家,又收到好友寄来一本新出版的《曹雪芹祖籍铁岭考》。我想当年曹家在辽阳、铁岭、奉天(沈阳)都住过。究竟祖籍何处,红学家事。好在都没离我辽宁界。"祖籍铁岭说"如成立,铁岭乡亲会更高兴。早有名扬国内外的指头画家高其佩和续《红楼梦》的高鹗,如今又多一曹雪芹的祖居……

乡土情是常情,很可贵。也会随见识的增长而扩大,我爱斗山，也爱长白山、峨眉山等关内外许多名山。如果在国外，会更加思念泰山……如果见到身穿中国绸缎的妇女，也会像捷克同学那样惊喜。然而我常把乡土的光彩贴在脸上，想得不多，做得更少。

同孔乙己合影

1998年春，杭州作家之家组织访问绍兴，这是我第三次到这格外留恋的古城。

心粗的东北人，对娟娟秀秀的江南水乡，不甚痴迷。倒是鲁迅的故居、徐渭的青藤书屋、陆游题壁的沈园、秋瑾就义的轩亭口……面对这样多骨鲠才高的先辈，心跳。

另一牵动我脚步的是鲁迅先生写过的乌篷船、百草园，特别是香飘遐迩的咸亨酒店。此番见这老字号门前，新添一尊孔乙己塑像，绝！伫立观赏，还同他合影一张。

合影中的孔乙己，苍老黑瘦，长衫破旧，却未失读书人的风采。

回想1946年读沈阳东北大学。冬季，男生也多穿长袍外罩长衫，冻红两耳不戴帽，围一条长长的毛围巾。老教授有头顶皮帽者，也是长袍外套呢大衣，仍属长衫一族。

再看孔乙己身旁的我，短打扮。当然不同于鲁迅笔下做苦工站着喝酒的"短衣帮"，我身上那叫西服呢！

平素怕穿西服，一因身材不像孔乙己那样高大，穿西服不潇洒；又因散漫惯了，勒领带，喘气难；更因世人注目名牌，昂贵买不起。何况我发现越是名牌大学名牌教授身上的名牌服装越少。我追求这种时尚。

此次外出不得不穿的那件绿趟绒"好来西"上衣，也算名牌呢，也四百多块呢，而且内衬黑趟绒短衫，正应了东北一句对农民不敬的俗话："庄稼佬进城，满身趟绒。"远不如人家孔乙己的穿着合体。

鲁迅先生发表小说《孔乙己》，是在我出生前的1919年。孔乙己同我可算两个世纪的人；他是江南客，我是东北佬。时代地域的差异，自有不同的心态和命运。然而湮没不掉民族的甚至人类的共同本性，哪怕是善的、恶的、美的、丑的……

细看孔乙己塑像，右手扶着放有茴香豆小碟的柜台，左手伸出一指，仿佛正向围观他饮酒的娃娃们宣布：茴香豆一人一颗。穷困到这般光景仍有关顾孩子的爱心。难得！

不过一人只限一颗，多要就伸开五指罩住小碟说，不多了不多了，"多乎哉，不多也。"败落到这种地步，还不忘引用《论语·子罕》篇中孔老夫子的话，可笑！

其实，我讲话写文章也有类似的癖好。笑人家勿忘照照自己。

孔乙己历史上的最大污点，偷书还说不算偷，读书人的事。谬论流传，影响极坏。

我年轻时曾借阅东北师大图书馆一部《木皮散人鼓词》，作者贾凫西那可是明末大诗人，连清初大剧作家孔尚任的《桃花扇》，都借用贾凫西的一套北曲《哀江南》。1959年我调离师大，实难舍这部鼓词的影印精装本。没想偷，却想赖。报丢失，赔书款，赖为己有。终因脸皮比孔乙己薄些，咬牙退还了。

说实话,孔乙己除却偷书不以为耻外,也要脸。长衫再破不肯丢,温酒再穷不肯欠,要的都是读书人的脸。后来偷丁举人家的书被打折了腿,几乎靠讨要糊口。爬到咸亨酒店,依旧掏出沾满泥土的四文铜钱温一碗酒,喝罢慢慢爬去,忍受嘲讽凌辱,拖着断腿慢慢爬去了。

合影中的孔乙己可还是两腿站立着的,脸上还挂着一丝丝笑容,还给娃娃分茴香豆。雕塑家抓住这一情景为他塑像,很想说声"谢谢",总算为这位寒苦卑微一生的读书人,凝结了光辉的一刻……

(2000 年)

浅薄的实话

一

我赞成实话实说。我只能说些浅薄的实话。

二

"人老先从腿上老",最怕心比腿先老。

三

我是"闯关东"的后代,脑中的"闯"字越来越小,小没影了。

四

常用"褒贬荣辱身外物"这句话宽慰自己。阿 Q 式的,身临其境也真动心。

五

我患支气管炎,乘关门闭户的软卧车,闷,不舒服;但真让我去坐通风良好的硬板,气管舒服,脸面心情都不舒服。

六

烦恼来自虚荣,胆怯来自私心,祸害来自利欲,痛苦来自痴情。

七

把虚名浮誉看成轻烟薄雾,耐得住寂寞孤独。

八

或做一根出头的橡子,先烂也情愿;或做一粒普普通通的石子,铺路也心甘;或做一轮貌似众星捧着的月亮,转眼化成一闪而过的"贼星"陨石。

九

看人不可只看脸面,面冷的未必心都冷,面热的未必心都热……

十

你讨人家好,最终讨不来好;你不听邪,最终邪不敢侵正。

十一

真爱听逆耳之言者,很少见;能听逆耳之言者,不多见;不听逆耳之言而工作出色者,从来没见过。我呀,听话也像吃饭——顺的好吃,横的难咽。

十二

最幸福的人,是神经有钢筋般承受力的人。我想换一根这样的神经,难!

(1999 年)

不忘的严师

公木师，慢些走

今年 10 月到哈尔滨开会。去时阳光熠熠，归来风雪扑脸。深夜到家，饭后家人才告诉我公木老师走了，一阵急风暴雪扑我心上……

50 年前，在东北前线，每唱"向前，向前，我们的队伍向太阳……"常想到向阳的葵花。1947 年冬入佳木斯东北大学，得见军歌作者公木老师，沉沉实实，竟如"俯首注视大地"的葵盘。

早知老师是出版过《十里盐湾》《哈喽，胡子》等诗集的诗人，没想到他还是"东大"的教育长。同学很少称呼他"长"，他既不像首长，更不像官长，只像一长——坦诚宽厚、刚直不阿的师长。

他用言行教育我们，为人为文，"不拜神，不拜金；不崇

古,不崇洋;不媚时,不媚俗;不唯书,不唯上。"(引自《公木序跋集》前言)

他的学生这样做了,虽罹磨难而不悔。心痛的是老师。

1958年,他和他的一些弟子先后戴上1957年那顶帽子。又停办了他洒过心血的中国文学讲习所。老师写道:"在京四年间,主要精力,用在青年作家培训和诗歌评论两个方面,同一代文艺战线上的新人建立了亲密的联系,生命也从而感到充实。1958年'戴帽'后,积存未复的来信与诗文稿仍有二百多件,带着负罪的愧疚心情,悄悄地分作四五批挂号邮退,其情其景,黯然神伤,这是我同北京东总布胡同中国作协举行的告别仪式。"(引自公木《我爱》中的《自传》)

老师,您真该告别那个地方。

您无罪,也不必疚愧。您从未离开您的学生。70岁,80岁,依然在吉林大学那间四壁皆书的小屋里,伏案批阅研究生论文,回复来自四面八方的文稿和信函。一字一句读,一字一句写……一次我急躁地喊道:"您不要命了!再也不能这样劳累了!"

老师只是含笑望着我。

其实,您为我耗费的心血也够多了。

40年代,您支持我采集东北二人转,您又让我读普希金的《茨冈》……

50年代,我在北大听苏联专家的文学概论课。每到文学讲习所看您,您一边捧出我最爱吃的芝麻糖,一边叮嘱我充分利用北大图书馆,多读中外的文论原著和文学名著。不要只记一些框框,学说几句新词;也不要有了你仰慕的普希金,就抛弃东北乡亲喜爱的二人转……

60年代,我头顶"摘帽右派"的帽子写吉剧。一次您陪公刘同志看《包公赔情》等剧目,您激动地对我说:"戏曲也是剧诗。"另一位张庚老师同样主张"剧诗说",戏剧界看法不一,对我写戏非常有用……

直至今年端午节,不忍看您消瘦的面孔,您一如既往,又叮嘱我把《关东笔记》写下去……

公木老师对学生,既关心学业,又关心生活。他从不为个人困难向领导张口,却为学生的前程奔走。他自己的病很重了,却又牵挂学生的健康状况。

今春我到医大检查腿浮肿,恰遇老师的夫人吴翔同志去取药。第二天一早,吴翔同志来电话:"王肯啊,您老师昨晚就逼我挂电话,问你的检查结果……"

老师,我的腿病好了,您却走了。走得这样急!这样快!您一生战斗,一生劳累,一生坎坷,您该慢些走,慢些走……

(1998年)

吉林有位穆木天

近来,我同青年朋友谈到东北前辈作家,发现他们大多知道30年代的萧军和萧红。提起20年代吉林的穆木天,有人瞠目问道:吉林还有这一位?

穆木天,吉林省伊通县人,1900年生。18岁离家乡入天津南开中学,毕业后东渡日本求学。归国后在中山大学等校任教,直到 1971 年，在北京师范大学的教授岗位上逝世。

早在 1921 年，他在日本就加入了郭沫若等人创办的创造社。他还参加过上海左翼作家联盟，创办过《新诗歌》旬刊。

40 年代，我读大学时，读过他翻译的外国文学作品。我这人乡土观念较重，曾以东北有这样的诗人、学者而自豪，可惜无缘相见。

1949 年，他回到家乡东北大学（今东北师大）教书。初次相见，他给我留下的印象是：矮矮的身材、冷冷的面孔。同在教工食堂就餐，他从不挑食。平日衣着朴素，一如普普通通的东北小老头儿，似乎没有萧军那种粗犷奔放的关东豪气。我和丁耶常听他讲课，也常拿自己写的东西登门求教。相处久了，发现他也是一条炮仗脾气、辣椒嘴的关东汉子。不能单用竹尺铁秤衡量他的身高体重。

一次，我写了一首小诗《秋月》。他看后，说是哼哼呀呀的"牙疼咒"。一瓢冷水泼得我牙根发冷。他又说，诗不是在书斋里哼哼出来的，诗人要大睁双眼看人生，看社会。睁一眼闭一眼也不行，看不上眼的要上眼，一眼看穿的要多看几眼……当时我对他这番话未往心里去，只觉得这不像出自受法国印象派影响的现代诗人之口。

后来，我把 1947 年在鹤岗煤矿收集的素材，一位矿工妻子到"万人坑"寻找丈夫白骨的故事写成长诗。他看过后说好，但让我改成唱词。他说，东北乡亲爱听唱……我按他的意见改成唱词《白骨记》，影响果然大些。我不免暗自嘀咕，这位留学东洋并写过《法国文学史》的大学高墙内的学者，居然会提出这样的意见！事过多年，才发现他在上海办诗刊时就主张大众化，还出版过《抗日大鼓词》。结合我多年阅读和写作的体会，深感不可常把复杂的文学现象简单化。比如文学创作，好像非雅即俗。其实，雅俗并非衡量作品品位的唯一标准。雅俗都有表述人民苦乐和人类命运的传世之作；也都有虚虚假假，哼哼呀呀的平庸低劣的东西。

（1997年）

辽阳杨晦

1999年，北京大学将纪念杨晦教授百年诞辰。接到通知，长春正飞大雪，旋卷的雪花如同扑我心上，悔未能与先生生前再见一面……

儿时在辽宁海城，就听说邻县辽阳有位姓杨的才子，骨鲠胆壮，竟敢反抗"东北王"张大帅。又听说张作霖下令通缉进步人士的头一名就是他。

他就是杨晦先生，那时名兴栋，字慧修。

1946年在沈阳东北大学，听诗人高兰介绍东北作家，才知先生还是老北大参加"五四运动"的活跃分子；早在30年代就是进步作家和文艺批评家；又同冯至、陈翔鹤等先生创立沉钟社，编印《沉钟》半月刊，曾受鲁迅先生的赞许……

我乡土观念重。自幼仰慕辽阳的"压倒三江"王尔烈，而今辽阳又有名驰现代文坛的杨晦，很想见他一面。

巧，1954年我入北大学习苏联专家的《文艺学引论》，杨晦先生恰是中文系主任。初见他,一身褪色的干部服,一口浓重的辽南口音,一头根根向上的苍苍短发,只要把"乡音未改鬓毛衰"的"衰"改"苍"字,这句诗就像特为先生写的了。

先生身上,难寻教授、学者、作家特别是主任的派头,在我眼中他不过是一位心直性耿的东北老头儿,一位普普通通的辽宁老乡。

那时我年轻短练,出语粗狂,行动犷野。冬天,头顶关东绿林好汉常戴的那种大狐狸皮帽,行走在高雅幽静的北大校园里,碍人眼目。又常逃《文艺学引论》这门主课。苏联专家讲一遍,中国翻译一遍,讲义照样印一遍,我何必呆坐教室傻听,不如去蹲图书馆查阅罕见的资料;去听吴组缃先生睿智的专题课;去未名湖畔偷偷写点东西……

凡此种种,也许传到杨晦先生耳里。一次到他家,他翻看我那顶狐狸皮帽,仿佛自言自语:"东北的绿林好汉不全是堂堂正正的英雄。豪放是东北乡亲的长处,粗狂是短处,要虚心向关内同志学习……"训我半天却未训逃离苏联专家课的事,怪!听他给本科生讲《文艺学》,东一句,西一句,哪句也不像苏联体系,更怪!

从此我规整多了。又把狐狸皮帽送给常去吃早点的饭铺老板。先生听说这件事,咧咧嘴角,乜我一眼……

又一次,好友送我辽阳特产塔糖,晶莹酥脆,想到先生乃辽阳人,分给他一小盒,他果然喜欢。他又屈指细数家乡辽阳特产:压成纸样薄的梨干,无核的山里红,小红灯笼水萝卜,还有技艺出众的高跷秧歌……

我说:"辽阳秧歌可不如我海城的绝!海城高跷和你辽阳塔糖一样,天下第一!"

先生笑道:"你那天下有多大?你那双眼睛看过多大的天下?"

这一问,还真刺中我心肝深处。我还真有偏狭的乡土观念,家乡的乌鸦都比外地的黑。先生这一刺,使我逐渐懂得要宏观地科学地审视地域的文化现象。

离北大前,向先生告别。他叮嘱我好多话,印象最深的两句,多创作,少惹事!

谁料分别不久就惹事了。我头上又戴一顶五七年那种帽子,比那顶狐狸皮帽更碍眼。侧视者有之,冷视者有之,敌视者有之,我均可视而不见。唯独我想见先生却无颜再见了!

此后二十多年,几乎切断与师友来往,免累他人。直至右派改正,北大同学到我家,向其询问先生近况,听说走路有些吃力了。我以为是年岁大了的缘故。后到北京开会,要去看望先生。不料先生溘然而逝了,逝去不足百日……

(1999年)

"大学长"郝御风

西北大学的郝御风教授,原是我东北的才子。据说早年曾和曹禺、吴组缃并称"清华三诗人"。

东北的当代诗人李满红、丁耶可能还有徐放,都是郝先生的弟子。我本更应尊他为师,妄称"大学长",有点因由。

1954年北大文艺理论进修班,由来自国内多所大学的教授、讲师和助教组成。有西北大学的郝御风、武汉大学的毕奂午、复旦大学的蒋孔阳、福建师大的林仲铉等有成就的教授和学者;有根底深厚的福建陈锺英、山东吕慧娟等几位大姐;还有厦门大学的蔡厚示、云南大学的张文勋、东北师大的李景隆和我等已近而立之年的"小字辈"。大家选举郝御风先生为班长,因而称他"大学长"。

这位学长之大,年岁大,学问大,耳闻火气也大,要求极严,学生怵他。在我们班里有长者风,端正板肃,鲜见笑容。

我那时写歌词,到北大后借阅中外诗人名著,越读越觉自己那东西直白乏味。也写些含蓄点的,空灵点的,捧给郝先生看,他眉头一皱:"歌词要唱给人听,摆弄辞藻,不易唱也不动人,还不如你那直来直去的'高高兴安岭,一片大森林……'"

好冷的嘴!难怪师兄丁耶说:他不批评就算表扬了。我那时也不是一批评就俯首听命的人物,决定再写首长诗给他瞧瞧。

我有一位来自台湾的同学南山,日寇曾逼迫他改姓日本姓氏,汉语说得笨笨磕磕,却对祖国的民风民俗情意绵绵。过春节见大红的春联他摸了又摸,见扭秧歌他肩头抖了又抖,见我穿中式棉袄他也要换着穿穿……我以《祖国》为题写他这种种表现。郝先生看了说:"《祖国》题目太大,对南山了解太浅,你动情,读者未必共鸣,不行!"又一杠子。

翌日清晨散步,郝先生叫住我:"王肯,我想过了,你写南山爱祖国,不如写你爱南山……"这话入耳。想起他常说诗要坦陈本性,我有所悟,改写成《想南山》还真好些。

在北大参加两次批判俞平伯先生《红楼梦》研究的座谈会。郝先生木然而坐。我问他为什么不发言？他说对《红楼梦》没有研究怎能批判人家研究的对错。"大学长"果然不凡。

分别时他拉住我的手："小老乡，欢迎你到西北看看，西北和东北同样豪放，少几分诙谐，多几分悲怆。"

80年代初我到西安开会，不巧，他出外讲学去了。我到半坡，到乾陵，到兵马俑，到黄土高原……郝先生的话时时响在耳边。

前年去京参加五次作家代表会，心想能见到他。西安同志说郝先生已故去，晚年更加孤冷。我知道先生的心一直是热的，很热很热！

（1999年）

音乐先生"聋王"

我1941年入中学。同桌姓金，很少说话，耳聋。老师问他二，他答一；问他东，他答西。日伪时期设军事操练课，教官喊向左转，他向右转；教官喊立定，他开步走了……气得那个伪满中尉罚他出列。他凶煞般站列外，如同龙王检阅虾兵虾将操演。得号"聋王"。

其实，"聋王"不聋。

一次，同学送我伪满流行歌片《"支那"之夜》，"聋王"见了撕得粉碎。我大怒。他附耳说："星期日到我家，赔你……"

他家住沈阳大北门外一座小院的门房，陈旧的硬木书橱可见书香门第遗风。"聋王"父母早丧，靠教小学的姑姑养大，生活寒苦。

"聋王"用他改装的旧电唱机为我放《蓝色的多瑙河》《杜鹃圆舞曲》等轻音乐唱片。听罢又包好给我。

啊,用唱片赔我歌片,不收。

姑姑说你不收他也要当旧货卖掉。他听腻了流行歌就换轻音乐。如今又要换交响乐了……

后来,他果然常在星期日到唱片店去出卖劳力,卸货,运货,肩扛,背驮,换来工钱买贝多芬的《英雄交响曲》、比才的歌剧《卡门》……"聋王"仿佛生活在音乐里。他还逼我陪他听,听不懂他给我讲,我听不进去他生气。

可他在学校课堂上从不认真听课。考试但求及格不留级,不多答一道题。

平素他眉头拧个大疙瘩,好像憋着一腔火。这腔火终于喷发出来。一次,那个伪满中尉教官——鬼子面前的三孙子,百姓面前的二鬼子,见同学操练不认真,下令两列对面站,互打"协和嘴巴"。列外的"聋王"一步冲到二鬼子面前:"我俩也算一对,打吧!"

二鬼子嚎叫:"你反了,开除你……""聋王"大喝道:"老子早就不想念了!"扬长而去。

从此不见他再来上学。我到他家,姑姑只说他去很远很远的地方。

1945年日本投降后,我考入沈阳东北大学,又到他家。姑姑才说他逃到关内找他姑父去了。姑父乃张学良将军旧部,随东北军进关后参加了革命。

我问"聋王"近况,姑姑说他在西北一个部队文工团担任乐队指挥。

"聋王"居然指挥乐队……

(1999 年)

南游小景

"胞波"

早闻缅甸人称中国人为"胞波"。

缅甸语"胞波",同胞、亲戚的意思。今夏访缅甸,随处体味"胞波"的情意。

6月2日,驱车去访博巴山。中途小憩,路旁一株高高的树干上绑着小小的梯子,树下几口大锅正在熬糖酿酒。

一位黑瘦的缅甸兄弟,咧开长长的嘴角,脸上堆满皱纹,那发自内心的憨笑,如逢多年的老友。

他先捧出新熬的果糖,名叫"乌糖";又端来新酿的果酒,俗称"缅甸啤酒";更嗖嗖地爬到树端砍下鲜果,让我们品尝白嫩的果肉,居然不给他的伸出小手的娃娃一片。我想这赖以谋生的糖酒原料,平素是舍不得给家人享用的。我分给小娃吃,他小手合十,频频谢我。

临别，这位缅甸兄弟，又匆匆跑来分赠每人一小筐乌糖。我们掏出缅币，他急忙摆手让翻译说：他不要钱，他很穷，只有用这一点点家出的东西，送给远方来的中国"胞波"……

说罢脸上又堆满皱纹，那纯真的一笑，酒一般清冽！

卖白兰花的女孩

6月2日中午，博巴山佛塔门前。我这在风雪中长大的中国东北人，第一次感觉太阳离我这样近，这样烤……

烤得我呆立小街心，懒看成群的小猴向游人要果核；懒逛玉石、漆器、木雕等缅甸特产的市场。只觉得天上的云彩烤化了，地上的沙土烤焦了……

突然，一串洁白的白兰花，送来一缕清香，一丝清凉。

再看那拎花串的小女孩，八九岁，长长的睫毛下闪动着一双大眼睛，宛如两块晶莹的黑宝石浸在清凉凉的山泉里。

她安静地望着我，不言不语，不卑不亢。我冲她笑笑，她冲我笑笑。

陪同的吴钦梭先生让我躲进空调车内避暑，小女孩又安静地站在车窗外。她冲我笑笑，我冲她笑笑。

车开了，回头看，她仍站在那里。

吴钦梭说她常在这里卖白兰花，我怦然心动。她为什么不叫卖？言语不通为什么不用手势？回头看，她仍站在那里。

我真后悔，为什么不买她那串白兰花！哪怕只买一朵……

檀那卡粉

6月8日，我国驻缅甸大使为中国作家访问代表团举行宴会。任秀治文化参赞让我朗诵诗助兴。年幼无知写过叫诗的东西，如今老了更与诗无缘了，只得凑几句浅薄的感受交差：

缅甸的山亲水亲塔亲／古朴平和的缅甸人更亲／那敷在脸上的檀那卡粉／比世界上任何化妆品都美丽动人。

檀那卡粉，的确神奇。

檀那卡树，学名黄香楝树。伐下的树干晒干，锯成小段在石盘上加水磨成粉浆，幽逸清香，祛斑，解毒，凉爽，防晒，美容……

初到仰光，见娃娃眼勾黄圈圈，脸抹黄道道，朴野可爱，以为嬉戏；再看妇女双颊也多涂黄粉，许是皮肤有病？许是脸未洗净？看多了，看惯了，不以为怪，反以为美了。

金光闪闪的大金塔下，绿叶翠荫的柚木林中，行走着面敷檀那卡粉的妇女，自然，和谐。如果抹成厚厚的白脸，涂上艳艳的红唇，你会感觉刺眼，吓人！

帮我翻译的缅甸女诗人秋秋丹，黝黑的两颊淡淡地匀匀地涂上檀那卡粉，双肩再披上洁白的纱巾，你会感到她就该是这个样子，女诗人就该是这个样子。

（1999年）

病院三记

老 酒

今秋住院，黄叶飘飘，天凉了。

隔壁病房的杨老，目光耿耿，冷面如霜，更凉。

大夫护士怵他，我躲他。一日，走廊里狭路相逢，他蓦地问我也是第四野战军的吗？

我说1949年年初才编成四野，我参军那时候还叫东北民主联军。他说也是。

从此，他女儿送来报刊，分给我看；他见餐车推来，喊我别忘记打饭。一个周末的夜晚，医院严禁回家，我正在孤零零望窗外乌云吞吐月亮，他手捧珍藏多年的茅台酒进门："来，活活血！"

送药的小护士瞪圆眼睛瞅这倔老汉为我斟酒，杨老说："瞅啥？王肯是我战友！"

我好久没听见这样的称呼了！

不由想起四十年前，我到榆树县采访时结识的农民老荣。

老荣，也倔。1946年参军，身材高大，人称"大老荣"。攻打锦州负伤，返乡放牧。这位当年英武的军旗手，身穿破棉袄，手执放羊鞭，见我依然威风不减，顶多冷淡淡招呼一声"王工作"。彼时工作人员下到此地，姓某便称"某工作"。后来老荣听说我也是老兵，改口叫老肯。

农村夜，黑寂寂。老荣常到我住宿的生产队部，摸摸火炕不暖手，抱捆玉米秸往灶坑塞。小保管员从未见他这般勤快，怪！老荣说："老肯不外，也扛过枪嘛！"

老荣跟我真不外。荧荧灯光下，卷着土产的蛤蟆烟，说着掏心窝子话。

有一回，队长让小保管员刨平村头小庙，刨两镐扔下镐头喊头疼。队长又命老荣刨，老荣诡秘地对我说："邪呢！小庙刨平了，我头也疼了……"

我不禁大笑。他说我笑他脑袋落伍了，可他再也回不到队伍了。有时候，天蒙蒙亮赶羊群出村，恍惚惚好像拂晓行军……

又一回，老荣到县城送羊。他说那年月吃油条豆浆也排长队。身前军官很像师部小张。想招呼，又怕他不认腰扎草绳的老农。挤挤他，他回头扫一眼，忽大喊："军旗手？老荣哥！走，到饭店喝酒！""不，你没忘我老荣哥，豆浆咱就当酒喝……"

老荣最爱喝酒。我送他两瓶陈年二锅头，他纸包纸裹，留年节用。十月一日，公社接我去过国庆节，老荣横拦竖挡："你们公社有肉有鱼，我给老肯摆鸡蛋席。"

果然，煎鸡蛋、炒鸡蛋、蒸鸡蛋，还杀只下蛋鸡，满满一桌。

老荣先摆上两个酒碗。又从柜橱里取出一只印有红五星的旧搪瓷杯，洗了又洗，涮了又涮，他说这是打锦州牺牲的老班长的遗物，每逢年节摆在桌上……

老荣郑重地把二锅头倒进杯里："来，尝尝老肯送来的酒吧！"

我心中一颤，打天下结下的生死情缘！

这样的酒，我多年没喝过了。若非在病院杨老举杯，我几乎淡忘它的味道了。

（1999年）

"我认识他……"

人言医院的病房，也是人情的展室。家人外人，上级下级，在职离职……种种变化，种种表演。嚼苦药，也在嚼人情的炎凉、厚薄、真伪……

我以为这类事不必多想，表演岂止在病房，治病要紧。

今春住半月医院，倒是那长期陪护的家属令人心动。

小护士指给我看一位两鬓苍苍的老大嫂说："这位老奶奶，真怪！她老伴是早已不认识她的'植物人'。鱼肉果菜，米饭面条，都要用打浆机打成浆吸入。可她仔仔细细削去苹果皮，跑几个市场去买新鲜的黄花鱼，又学会理发手艺，还常同听不懂话的老伴说上几句……"

细打听，这位大嫂的老伴，是我认识的一位参加过解放战争的老同志。我想看望他,心想他当年的英姿恐已变成枯槁的躯体,戚戚然走进病房。谁料他像好人一样安详地躺在洁白的棉被里,头发理得整整齐齐,脸刮得干干净净,还透出几分红润,除目光呆滞,你不会想到他是木然无语躺卧了四五年的病人。我问大嫂:

"一直是您陪护他?"

"儿女工作忙,单位负担够重了,我还能靠谁!"

"他谁也不认识吗?"

大嫂点点头。

大嫂长叹一声:"他不认识我,我认识他呀……"

大嫂好像自语:"我们是在1948年东北解放时结婚的。那时部队是供给制,哪怕分发一个苹果,他也削了皮给我。我们共同生活了五十年,谁都知道谁的体性。我性急吃鱼好扎刺,他就买刺少的黄花鱼。他一生俭朴,最好干净,衣要勤洗,发要勤理,不管多忙,下班后帮我拖地洗碗,还要说说话……"

随后大嫂到他床前,掩掩被,轻声说:"老伴,王肯同志看你来了!"

他毫无反应,我心中一颤。

大嫂回头对我笑笑:"看他好像认识你呢……"

"刺儿头"的传说

东北话"刺儿头",指好挑毛病好揭短的人物。所谓"'刺儿头'难剃"。

儿时读私塾，先生说我头上有刺儿，专提离奇古怪的难题，没少挨板子，改不了。

长大了，刺儿少些了。参加革命后，顺眼的事儿多，刺儿就更少，但秉性难改。1957年给领导提意见，我说对青年作者不要一棒棒死，也不要一捧捧死，其实我是当时最受捧者。领导闻言大怒，大会批判我这颗不识好歹的脑袋。别说，众人帮助剃，自己也主动薅，头上光溜多了。

然而心中还有刺儿。我认为对所谓"刺儿头"不该同等看待。为工作提意见，哪怕再尖锐，也和那为私利胡搅蛮缠造谣捣乱者不同。甚至认为领导身边有几个头上长刺儿的，不是坏事。

谁料粉碎"四人帮"后，我也走上领导岗位。从处级到厅级，级级遇"刺儿头"，刺得你脸红、心跳、头疼……亲身体验到"刺儿头"的可畏、可恼、可厌了。

前年春天住医院，楼内禁烟，只得到院门外吸几口。门卫是老相识。他问我还没离休吧？问他怎会知道。他狡黠地一笑，守卫高干病房二十多年，一看探视人的多少，便知是正职、副职、在职、离职……

我说还要看礼物的多少厚薄？

他说对呀！不过近来时兴送花篮，递红包，心中没有准数了。只能靠一些传闻……哎，王老您是动笔杆子的，我有个"刺儿头"的传说，想听吗？

我敬他一支烟，很想听。

他说有个单位的头头，别指名道姓了。小病不大年年住院。住上一个多月，估计该来的都来了，剩下一个怪物是绝对不会来的……

我问什么怪物?

他说"刺儿头"啊!这颗难剃的脑袋,写完一篇文章,那位头头要挂名,挂他名前名后都不答应,还批评领导搞不正之风,这类人物能来探病吗!

这一天,头头正准备出院,收拾好衣物牙具,忽听啪啪敲门,开门一看,喜出望外,"刺儿头"来了!还递上一个信封,说声小意思,转身走了。头头一直送到电梯门外。

回来一抖信封,嘎嘎响。掏出10张嘎嘎响的新票,10张面值壹元的新人民币……另附一便笺,上写:"该出院了!"

这一回,头头的小病气成大病了。

这一夜,我躺在病床上,心想那位"刺儿头"的刺法不算可取,不过刺一下也未必是坏事。

我又回想那些刺过我的同志,有刺偏了的,有刺重了的,但刺中要害者居多。悔不该没有认真听听那些刺耳之言,悔不该冷淡了那些同志……

(2000年)

读友人书

默默的拓荒者

东北古称"大荒",而今沃野无垠,高楼林立,"大荒"不荒,有目共睹。然而文化荒芜的印象仍难抹去,东北文风不盛的说法,由来已久。

我以为东北古老民族的口头创作,多彩,独特,早受瞩目。东北古代文学,在中国文学史上着墨不多,不过是杂剧作家李直夫、石君宝,诗人耶律楚材、纳兰性德和续《红楼梦》的作者高鹗等寥寥几位。其实东北还有好多别具一格的作家作品,鲜为人知,史上无名,原因之一,发掘发现和发表不够,好花藏在荒原里。

近年,亏有东北文学史论的拓荒者,步前辈后尘,不断有论文和专著问世。《东北文学史论》(李春燕主编,吉林文史出版社1998年版),即其中一部,此书不求全,但求精,扎在东北文学史上几个论述不足或疑难较多的领域,深耕细作。根据切实的史料,做切实的解释。

一

东北古老民族初始的文学活动,亟待研究。

古籍中可寻东北古老民族的民歌民谣和传说。总想了解更加久远而神奥的情景。近来我省几位学者,历尽艰辛,田野调查,搜集整理神话、传说和英雄史诗等大量珍贵资料,非但有助于历史、社会、宗教、人类文化等学科的研究,从文学角度,也为我们打开一扇窥探东北先民文学活动的窗口。

从《萨满教文学史论》中的《创世神话——天宫大战》和史诗《乌布西奔妈妈》等篇,即可见它们那神奇的审美意象的营造,那惊人的想象力和虚构能力,为我们留下十分珍贵的艺术创造的智慧。

我常听"源于生活,高于生活"而不得要领。读鲁迅作品,感到深于生活;读冰心文章,感到美于生活,心灵文字都美;这次读创世神话诸篇,又感到玄于或神于生活。这玄于或神于生活是否出于先民朴素的思想和真挚的情感?我感到他们是真挚地表达对生活的感受,对生命的理解,对未来的追求。

先民创造最可贵的一点,心灵是纯净的。

二

东北文学的民族特色以及民族间的交融,也应认真探讨。

《辽代文学通论》《清代前期东北流人诗歌创作论》和《清代东北籍文人文学论》,分别精细地论述了辽清两个重要时期的文学特点，同时又揭示了民族之间文学交融的过程和成果。

《辽代文学通论》，切实地论述了辽代文学的概貌。单看宗室后妃的作品，从耶律倍、萧观音等人的诗词中，可看出距今千年左右的契丹人学习汉文化的轨迹。他们采用汉人文学形式抒发契丹人的民族情感，表述方式依稀可见质朴坦直的民族特点。而辽代的汉人诗歌存留较少，赵延寿的《失题》，用汉人熟悉的形势描述陌生的塞外生活，可见生活触动了诗人情怀，却少见表述方式上受什么影响。

读《清代前期东北流人诗歌创作论》，深感流人诗歌不同于那些出征或巡游的边塞诗人的吟咏。那许多撕心裂肺的诗篇，是苦难逼出来的，是从伤痛的心里淌出来的。从中可见某些汉人眼中东北的冰天冻土，冷月寒风，荒野莽林；可见汉人描绘马背民族的粗豪性格，古野民风；更可见汉人诗词格律依旧而格调有变，悲苦的遭遇，异域的感染，生出一种深沉厚重的诗风，较少轻飘浮华之作。难怪作者说流人诗歌是东北甚至中国文学的宝贵遗产。

《清代东北籍文人文学论》又展现出另一种斑斓的文学景象。从东北文化与中原文化碰撞和交融的过程，可见粗犷稚嫩的满族文学，入关后随汉化的深化，出现一批表现个性和盼望自由的作家作品；从东北的自然人文环境特异，论述了东北人感受力强于判断力，情绪化多于理念化，不拘泥于固有模式，打破了文学的一些固有观念；从东北籍文人的实际出发，列举铁保的重内容，纳兰性德的主创新以及曹雪芹作品中体现的那种又深又美又有理想的写实方法；从东北文学的审美风格来看，自古多民族聚居的地域，审美意识自然会多样化，作者指出苍凉、淡泊谐趣、豪壮，尤倾向于质朴率真与活跃生动为主。我以为这是切实的分析，也是东北民族文学融合的结果。

三

东北现代当代文学，是更应瞩目的领域。

东北沦陷时期的文学作品。一律否定或肯定当然不对，否定什么肯定什么又难寻一把标尺。人们可从不同角度来评定。读《东北沦陷时期文学总体论》，叹服作者的才胆识力，他们论述了这个东北现代文学史上不应忽略又极难推理论证的特殊的文学现象。

作者根据尽可能搜集到的史料，力争如实地解释沦陷初期、中期和后期文学的不同特点。既充分肯定党领导下的一批革命作家的先导作用，也恰当地论述了在艰难环境中写作的爱国作家的作品。更实事求是地从作品入手，剖析了那些争议较多的作家的是非功过。

关于东北当代文学，我看过不少作品，也有过一些想法，零零散散，茫然无绪。

读《新时期东北小说创作论》和《新时期东北报告文学发展的多元论》，使我感到这是既艰难又重要的工作。当代人写当代史就很难，写当代的新时期就更难。资料虽多需耐心搜集；作家作品随处可见需慧眼选定；文学思潮纷杂需认真辨别。两位作者首先着眼于东北新时期文学在全国有影响的门类，是切实的做法。

作者论述了东北新时期的小说的崛起和发展趋向；分析了部分有影响的小说家们的创作特色，又具体地揭示这些作品的时代性、民族性和地域性的体现。虽然还有一些近年出现的有成就的小说家未能论及，但可见东北新时期小说的发展概貌。

东北新时期报告文学，确实兴盛一时。作者既肯定了成就，又指出它发展中的问题。

东北报告文学的现实性和社会价值确实是它冲出本域的长处，发展中粗糙化现象也是当前的严重问题。作者宏观的审视和具体的分析，既有历史的意义，也有现实的作用。

综览全书，收益甚多，这里只能说说学习的一点心得。

（1998年）

文章背后的文章

当代德国画家伊门道夫说："画是画家自己的思维和心灵感受过程留下的痕迹。"画的背后总会看到画家。乔迈报告文学的背后也总会看到乔迈。看到乔迈的思维和心灵。

乔迈写过诗。他本人和人们认为诗国没给他安排位置，唯有报告文学的天空，才为他留下闪亮的星座。

乔迈又写过剧。他本人和人们又认为剧坛施展不开他的表演技艺，唯有报告文学这座文字的舞台，才欢迎他扮演主要角色。

窃以为不必说乔迈的诗和剧并非无成，诗和剧也未误他创作的青春。而且，单说他如大鹏得风遨游于报告文学的苍穹，也借力于诗和剧的翅膀。

乔迈写诗,特别在他写歌诗也就是歌词的年代,他需捕捉时代的强音,追逐时代的主潮。这种磨炼,这种习惯,使他写报告文学,也常常盯着三门李,盯着红嘴子……也常常流露诗情和诗的表达方式。《卢老板余话》中有这样的话:

> 我喜欢那个在出头露面场合局促不安的卢志民,就像我喜欢那在他的土地上,在朋友们中间语言流畅、锋利、极富农民的机智和幽默感的卢志民一样。我感到他还不够"成熟",我不希望他很快"成熟"。最好永远不要"成熟"……

诗为乔迈的报告文学添了抒情成分,而剧又添了戏剧性。乔迈写剧的年代,淡化情节等新说还未出现。强调的是冲突、性格、戏剧性场面。这在他的报告文学中随处可见。《三门李轶闻》中的大队书记沈春,一再动员属下五名党员分组时不要聚堆,分散到各组去起党员的作用。谁料各组群众都不要党员去起作用。书记猛然发现:

> 在大蛤蟆头的烟雾缭绕中,有五个低垂的头……数九寒天,窗户上哈气成霜,可那五个人发梢额角,却闪着亮晶晶的汗珠……书记沈春的脸腾地红了起来,好像被一只无形的手狠狠扇了一巴掌……

这不要聚堆反而非聚堆不可的情状,多么难得的戏剧冲突,多么难寻的戏剧性场面。

不论你怎样评价,诗和剧的思维和心灵感受,确实在乔迈的报告文学中留有痕迹。

当然,乔迈报告文学的成就,绝非单凭他对诗和剧的把握。更在于他深广的素养,特有的气质,长于叙述的语言和技巧。

30年前初识乔迈,发现他眼含灵气,口冒傻气,一似灵傻二气的综合体。相处日久,才发现他灵是真灵,傻乃装傻。

不由于他真灵,真聪明,有锐敏的观察力和思辨力,善于在芜杂的生活素材中提取精华,善于就寻常的生活现象道出一些不寻常的道理。如在叙述卢志民成为著名农民企业家后的难处时说:

无名的人是幸福的。无名者自己塑造自己,有名的人由别人塑造。无名者才在普通镜子前边照,有名的人在哈哈镜前边照……无名者,吃也由俺,睡也由俺,不是神仙胜神仙。有名的人,行也不安,坐也不安,想求心闲难心闲。

有名的人最难做人,但他却是无名者追求的目标。

傻人说不出这样聪明话。乔迈在以事实为依据的报告文学里,找出能够充分发挥他观察与思辨能力的天地。比他在需要更多痴情更多模糊的诗坛,比他在需更多想象更多虚构的剧坛,更加得心应手。尤其得力于他那适于叙事说理的语言。

乔迈喜欢民间语言的活泼生动,更偏爱鲁迅语言的老到辛辣。他平时说话就新词古语交替用,"然而""毕竟""居然""难道"不离口！他明明知道是这样，反问"难道是这样的吗？"傻态可掬，反话偏正说，正话也反说，雅俗兼备，今古并用，形成乔迈语言的一种色彩。

先看《红光照亮田野》开头：

> 他的祖先曾被叫做"黔首"和"黎民"，翻成现代汉语，意思就是"黑面人"，江南有管他们叫"红脚杆"的，河北省有称"泥腿子"的，而在我们山海关外，他和他的乡亲又获得一个谑称曰"屯老二"。"屯"者，村落也，"洋"的反义土也；"老二"者，工农兵中排行居次也。

再看《蚕山二尼》的开头：

> 蚕山乡在东山东，为一小半岛。蚕山在岛上作卧蚕状，故名。山不高，然有树，且葱茏。踞山顶，观沧海，红尘不起，白鸟不惊，水何澹澹，云何悠悠，茫茫然，天海无际，心亦无际，最是令人生出世之想的所在。
>
> 两位如花少女就在这里遁入了空门。

乔迈的语言，俗也罢，雅也罢，无不透出聪明人装傻的神气。然而，我也学他用一个"然而"，乔迈确实也有真傻的时候。80年代初，他竟敢写《三门李轶闻》，竟敢把群众不要共产党员的故事称作逸事，写那口说不该发生却真正发生了的绝非逸事的故事。

80年代中期,他又敢带病往兴安岭森林大火里跳,带病写了《漠河大火记》,说了一些该说的真话,也说了一些不该说的傻话……

然而,又一个"然而",我欣赏乔迈那装傻的风格,更赞赏乔迈这真傻的结晶。从而令我思索,乔迈也许是大智若傻。也许是聪明人的糊涂,果若是,这糊涂也难得,真正的难得糊涂!

(1993年)

真有代沟?

《文艺争鸣》主编命以"我看洪峰"为题写上几千字。需先说说这个我。

我写过浅薄的诗,也编过平庸的戏,因而不大爱看诗与戏,倒可算个小说的老读者;我人到晚年,难得清静,却常与活蹦乱跳的青年朋友交谈,敢说我是洪峰的老朋友。

我只能用老读者、老朋友的眼睛看洪峰。

我与洪峰,一老一小,常为创作问题争争吵吵。我对他起过绊不住脚的绊脚石的作用;他对我恰似一只引爆的小雷管,总想在我心灵的冻层上,炸开几条裂缝。

说起冻层,倒是我近年才有的感受。严寒季节,每次从南方飞回东北,一过长城,白茫茫的一片。如乘火车,白茫茫的田野,白茫茫的山冈,白茫茫的江河,下面定有厚厚的一层。鹤嘴镐下去一个白点,崩一炮,倒可崩裂几道纹。我在这地方度过一生。这地方出现过不少彪悍的硬汉;这地方曾是清朝禁地,保持过蛮荒的本色；这地方也曾经受过法西斯十四年的残酷践踏；这地方还被西伯利亚的风吹得倒向一边；再加上那十年的封冻；再加上自己对自己的长期封锁……我心是热的，却冻上一层，使我对人生，对艺术，对文学的看法是封闭的。

初看洪峰，便是用这样的眼睛。

还记得在1984年5期的《作家》上看到他的《体委主任》，凭直觉，见才气。及至见到他这人——一个毛手毛脚的毛头小伙子，不会应酬，感到有几分可爱。后来连续读他《人们叫他"岁儿"》《美梅，美梅》诸篇，啊！这是个人才！暗自看重他。这种看重，还不是出于朋友的相知，也不全出于文学事业的考虑，而是杂有私念，在任期内出几位拔尖人才，脸上也可贴块金。于是我像注视我省其他青年作家的脚步一样，注视着洪峰的流向。

1985年，他发表《公园里，有一棵树》，这棵树，我看着很不顺眼。接着又读他的《生命之流》，我感到洪峰走远了，但不是向大海流去。心里有话要同他讲，不料话不投机，争得面红耳赤。

我承认《生命之流》使我耳目一新。但他这个"新"又使我感到"旧"。那种非性格化的类型人物，那种对原始的单纯的迷恋，那种表现永恒的东西的意念以及那种由模拟转到表现的手法，我也在钻研，有些作品我也喜欢。但早在国内外的小说、戏剧以及美术中见到过，不觉怎样新鲜。因而我不赞成洪峰往这条路上挤。

洪峰认为我并不理解他，而他倒理解我。他说你们经历过一些险滩恶浪，出于过来人的好心，总怕我们在浊流中触礁。其实文学的路何止一条！又怎会风平浪静！我写《生命之流》，不论成败，都是我对人生思索和对文学审视的结果。看看世界，看看全国，再看看吉林，再看看我们吉林的年轻人，求求你，让我们试一试！

这话使我震动。

我意识到这是洪峰创作的一个转折。过去他用传统视角、传统方法写成的作品适应我那传统的审美习惯；如今他转向现代，使我看起来叄眼，是很自然的事。那"求求你"三个字，却刺痛我心。他还是把我看作"领导"，不是朋友。朋友知心不易，知青年朋友的心更难。但通过这次坦直的交谈，却使我们近了一层，使我重新看看他，也重新看看我。

托甫斯托诺戈夫曾说："艺术和人类一样，也是拥有多种语言的。遗憾的是，观众与批评家并不都是通晓多种艺术语言的人。"我便是不懂多种艺术语言却只坚持一种艺术语言的人。对自己的创作也可这样坚持。对旁人，那种定于一尊的观念应该改变，这是洪峰炸开我的一条裂纹。

洪峰在探求，我也不得不用探求的眼睛看洪峰。

他的《勃尔支金荒原牧歌》，人们褒贬不一，却使人不能侧目而视。他问我这篇怎么样？我说不怎么样。我很少当他的面说他的好话。内心可暗自服他艺术的感觉，服他的灵气。但总觉他的思想力度远不如他艺术的感染力强。担心他"生命系列"的生命力不会越来越旺。

同时，我发现洪峰的作品和他这个人，好似都有一种"莫明其妙的矛盾"。

我了解他心是热的，却写得那样清冷；

他是入世的，却出没在深山荒原；

他手是巧的，却做笨拙状；

他是精细而又文明的，却给人以粗莽愚鲁的印象；

他肯自省，却又表现得那样狂傲……

世上不乏以脱俗掩盖媚俗的人，我了解洪峰不是这种人。洪峰的矛盾是探求路上的矛盾，他自己也在不断地暗自调解。

1986年洪峰发表了《蜘蛛》，他狡黠地对我说："老头，我也写改革了，这回你看怎么样？"他以为这回投你"老头"所好，凡写改革你就必定叫好。不料我仍以"不怎么样"回答他，而且回答得比较认真。

我了解不愿重复是洪峰的性格。写改革不重复写改革的模式，视角新是《蜘蛛》之长；揭示的思想不够新，是《蜘蛛》之短。艺术上显得生涩，远不如《生命之流》流畅自然，却与《生命之流》同样使我感到容纳的生活过少。倒是他的近作《奔丧》，在虚虚伪伪之中，看到一个实实在在的洪峰。

《奔丧》中的我，倒真是洪峰要追求的我，他把虚伪写在奔丧的时刻，写在骨肉之间。他无意教训人，也无意感动人，更无意摆弄某一种创作方法和技巧。他从笔端流泻他真实的感受，使我感受到较多的生活实感，也使我思索他写的这段生活以外的好多东西。洪峰注意表现"我"，过去我以为他有些作品表现的"小我"太小，与"大我"距离较大。这次缩短了一些距离，增强了可接受性，留下一个比较坚实的脚印。洪峰的这一步，不在于走出深山荒原，重食人间烟火；也不在于创作上的不拘一法。使我高兴的一点仿佛见到安泰的大脚又开始踏着厚实的大地……

我一向羡慕洪峰的聪明，佩服洪峰的文学素养。但又朦朦胧胧地感到洪峰的聪明多于他的阅历，洪峰文学以内的功夫和信息大于他文学以外的功夫和信息。并顽固地认为这是阻碍洪峰超越自己的一个重要因素。作为老朋友，我准备倚老卖老地与他再吵一番。

谁料正在我剑拔弩张之际，洪峰从通化回来，这位心热嘴冷的小伙子，与我推心置腹地长谈，中心是他要下去，要扩展他的生活视野，要发掘人的内心，他认真审视自己的长短得失，并让我痛痛快快地崩他几炮。可惜我要同他吵的那些话，都让他说了，而且说得比我更切实，更深刻。

我想教训他，反受了他的教训。我想崩他，他倒崩了我，又崩开一个裂纹——新老之间应互相学习。

创作是独特的发现。真正的作家总是在对人生、对文学的独特发现过程中发现自己。洪峰也如是。读者与朋友的话，包括我这老糊涂了的老读者、老朋友的糊涂话，洪峰不必也不会全听，主要靠自己的学习和实践。

我看洪峰正在不断地向前流动，前面是一望无际的大海……

（1987年）

北方不冷

北方冷，大有名。来自江南绍兴的姚业涌，竟很少有冷的感觉。

　　近日，读他的散文集《伴我同行》，他对人生、世态、艺文、书海，不乏动人的哲思隽语。感动我最深者，是他对第二家乡北方的情愫。

　　他写道："北方毕竟是北方，说下雪就下雪，有那种豪爽劲儿。"好个豪爽劲儿，冻你怎不说！后来读他的《那扇小窗》，才知他家很暖。他那热爱生活的北方妻子，在厨房开一四方小窗。姚业涌下班先望那窗口。特别是冬季天黑早，"每当望见小窗透出橘红色的灯光，心里就暖暖的"。刮风天，上班刚出楼，小窗就出现妻子的脸："起风了，灰尘大，带上风衣吧。"随后抛彩球般抛下风衣……北方小窗内，有炽热的真情，他怎会感到冷！

　　那窗外呢？他在《绿野琐忆》中，忆起刚从浙江插队到科尔沁草原，一夜大雪封住房门，推不动，撞不开，无奈跳到窗外。窗外，早有须眉挂满白霜的老保管员李大爷，不声不响，一锹锹挖开通道，满头热汗把冷蒸跑了。

　　还有《两棵树》中的那棵孤树。孤树不孤，是几十年与乡亲同苦同乐、同干同行的好书记老王留下的。当年造反派"勒令"老王砍来杨木杆，悬挂批斗他的横标。谁料冬去春来，北方的热土竟使这棵木杆吐出新叶，长成挺直无斑密叶向上的绿树。姚业涌很想见见这样的好书记。他写道："人去了，却有那在岁月里埋下的和乡亲们相伴的一棵树活了下来。从那天开始，我从树的形象，打心里描绘一位老人的形象……"

　　这些就是姚业涌笔下不冷的北方。

　　北方当真不冷吗？天，嘎吱吱冷出响了。北方人不冷吗？

我两次去他的故乡绍兴,深感鲁迅的"横眉",同北方硬汉的"立目"视角一致,冷对一切祸国殃民害人类的东西。而眼冷源于心热。心热也会在冷的世态中发现热。姚业涌就是这样的作家,把热也视作一种美,不断从笔端流出。

(1993年)

草帽·布伞

近年读文学作品,感喟嘘唏或体悟警醒的时候太少,拍案叫绝的情景几乎没有了。并非近年没有撼动人心的作品,而是我对作品的感应迟钝了。

翻开一篇或一部作品,一路读下去,读到最后一句,掩卷想想,头脑中留下什么就算得到什么;没有印象的就算白读了;印象深的地方也许会引起一些思索,零零碎碎的。

我说上边这些闲话,为了说明我读赵培光的散文也是这种情形。

稍有不同处是,当翻开他的散文集《野马闲驰》之前,对这一书名就动了心思。

闲驰不难理解。当然,说培光的散文属闲适一类,编者可这样编,评者可这样评,作者未必也不必这样刻意追求。忽想起庄周的"大知闲闲"。闲闲,宽裕貌。往日读培光散文的印象,不是故作斯文的长袍马褂,不是勾紧领钩的灰色干部服,也不是笔挺的西装。倒像宽宽松松自自然然的休闲衫。宽松自然地诉说长久感受的心怀,可能是培光的闲驰。我想他也未必只会这一种驰法。

至于野马，古籍说是北方良马。曾与白玉良弓等同为奉献之宝。培光恐不会因此取名。或许来自《逍遥游》中的"野马也，尘埃也"。那浮游太空的云气，倒有些意味。不过总觉气度风采一如江南文士的培光，同野马的距离较远……

还是抛开书名，看看内容再说。

一页页读完他的《野马闲驰》，头脑中依然未留下野马的印象。印痕较深的是草帽和布伞。

他在《季节随笔》中说："这北国晚秋是想念涨潮的季节吗？满目金黄的叶子让我记起朋友们的眼睛，我感知他们又在挚切地注视我了。"想念朋友，我以为越老越甚，秋越晚，潮也越高，不料年轻的培光涨得这样早！

他又说："我也是朋友们的朋友，因而也要求自己能够晴天送给朋友一顶草帽，雨天送给朋友一把布伞……"这平平常常的草帽和布伞，却深深触动了我。

多年来，我在疾风骤雨中体验过朋友的真情。忘不了生活困窘的时候，比我松快不了多少的朋友的接济；忘不了门庭冷落的时候，不畏牵累的朋友的来访；忘不了在我被监督改造的时候，监督我回家探视病人的"革命小将"，答应我暂时摘下胸前黑帮的名签，暂时装作一同进门探病的朋友，允许我与病危的亲人多说几句话再走……从此我真把他视作自己的朋友了，并非暂时的。

我一生多次体验过疾风中劲草的可贵。但在和风中，特别是在春风得意的时刻，我忽视了朋友送来的草帽和布伞。我也忽视了晴天雨天要送给朋友一些什么。培光的散文刺痛了我。我发现这闲驰的野马并未失落野性。同时也发现我对野的偏狭的理解。

野,并非单指粗野、野蛮。用乡野的话说,野是胆壮心热肠子直。敢爱敢憎,爱则热如火,憎则冷若冰。

野的北方性格,也并非清一色。如同黑土地、白雪原、五花山……同中有异,异中有同。单说对待朋友,同是肝胆相照,照法也不同。自古以来,既有"万里流离,死生共之";也有舍己为友,倾囊相助;还有培光这样送帽送伞……

时至今日,不说送什么,能够真挚地想念朋友就很够朋友了!于是我感到培光散文的时代色彩,从中可见北方新一代的文风和心态。当然只是一种。就培光来说,也只是他的一种。

人生旅途确实有太多太多的遭遇。读培光散文也有太多太多的感受。他平平静静地说:"把我当作一把伞吧!"我这老化的头脑,记住了。

(1996年)

泉水叮咚

我读文艺作品,很难有条有理说短道长。读后常掩卷寻感觉。那感觉较具体,有时联想也离奇。比如读鲁迅杂文,人言像投枪匕首,我感觉又像先生那根根挺立的怒发……

60年代我已知泉声是有特色的青年诗人。读他的新诗,感觉如行云流水,但这用滥了的形象词语,几乎变成陈旧的形象符号，不能确切地表达我那时的新鲜感觉。

今日回想，从流水想到泉水，从泉水想到泉声，从泉声居然想到流行一时的《泉水叮咚》那首歌……好嘛！泉声当年的新诗正像那山间泉水叮咚叮咚有节奏地流到人间。

读那首《清明夜》：

> 曲麻菜钻天柳条青，
> 今日是清明……
> 窗外正落清明雨，
> 春雷动……

再读那首《秋》：

> 蛙咯咯，虫啾啾，唱丰收，
> 大地给稻香瓜香熏个透。

这清新的意境，轻快的节奏，很像白话词。前一首词牌就叫《清明夜》，后一首词牌定名《蛙咯咯》。我真想试填几首……

更使我惊奇的是那时的泉声年纪轻轻，营造新诗的意境，怎会有旧体诗词韵律的印痕！

后来，相处久了，才知他家学深厚，父亲是酷爱古典文学的中医。泉声自幼习读《千家诗》《唐诗三百首》和《古文观止》等诗文，练就诗词创作踏实的幼功。

近年，又见泉声屡有旧体诗词发表。他精通韵律，技法娴熟，近体诗绝、律均有上品,特别是难得佳作的古体诗,如五古《赠公木先生》《示儿》,七古《过洞庭渡潇湘》《乐山大佛》,更可见泉声的深厚功底。

而我,读他这些旧体诗词依然有泉水的感觉。不过这泉水已经不似当年那样轻快跳跃,倒像穿过荆莽,渗过石隙,流得那样舒缓,那样深沉……

七绝《病后家居》:

> 登楼日日似登山,
> 自觉衰微步履艰。
> 小坐凉台舒望眼,
> 断云如梦柳如烟。

读来令人情动。我更喜欢他另一首七绝《孔林谒孔尚任墓》:

> 千亩荒园草木深,
> 昏鸦噪晚夜狐奔。
> 孔林碑碣知多少,
> 独吊桃花扇底魂。

好一个独吊桃花扇底魂!摄魂动魄更惊心。此刻的叮咚,已非轻敲小磬,而是撞击那沉重的编钟了!

泉声又有诗论问世,澄明严谨。更可贵的是他对诗的感悟。七律《秋日咏怀》中有两句:

劣诗常是经心作，
佳句偏能信手成。

我感到经心难免弄巧，信手拈自真情。请看他的七律《赠妻》：

风雨同窗旧梦频，
廿年茹苦且含辛。
膝前已有三儿女，
身外更无一布裙。
劝我加餐因病后，
怜卿缝洗到更深。
休言两鬓添华发，
敝帚家中我自珍。

我边读边想他动笔时的动人情景，每一句，每一句呀，都饱蘸着他对老伴儿兼老同学同甘同苦同喜同悲的浓情，才会信手拈来这真挚质朴的佳句。

我也读过泉声那些与诗词有关的散文。如《重读〈千家诗〉》《王安石与苏轼的换位思考》等篇均有诗意扑人。还有那篇《终当不易心》，可见泉声对泉分外钟情。他写孔夫子过"盗泉"，恶其名而不饮；东晋吴隐之见"贪泉"，不避嫌而猛喝。喝后还留诗句：

古人云此水,

一歠怀千金。

试使夷齐饮,

终当不易心。

泉声乃清泉,清心不易,叮咚下去,当不断有新作为人止渴……

(1999年)

兆一是吾师

人说兆一是我友,吾知兆一是吾师。

我同兆一,同姓,同年,同是辽宁人,也算同乡,同对人民的创造感兴趣。《美在关东》这本书就是他探寻黑土艺术之魂的手记之一。读者自会评说,不必我多口。

我想说兆一为人为文的一些长处。

兆一心大。他常以"心平过大海"自慰。我以为他心即是海。相处四十多年,少见他愁眉苦脸,长吁短叹;少见他手舞足蹈,抓耳挠腮……人言他生成一张没有喜怒哀乐的脸,我说他练就一颗能容褒贬荣辱的心。我也学他这样做。那年游福州普济寺,住持普雨法师赠我"无心是道"四字。潜心揣摩,似悟非悟,终难像兆一那样旷达!

兆一聪明,来自勤奋。

他眼勤,口勤,腿勤,手勤。他博览群书,不耻下问,走访关内外，笔耕不辍。他善书法，爱美术，更喜戏曲说唱等民间艺术。

兆一对二人转，随时录艺人的零言碎语，整理成珍贵的资料；针对二人转存在的问题，长评短论，促其发展；近年，积一生所得撰写《二人转史》。名曰同我合写，实则大多出自他手。至今他依然注视二人转在新形势下的发展轨迹，并将其同美学、民俗学、人类文化学等联系起来，向深层开掘。

兆一自重自信，不察他人颜色。

不论在研讨会、评委会还是庆功会上，他总是怎想怎说，很少客套话。对声名远震的艺术团和观众喜爱的演员，他常坦直地道其长短，不讲情面；对那些他更加关怀的民间艺人，更是针针见血，刺向某些低俗的表现……

我和他都感到真情在民间。民间艺术给我们的哺育太多，我们的回报太少。兆一对名人李青山老师，可谓关怀备至，未能为老师留下更多心血凝结的成果，兆一遗憾不已。

兆一处人，久远实在。

中国许多老话，未必都合情理。"君子之交淡如水"，说得真好！酒肉穿肠过，水可长流不息。兆一不忘旧交，不论你兴衰升降，他始终不渝。兆一不忘从小到大的同窗，不忘共过患难的同志，不忘艺人朋友，不忘乡亲。凡有求于他的事，都竭力去办。尤其尊重有真才实学的学者。王朝闻同志来我省讲学，他悉心安排，陪同去农安看民间二人转。从此常有书信往来。我只是托他代问好。

兆一对我的帮助，公事不论，家事等项均能出力。一起外出开会也时常靠他照应。他行动敏捷，头脑更清明。靠他提醒我该办的事，叮咛我别丢下携带的用品。会之余，品茶谈艺，促使我思索好多新问题……

读者读兆一的文章，会有种种印象和体验。我常有开阔、聪颖、坦率、实在的感觉，也许因为我了解他为人的缘故。

（1995年）

家居春城

春的感觉

北方的春,悄悄来,匆匆去,来得慢,去得急……

清晨,车贴南湖公园行,昨日还满目枯黄,今天忽跳出几株嫩红的花树,想是杏花开了。顿觉身上的毛衣更重,棉裤更沉。司机小李说该换装了。

商场里奇装照眼,照得我心忙。随手拣一件安哥拉皮夹克,试穿都说好。我却从夹克想到夹袄。度过四十多个春城的春天,有棉,有单,足够用了。今日竟购置一件"洋夹袄"——多余的春装。

回来时,车经自由广场。花草搭成的大孔雀,勾起淡了的记忆。长春解放那年冬,这冰冷的广场,孤零零站着伤残的碉堡。冻云低,行人稀,又添几分凉。而我身上,空心棉军装,三九不觉寒,开春照样穿,杏花落了依旧捂着这身棉。那真叫"春捂秋冻"呀,捂绿了满城树,才唱唱咧咧脱掉棉的,换上单的。

从此,从棉到单,年年如此。有变化,不够大。不禁叹道:北方的春啊,这样慢,这样短……小李眄我一眼。

蓦然,迎面飞来一部没见过的新轿车。我忙问什么牌号?小李说您坐的是前年产的"奥迪",飞来的是去年出的"捷达",不认识!

他说完又眄我一眼,眄得我怦然心动。感觉他眼中有话,仿佛说你这书房里的老头啊,书本以外的见闻太少,你的春天太小,太小……

(1993 年)

长 春 树

每访名城,如山城、水城、泉城、花城……常想我居住城市的树。

出长春站南行,十里长街十里树,车在树中飞驰,人在树下漫步。

新民大街丁香树,花开季节,日光紫了,春风香了,行人醉了。

西安大路两旁的树冠曾合拢成有名的"绿洞长廊"。如今路扩宽了,"绿洞"又扩散到好多条长街小巷。

长春庭院的树更多。远方客人一进南湖宾馆,啧啧称赞这是"森林中的宾馆"。出宾馆再进南湖公园的南门,从闹市一步跨入密密层层的松林、柳林、白桦林……又惊呼这是"城市中的森林"。其实,长春正在营造"森林中的城市"。

我在这城市居住五十年,只在湖西路口栽过五棵树苗,还是应付植树节分配的任务。近年一不留神,是谁在从前没有树的地方栽上那么多树?是谁把杨絮乱飞的老树种换成新树种,近来又伐掉朽木换新木?

我见过漫漫沙丘一棵绿叶稀疏的孤榆,当地人尊为"神树"。回长春,满眼绿,不以为神了。只有到那楼多树少的城市,灰蒙蒙,无遮蔽,抓一把阳光是烫的,吸一口空气是干的……才想快回家,才感到身在树中不知福。

(1998年)

多 彩 墙

80年代末迁居长春南湖新村,新楼,新路,新栽的树木。唯有一道褪色的旧砖墙,六七百米长,沾满泥浆,大煞风景,拆掉才好哩!

过不久,小区派几位戴绿袖标的老同志,沿墙根栽植常春藤,俗名"爬山虎"。我知道这"虎"也会爬满墙,心头一亮。怎奈这墙紧贴大街,"爬山虎"卷须顶端的小小吸盘,禁不住来往车辆掀起的风尘扑打,爬几步,掉下来,心又凉了。

一日骄阳似火,忽见那几位老同志守在墙前,扯上一根根细绳,护住一条条藤蔓儿,又钉小木楔挂住向上的卷须吸盘。好似纺织工正在穿梭引线……

就这样织来织去,年复一年,那斑斑驳驳的长墙,盛夏爬满绿叶,像一道碧绿的屏障;深秋绿叶红了,又似一抹耀眼的红霞。外来者常在墙前留步，本区人常在墙前留影，更有一些影视剧组把它留在镜头里……

我年迈腿懒，倒退十年，定会在市内寻寻觅觅，在已有的丁香街、绿洞路、多彩墙的基础上，为森林城再添充满野趣的几景。

(1998年)

爆　竹

古时喜庆日，烧竹竿，噼噼啪啪，叫"爆竿"，也叫"爆竹"。

聪明的先人发明了纸和火药，聪明的后人便用纸卷火药造爆仗，又叫"炮仗"。"仗"是武器，炮仗并不参加打仗，是喜庆用品，依然沿用"爆竹"旧称。

爆竹有单响的，也有双响的。双响的俗称"二踢脚"。

砰——头一脚踢响了；啪——第二脚踢到半空中爆，神！儿时总想手捏这双响爆竹点把火，妈妈怕崩伤眼睛，只准站在远处捂耳瞪眼看人家放。长大了自会打破妈妈的禁令。回想一生，有一次放得最痛快。

1949年共和国的诞生日。

那年10月1日，长春的天空分外蓝，分外高，分外亮，不见一丝云。我东北大学（今东北师大）的游行队伍，红旗猎猎，穿越座座松枝搭成的牌楼，大步向前，向前，走多远也不觉远；游行回来又猛敲锣鼓扭秧歌，扭多久也还想扭；唯晚上会餐，青年干部桌上的酒太少，不尽兴，同宿舍的小赵直喊不过瘾……

我年轻那时候比较调皮。饭后端起大碗去找食堂事务长要酒。这家伙平素搂脖抱腰称好友，此刻拉长面孔讲原则，供给制规定外，一滴不供给。好，你不供给自去采购。

那年月我的生活津贴，不对，好像叫生活补助费，从解放战争初期的每月1万元提到7万元，其实等于今日的7元钱。腰中有存款，够买二斤花生一斤白酒了。

谁料一进小铺门，见有"二踢脚"，二话没说掏钱买了10支。一算账，余钱只够打二两酒了。二两也可，留给小赵一人喝。我跑到宽敞的斯大林大街上，砰——啪，砰——啪，放了十个双响的"二踢脚"，生来第一次体验到"爆竹声声辞旧岁"的快乐。

今日想来，辞的哪是旧岁，那是辞了一个旧时代。那快乐自然来自革命的胜利。也有私心，我从国民党统治区跑到解放区，这一步跑对了。

回想1945年日本投降后，我看到八路军的作风好，但看不起那二尺半的土布大棉袄；头脑中又有盲目正统观念，总觉国民党才是正宗。1946年高高兴兴考入国民党从四川迁回沈阳的东北大学。

不料一入大学校门，迎头一瓢冷水。

盼来的国民党接收大员，巧取豪夺，很快获得"劫收大员"的"雅号"；那美式装备的国民党军官，乘美国造的吉普，挎中国的"吉普女郎"，招摇过市，横冲直撞……

东大同学在墙报上发表愤怒的诗文。我也拿起笨拙的画笔，画了一幅题为《爱"冰"女郎》的漫画。也许因为我把国民党的美式军帽戴在一块终将化成冷水的大冰块上，"冰"和"兵"谐音,一时竟引起不小的反响。

进步同学吸收我参加读书会,传看艾青的《火把》,艾思奇的《大众哲学》和《新民主主义论》等触动头脑的著作。我发现八路军的土布棉袄里,有哲学,有主义,有驱除黑暗的腾腾烈火……

参加反饥饿,反压迫,反内战的"五二〇"学生运动,使我看到国民党对进步学生的开除、逮捕、杀害的狰狞面目……

1947年夏,我从张学良将军创办的沈阳东北大学,奔向他弟弟张学思同志任校长的解放区佳木斯东北大学。

一进解放区,天空真明朗。

军民之间,干群之间,鱼水一般。

佳木斯东大的公木、吴伯箫、杨公骥、蒋锡金等老师,均是同人民一道战斗的作家和学者。指引我走上为群众写作的道路。生活虽艰苦,心情甚舒畅。

但在内心深处仍留一片疑云。

我看到战士的斗志高,争着抢着上前线;我也看到有些子弹袋里子弹少,需用切断的高粱秆塞满。哪年哪月才能消灭拥有美式飞机大炮的国民党军队?

1948年收复延安的捷报传来,我们做一面小红旗牢牢插在中国地图延安的位置上。从此解放一座城市,就插一面小红旗,从关外插到关内,从北京插到南京,越插越多,越插越快,出我意外。1949年,天安门前就升起那面震惊全球的五星红旗。

这奇迹般的巨变,放多少爆竹才能够抒发我激动的心情!

(1999年)

课堂·书房·山野

20世纪,很长很长的河。风风雨雨,沉沉浮浮,浮到世纪末很不易。多亏有好多给我知识和力量的人。

我生在"穷山恶水出刁民"的辽南山村。山石刀劈般陡峭,河底尽是磨不圆的棱石,人更愣。儿时的偶像,磨石山上磨大刀杀鬼子的彭帅,村中人称"滚刀肉""犟死牛"等莽汉。视野的窄狭,愚鲁而不自觉。若非经先生点化,终生是块顽石。

我的先生很多,有清末的秀才,民初的学者,知名的诗人作家教授,还有外国专家……目瞻仪形,耳聆教诲,至今不忘。

儿时读私塾,窦夫子"学也无涯"不离口。中学的王庭恩先生常说"为人为文,无欲则刚"。40年代在东大,诗人公木、散文家吴伯箫指引我走上文学创作的路;锡金老师支持我采集东北的民间艺术,帮助我整理研究;公骥教授则强调"最终决定艺术品位的是思想,决定学术成败的是态度"。我请他审看的稿件,他那密密麻麻的批改文字,一个标点,一个错别字,也不放过……还有热心的外国先生。50年代在北大,第二次世界大战中失去一臂的毕达可夫教授的《文艺学引论》,引来苏联文艺学的一种框架,引起我对文艺的一种思考;另一位战争中伤残双腿的卡普斯钦教授的《俄罗斯语文学史》使我入迷,仿佛随同那批伟大的作家经历那苦难的岁月。至于国内国际学术会上专家的发言,书架上读不完的书刊,更使我时时处处受到启迪。孤寂中不觉孤寂,困苦中忘却困苦,有师友就很富有,有书读便觉自由。纵然白日劳动改造,灯下有可乘之机捧书阅读,也油然生出一种异样的幸福感。

我更幸运，平生还有好多好多别一类的先生。山林中的猎手，大漠上的牧民，庄稼院里的庄稼汉，四出游荡的民间艺人。

忘不了在大兴安岭的呼玛河畔，孟提木杰大婶为我讲那撕心裂肺的鄂伦春故事，小云霞为我唱那流泻真情的鄂伦春民歌；在科尔沁草原的蒙古包里，听游牧诗人咏唱质朴豪放的"好来宝"，在清丽的海兰江岸，观赏轻盈秀曼的朝鲜族舞蹈和幽默的"三老人"；在风雪夜听老爷爷描述闯关东蹭蹬多磨的脚步；更忘不了追随吉卜赛式的二人转艺人，在荒村野店、小镇茶馆、庙会集市、场院马棚，看他们演唱，听他们诉说，同他们交往，使我发现民间特有的思维方式、表述方式和接受方式，发现民间未凿的天然的土野的美。而这些江湖人，这些被目为卑贱者，非但聪明，也很崇高。生活在他们中间，不必左顾右盼，不必回头回脑，肝胆常相照，有难舍命帮。我这自命高雅的知识分子，在长期同他们相处中，常有相形见绌的感觉。他们有散漫低俗的表现，但骨头不软，心灵很净。特别是同平民百姓毫不隔心，他们在台上抒发的喜怒哀乐，就是台下平民百姓的悲欢离合，不是旁观者的赞叹，不是局外人的同情。这一点我学了一生也学不好。

回视将要逝去的20世纪，我大部分时间是在课堂、书房和山野度过的。我的书桌摆在课堂中，摆在书房里，也摆在山野上。我有幸生活在人类经历了20个世纪的今天，人类创造积累了太多太多的知识，遗憾的是我学到的太少太少。那位卢梭，那位"任性的、古怪的、充满幻想的人"，在他的名著《一个孤独的散步者的遐想》的最后,要归还他受之于人的所有爱助。我这一生遇到的好人多,受到的爱助多。但归还的也太少太少,是我更大的遗憾。

(1995年)

东北话小议

这疙瘩·那疙瘩

也许人老了，偏执。我是东北人，也把"咱这地方"说过"咱这疙瘩"（"疙"字东北语音读作"嘎"gā）。但一听演员拿腔拿调学东北人说"这疙瘩""那疙瘩"，身上便起鸡皮疙瘩。总觉戏谑了东北话。

东北人并非处处人人说这疙瘩。也会说这里,这儿,这块儿,这场儿,这一方,这一片,这一带,这一溜子,这一撇子……

张抗抗，南方人，对语言很敏感。一次在东北三省作家会上说，在她家乡，吃饭，吃酒，吃茶，都说吃。东北说法太多了。

她这话就很公正。比如吃酒，东北人也说吃喜酒。吃以外，还说喝，饮，品，抿，舔，闷，灌，干，整，搊，倒，扔……

灌酒，野。或宴前预谋把某某灌醉；或席上威胁："你不喝，扯耳朵灌。"这是沿用杀年猪用酒灌猪耳朵的绝招儿；还有醉汉一进家门,老婆斥她:"又灌猫尿了!"其实,早年东北大汉喝大碗酒,不用外人劝,自己也灌嘛!

灌、闷等说法,想必是大吃大喝的新发现。劝酒词"感情浅,舔一舔;感情深,一口闷",已经闷到遥远的南方去了。还有惯于发号施令的头头,嫌酒桌冷清,胖手一举酒杯,不说干,下令:"整!"整法多样好热闹,有的一扬脖搠进去了;有的一张嘴倒进去了;有的酒杯不沾唇,把酒远远地扔进口内,一滴不浪费,可算陪酒干部多年练就的高难动作。

吃饭,东北人也说开饭、用饭等通用词儿。还有呛饭、塞饭,拼命塞叫馕,馕不下去硬噎。饭前饿了先吃点叫"垫补垫补";饭后没饱再吃点叫"找补找补";饭与饭之间吃点叫"打尖"。另外还有喝稀粥的喝,嗑蟹腿的嗑,啃猪蹄的啃,嘬鱼刺鸡骨的嘬,更有吃糠咽菜的咽。这菜当然是难下咽的苦菜。不过富人油水过剩,也常皱眉头:"吃饺子也懒得咽呀!"

东北人说吃茶的少。西部好喝红茶,很浓很浓,我喝醉过,比酒醉烟醉更受罪。东北乡下有炒高粱米当茶喝的,叫喝"煳米水",有咖啡味,可谓"土咖啡"。还有买最便宜的茶"胀肚黄"待客,大碗喝,也可叫饮——"牛饮"。一次到福建同学陈大姐家,沏一小盅茶,我一口闷下去了。大姐说这是上好的"铁观音",你要品!心想我品啥,有点黄色都叫茶呗!

我啰唆这些是为证明张抗抗对东北话的看法正确。问题是东北话为什么这样多姿多彩,粗中有细?

我语言学知识甚少,笨想可能因为东北本地民族多;外来的汉人多;汉人又来自山东山西、河北河南多类地区;又有从军的，流放的，经商的，"闯关东"的多种情况，近年又关内关外多流动，交往多了，互学互补，说法就多了。

比如说打你，也说揍你，捶你，擂你，剋你（"剋"字在这里读作 kēi，剋架也是打架的一种说法）……又具体说捅你一指头，弹你一脑壳，碓你一杵子，杵你一拳头，抽你一鞭子，搭你一杠子，削你一扁担，拍你一木铣，磕你一烟袋锅。单说打耳光子，还说扇耳雷子，掴嘴巴子等具有形象性的种种说法。

东北话说法多，也和东北地域特点有关。茫茫的大地长长的垅，埋头铲地不开口，垅更觉长，人更觉累。荒村野店，农舍工棚，大雪封门，更需多种多样的说话方式，熬过漫漫的寒冬长夜。

东北话也可视作东北乡亲的一种娱乐工具。说呀，谈呀，聊呀，唠呀，近年又多一侃呀，还有那没踪没影的胡诌白咧，那没边没沿的瞎吹乱嗙，那逗口，逗哏，逗乐，逗咳嗽，都有听众。特别是哨和扯，听众更多。

哨是互相哨，如雀哨。南方有对歌，东北有"对哨"，比谁哨得俏皮，哨得有劲，哨得老乡咧嘴笑。不过"哨手"不如南方歌手受敬重。朴实的东北老乡笑过后，认为"哨"是"耍嘴皮子"，送号"花舌子"。

扯是单人扯，有如单口相声。扯淡，扯闲白，扯犊子，扯大澜，扯大彪……荤的素的，天上地下，无一不扯，扯得你木雕泥塑不步。长春有位号称"大扯"者，到哈尔滨办事，与两位沈阳采购员同住插间客房。放下背包就开扯，扯得那二位退了第二天早晨的火车票，又听扯了多半天，才依依告别。

不过，在写作时，扯出来的那些粗俗粗鄙的淫词滥调不可留，那些生僻难懂的方言土语不可用；那些故意卖弄东北土味的做法不可取；但那些形象生动的表述方式不可丢。狂风叫刀子风，暴雨叫瓢泼雨，晚霞如同火烧云，天阴好像黑锅底……本地人听来亲切，外地人也听得明白。不像这疙瘩、那疙瘩，不知究竟是啥疙瘩？

皮肤，肌肉，黄土，白面都有疙瘩，还有解不开的思想疙瘩……何况"疙"字东北方音念"嘎"（gā），按普通话语音应读"咯"（gē），你写的是"这疙瘩"，"那嘎嗒"，人家读的是"这咯嗒"，"那咯嗒"或许认为是咯嗒咯嗒母鸡下蛋呢……

（1999年）

话 中 兽

东北人爱东北虎，东北话中虎也多。

如说"这人虎！"一个虎字，说明这人是敢拼敢闯的莽汉。

如说"这人二虎"。多一个二字，少几个心眼，既莽又呆，难免获得"二虎杆子""二虎头"等称号。

勇将叫"虎将"。虎实，虎威，虎目，虎胆，虎背熊腰，皆归他名下。

虎头虎脑的胖娃娃叫"虎羔子"。虎头帽，虎头鞋，虎头枕，都为他所用。

迈大步，叫"虎步"。大口吃，叫"狼吞虎咽"。外地人看东北人吃小笼包，一吃好几屉，贬曰"东北虎"；东北人看一盘几个小包子，一个又咬几小口，俗称"吃猫食"。

说你办事闹个"虎皮色"，还算过得去，虎皮的色不难看。

说你"虎牌的"，是贬义，盗用名牌吓唬人。

说你"冒虎话"，不大好，嘴无把门的，不该说的也往外说。

说你"跳老虎神"，更不好，如同要官要待遇的，在头头面前又吵闹，又跳神。

不过东北长白山区真把老虎尊为"山神爷"。伐过的树墩不准坐，说那是"山神爷"的座位，也有说是饭桌的。

最不该因为怕老婆而说人家是"母老虎"。一眼看穿这是轻视女性的反映。

"虎毒不吃子"，没忘善的一面。唯有"一山不容二虎"，彻底揭发了老虎不讲团结争当一把手的原则性错误。

过去江湖人问姓氏，姓王的，因虎头有个王字答曰"虎头蔓儿"。可见王姓借虎头添彩，虎头靠王字增威。世间常见这类事。

东北人爱虎不爱熊。

东北人常以貌取人取兽，看熊眼睛上方毛长，便叫人家熊瞎子；看熊平素行动缓慢，摇摇晃晃，就认为人家蠢笨无能，说什么"跟虎走天下无敌，随熊去到处受气"。其实，深山里，熊虎斗，互有胜负，熊劲不比虎劲小。

熊更不比虎笨。虽然说"熊瞎子掰苞米，掰一穗，丢一穗"，可人家毕竟会掰呀，虎还不会呢；山里人烧木炭，熊会坐在炭窑上当火炕取暖；山里软枣藤爬上大树，熊会撞树震落那些熟透了的甜枣独自享用；传说熊不吃死人，山里遇见熊，快躺下装死。熊怕你伪装，熊掌拍你，熊头拱你，最怕熊爪挠到你痒处，你咧嘴一笑，熊就咧开大嘴吃活的了。熊笨吗？

东北人也知熊厉害。欺负人叫"熊人"；装老实叫"装熊"；撂挑子叫"耍熊"。然而，对熊的偏见难改，败了又叫"熊了"，无能又叫"熊货""熊样""熊色""熊架""熊蛋包"……直叫到真熊出现，才急忙住嘴装死。世间也常演这样尴尬的闹剧。

熊和猴比，还给人留下憨厚的印象。东北不产猴，见过关内来卖艺的猴，看过公园里的猴，听说过《西游记》小说中的猴。第一个印象是精灵。人精灵，东北话说"他像猴子没长毛""猴精猴灵"；其次是"酸脸猴""翻脸猴"，欠修养，一急变脸就挠人；还有一点，面目不善，猴头猴脸，猴嘴猴腮，不可交。孙悟空虽精明，不如呆子猪八戒可靠。

我的乡亲哪，宁要猪的蠢，不要猴的灵，纵然上当受骗，也要落下个老实厚道的美名。看兽看人，常持这一标准，吃多大亏也不想长见识……

东北话还用"狐狸精""红眼狼""跟腚狗""顺毛驴"等词儿形容人的品行；用"耗子眼""鸭子嘴""水蛇腰""仙鹤腿""老鸹爪子""驴蹄子"等形容人的长相，随时代前进，也用上了"北极熊""长脖鹿""大熊猫"……

用鸟兽喻人，各地均有，只是各地好恶有别。西南的孔雀，西北的骆驼，也像东北虎一样，常常出现在他们的话语中。

（1999年）

灌铅脑袋

平素常说旧脑筋、老顽固。顽固到不化程度就叫花岗岩脑袋。东北话还有灌铅脑袋。

灌铅的"灌"字，好！仿佛脑袋并非生来就像花岗岩那样死硬，那铅是一勺一勺或一匙一匙灌进去的。我年轻时节也感觉老辈人的头脑里有铅。随年岁增长，跟晚辈的意见常相左，开始怀疑自己的脑袋是否也灌上了？看，小小词语居然会提醒你……

其实，以物喻物是东北话常用的一种表述方式。

单就人身说，有灌铅脑袋、榆木疙瘩脑袋、死葫芦脑袋和灵活转动的玻璃球脑袋……也有苣荬菜肚子、蝈蝈肚子、玉米面肚子、胶皮肚子、蛤蟆肚子、草包肚子，近年又有啤酒肚、公款肚……

旧社会，穷人饿得前腔贴后腔，只得剜野菜糊口。俗话说："一铺凉炕半炕霜，一团野菜半团糠。"野菜中的苣荬菜可算佳品，味虽苦而无害，还可清胃祛痰，更生长在缺粮断顿季节。从前不知有多少穷苦乡亲是挺着苣荬菜肚子长大的！

我小时候在乡下，见过脑满肠肥的大肚皮，忒少。倒见过好多肚皮圆圆的小伙伴。一锅稀粥，米少水多。那真是"锅里照见碗，水里照见人"。娃娃们一碗一碗喝得大肚子蝈蝈模样，就叫蝈蝈肚子。

"文化大革命"期间，穿一条的确良裤子，出众了；但也同样啃玉米面窝头。于是就有"的确良裤子，玉米面肚子"这样的俚语流传。此外还有能伸能缩的胶皮肚子；越气越鼓的蛤蟆肚子；无知无识的草包肚子——此肚非东北特产，那《沙家浜》胡司令的肚内也有草嘛！

啤酒肚，公款肚，过去少见。

革命队伍，年节改善伙食，叫会餐。

政府部门，过去很少举办宴会。记得60年代度过自然灾害的那年元旦前夕，接到省政府"新年茶会"的请帖。来不及回家吃晚饭，买半斤饼干边走边噎，准备到茶会再用茶水冲冲。谁料茶会还有酒，还有点心。可惜我这"饼干肚子"，只留可容几口茶水的空间了。埋怨请帖为什么不写酒字……

"四人帮"猖狂时期，吃喝风日盛。喝啤酒叫"冒沫"。据说有位进关的东北推销员，请示领导可否摆酒推销，拍电报不便明说，电文写"可否冒沫"四个字，那里的电报局还怀疑是特务暗号呢！不久冒沫成风，冒出不少啤酒肚，不以为奇了。

后来，所谓"摆几桌"，摆不出多大效果了；"意思意思"，也没有多大意思了；耳闻近来讲"安排"，当然不单安排高档酒宴，还要安排歌厅、舞厅、桑拿浴、洗脚、按摩等项，终于安排出多种多样的公款肚……

早年，东北老乡好说："皇上顿顿吃猪肉炖粉条子，肚里油水能不大吗！"近年某些乡村也摆酒席，老乡又说："头头天天过年，抡起'旋风筷子'，鸡鸭鱼肉猛往肚里塞，能不塞出病吗！"

这"旋风筷子"也是形容贪吃之辈的东北话。还说这号人一上酒桌眼球就掉在菜盘子里了。

老乡对用公款大吃大喝非常恼火。在电视荧屏上看到中央或省市的节日庆祝会，清茶一杯，心才亮堂些。

　　说到心，心的活动多，东北话的说法也多。比如心亮堂，也说心开两扇门，心像透亮杯儿；有了电，又说心像电灯泡儿；还有心乱像团麻；心跳像打鼓；心烦像猫挠；心野像长草；心清像汪水；心冷像块冰；心急像火燎；心实像秤砣；心空像掉底儿；心宽像大海；心闷像盆糨糊；心疼像针扎，像刀剜……还有心眼小像针鼻儿；心眼多像蜂子窝；心眼活像陀螺；心眼死，不开缝；心眼狠，蝎子尾巴马蜂针；心眼毒，最毒不过妇人心，这是男人的偏见；不过也说厉害的女人是"刀子嘴，豆腐心"，还算公平；心眼歪了，歪得出奇了，说心眼长到肋巴扇子上去了。肋巴扇子就是肋骨，像把扇子……

　　东北人爱硬汉，心硬像块钢，心硬骨头才硬。老辈人教育后代"为人要有小子骨头"。小子泛指男子汉。

　　70年代初我被下放到梨树县。一次公社革委会主任报告，要求各级干部"狠斗私字一闪念"！

　　生产队小刘队长喊：

　　"我想喝酒斗不斗？"

　　"当然斗！"

　　"那你们公社为啥喝酒又吃肉……"

　　公社主任勒令他闭嘴。

　　会后小刘说："他能勒令我闭嘴，我还有眼睛睁着；他能禁止我睁眼，不能禁止我做梦。我梦里梦外都认准这帮败家玩意儿，鬼头鬼脑，蹦跶不了几天！"

（1999年）

"协和话"

邻居的胖娃高举木刀:"你的,良心大大的坏,死了死了的……"

娃娃学电影里鬼子的嚎叫,作儿戏。怎知这曾是祖辈的悲惨经历!

日本军国主义者,用刺刀大炮侵占我中国的东北,摧残我东北乡亲十四年。

单从语言看,日语定为必修课;汉语改称满语;还混杂一些日语汉字。当然也常听到胖娃学说的那种鬼子话。

我们中学的日本副校长肥田,肥头肥脑,很蠢。却常辱骂中国学生"人的不是,猪的一样"。中国学生也就回赠他一个名实相符的绰号——猪田。

那年月,更常见鬼子边打边骂中国人"巴嘎牙路"(日语"バカヤテウ"的中文译音),译意"混蛋",日语汉字是"马鹿野郎"——倒反映了日本侵略者野牲口的兽性。

当然,鬼子的这类嚎叫,凡在他们魔爪伸过的地方都能听到。在东北,所谓"协和话",才是特有的语言怪胎。

协和,本是好词,早见于中国古籍《尚书·尧典》"百姓昭明,协和万邦"。日语的协和("キヨウハ")也是融洽和睦的意思。但日本侵略者明喊"民族协和",暗搞民族吞灭。早在台湾地区等处强力推行日本话,用来代替被侵略民族的母语。甚至连那赵钱孙李等中国姓氏,都要改成日本式的中村、永野……

日本侵略者在东北,还层层组织愚弄百姓的"协和会"。制作不中不洋的"协和服""协和帽"和"协和礼带"。老乡说这是鬼子的"孝服、孝帽和戴孝的麻绳脖上套"。老乡又把鬼子逼迫中国人互打耳光叫"协和嘴巴",把中日混杂的话就叫"协和话"。

民族间语言交流,正常事。如"场合"一词,含义是"时、时间、地步、情形、事势、机会、时机、遭际"(见《ポケット日华辞典》)。我们早就运用;日语运用中国汉字的历史源远流长。

但日本侵略者硬把中国人惯用的汉语词汇,改用生涩的日语汉字。如出差改用出张,供给改用配给,快车改用急行列车,卧车改用寝台车,汽车售票员改用车掌,护士改用看护妇,电影制片厂改用映画株式会社,街改用町,沈阳太原街叫过春日町,长春长江路我记得叫过吉野町……

这些日本侵略者把早在日本租界地使用的语言,推广到全东北,在公文、课本、报刊和日常交谈中广泛使用。甚至想仿照日语字母"假名",捏造满语字母,任意窜改损害中国的汉语。

更可恶的是强迫使用某些政治性的日语汉字。如"支那""思想不良""思想矫正院""皇宫遥拜""绝对服从""勤劳奉仕""粮谷出荷""国势调查""抓浮浪",等等。

日伪时期,中国二字要说成"支那"。中国的东北人必称"满洲人",或称"满系"。否则抓你"思想不良",轻则送进"思想矫正院"矫正,重则打成反满抗日的"思想犯",坐牢,杀头,扔进狼狗圈……

中小学早晨全体集合叫"朝会"。必先"皇宫遥拜",拜溥仪伪皇宫,又拜日本天皇宫。老乡背地说:"越拜越败!"

那时节，新生入学先讲"绝对服从"。新生服从老生，低年级服从高年级，骂你听着，打你挨着，绝对不许反抗。这也是奴化教育培养顺民的一种措施。

大约在40年代，随处可见日语汉字"勤劳奉仕"。译成中文就是服劳役。身体检查不合格的伪满国兵叫"国兵漏"，组成"勤劳奉仕队"采矿、伐木、修工事……累死病死就扔进白骨累累的"万人坑"。学生也要多"奉仕"，少读书，日寇早把"知识越多越反动"作为愚民教育的根据。

残害农民最狠的是"粮谷出荷"。粮谷可懂，日语汉字"出荷"（"シユッカ"）是"出货"的意思。运用在东北农村就是"出血""出汗"，逼迫农民交出血汗换来的粮食。每逢县公署的鬼子汉奸下乡逼交"出荷粮"，劳苦的乡亲就又被扒层皮，捆绑毒打，翻箱倒柜，连鼠洞都不放过……

更有清查人口的"国势调查"，不登记不发"良民证"。一防抗日军民的反抗活动；二为"抓浮浪"寻找借口。日语汉字"浮浪"（"フロウ"），指游民。听说有的抓到深山里修火药库。竣工后，另挖一洞，当能容下那些劳工时，封死洞口灭人口……

今日回想，在我家乡那黑暗的十四年，居然使用过那么久可恶的"协和话"！它伴随日本军国主义者的战败投降而消失。但不该让这段历史在记忆中消失。

历史证明，国家衰弱，连说话都被戕害。历史也证明，凡是强加给人民的东西，都像风一吹而过，哪怕它一时的风头很猛……

（1999年）

荒诞的联想

东北戏剧小品常有一串串句句押韵的东北话。东北二人转叫"串口",西北二人台叫"串话"。串得机敏有趣是长处;串得油滑成短处,小气,腻人。

东北小品中也常见东北话的魅力。词汇丰富,风格朴拙,表达方式多样。特别是有类话效果强烈,老乡说它"落地砸坑",可见力量不小!

这类话又分多种:有刺痛人心的扎心话,有揭穿世态的大实话,有故意公开的私房话,有真话假说或假话真说的反正话……今天单说其中另一种联想荒诞的玩笑话。

1999年春晚上的小品《昨天·今天·明天》,宋丹丹贬斥赵本山:"啥叫暗送秋波你都不懂?告诉你吧,秋波就是秋天的菠菜!"(大意)

观众不一定都读过朱德润的诗句"两面秋波随彩笔"(见《对镜写真》),但大多数知道暗送秋波是女子暗用秋水般明净的眼睛传送感情。如今说成偷送秋天的菠菜,是送给他炸菠菜蘸酱吃呢,还是熬菠菜汤喝……观众怎能不笑!

如果老师在课堂上这样讲解,那是荒谬。乡亲平素也少有这样的比喻。但在喜剧性作品中,"秋波"和"秋天的菠菜"这类荒诞的联想,是常见的一种语言现象。

《刘伶醉酒》中的酒仙刘伶,"竹林七贤"中的一贤,写过《酒德颂》,他确实嗜酒如命。到东北艺人口中,不管他刘伶本是安徽老乡,到东北就按我东北乡俗行事。刘伶临终嘱咐家人:

> 我死不要买棺椁，
>
> 酒缸就当松木棺；
>
> 我死不挂"过头纸"，
>
> 酒幌挂在门上边；
>
> 我死也不找和尚把经念，
>
> 请人喝酒来划……

松木棺是东北耐腐的黄花松棺；"过头纸"是东北丧俗，死者年岁越大，大门上挂纸越多；划拳也是东北的一种劝酒方法。把这些同酒缸、酒幌和念经对比使用，联想虽荒诞，却使东北乡亲见到一位亲切的酒仙刘伶。

其实，这种语言现象在生活中也常见。80年代初，我采访吉林化工城一个副食商店。有位号称"吵架大王"的女售货员，吵架就吵得荒诞而别致。

一位买菜大娘问："这芹菜咋这么老？"

"吵架大王"答："老？哪根不比你水灵！"

我把这一问一答搬到小戏《买菜卖菜》中，反响也不小。

只要你留心，语言现象奥妙多彩。我曾在语言的大海中，只捞些他人用过多年的陈词或成语，最避荒诞二字，其实是抛弃艺术创造非常可贵的想象力。使自己的语言拘谨、陈旧、苍白、浅薄……

（1999年）

犟人散记

题　记
——有关《犟人散记》

我说的犟人，非指"你指东，他往西，你让打狗他骂鸡"那种时时事事同你扭着的犟种。

我说的犟人，是指生活、工作有股倔强的劲头，甚至有些固执的人物。

这类人物，乡亲中有，师友中有，本地有，外地甚至外国也有，或凭一技之长，或持一己之见，或靠一生的拼斗，取得一些独特的成就。也有固执到底、一事无成者。

这类人物大多有怪癖，有偏爱的生活习性，有偏颇的艺术见解……

往昔如梦，梦中见到这些人，眉目还清楚，醒后又茫然若失。我已年过八十，记忆力一日不如一日，零零散散记上几笔，全忘了还觉可惜。断断续续记了近百篇。

一记　倔强的东北乡亲和历史传说人物

大汉小忾哥

小忾哥，我儿时的偶像。

他高大魁伟，十里八村有名的大车老板儿。多重的载他敢拉，多陡的坡他敢闯，多烈的牲口他敢使，多暴的风雪他敢冲。乡亲说小忾子就是不怕苦大险大，孩子们知道他还喜爱"大"。

看皮影他爱看丑角"大巴掌"；

看高跷他爱看压鼓的"大腊花"；

看野台子戏他爱看哇哇直叫的"大花脸"；

看二人转他爱听佘太君向皇上要的"大彩礼"——"泰山那么大的一块玉／黄河那么长的一锭金／天那么大的穿衣镜／海那么大的洗脸盆……"

小忾哥喝水爱用大水瓢，吃饭爱端大海碗。相媳妇也特别，多少俊俏姑娘任他挑，他眼皮不撩。一眼相中身高体壮的大脚嫂。这小两口,穿衣多费二尺布,做饭多下二两米,房门低头进,火炕蜷腿睡。多亏二人感情好,倘若顶起架来,准把小草房拱倒。

小牤哥心胸大。乡亲遇难遭灾,他把钱匣翻个底朝上,不留一文,那真叫倾匣相助。客人来,家中有好吃的连窝端,炕桌上四碗菜,外屋锅台上还有四盆,管吃管添,你不伸筷他生闷气,怪你外外道道不实在。

小牤哥最爱讲唐太宗手下大将薛礼的故事。离屯不远的析木城,他说那就是"敬德访白袍"的独木关。白袍薛礼才是能直能弯的大丈夫。手中一杆长枪,比他的大鞭杆儿还长……

孩子们问薛礼有他个头高吗?他哈哈大笑:"我算老几!你们知道沙河弯有两座小土山吗?那是薛礼走累了抖搂他鞋壳里的两堆土;你们听说有个出铁的鞍山吧,那是薛礼的马鞍子;离鞍山挺远还有个首山,那是薛礼的马脑袋。俗话说'首山扶一把,鞍山上了马',说的就是人家薛礼的事嘛!"

小牤哥常把传说当真事讲。他还把直心眼儿的"大炮筒子""大虎杆子"当作知心朋友,他护着缺心眼儿的"大傻""大憨"。不睬耍心眼儿的"二嘎子""三奸子""四猴子"……

小牤哥最厌烦小抠搜、小嘀咕、小头小脸小心眼儿的"小老爷们儿"。他说白给这号人披一张关东汉子的皮,不如关东的大姑娘小媳妇!

小牤哥并非一味偏爱"大"。他淘换精巧的小铃铛擦得锃亮挂在马脖子上;夏天还给马尾编些小辫儿;他那大烟口袋还让大脚嫂绣一朵小红花……

小牦哥对坏事，越大越反对。前年我回家乡海城，他已经搬到城里儿子家住。八十出头，依然硬朗。搊我上炕，仔细打量："听说你也当官了？好，哥哥相信你不会没脸没皮地大吃大喝、没边没沿地大吹大嘘，更不会往自己兜里大划拉。咱那山沟风水好，不出那色货。"

小牦哥又拍拍胸脯："你牦子哥当年赶大车，给人家运瓜果梨桃没咬过一口，运五谷杂粮没动过一粒，就是珍珠翡翠也不生半点邪心。"说罢呼我小名问："你信不？"我说："信！"

（1998年）

大车店和县长

东北有句老话："车老板儿进店，赛过知县。"

店指客店。早年看店幌便知店大小，正如今日看星星多少便知宾馆的星级一样。

挂笊篱头幌，小店中的小店。招穷汉、换猫狗皮一类低级小贩。也留乞丐过夜。

挂一个罗圈加块布的幌，也是小店。不留乞丐，住背包的、推车的、挑八股绳的货郎等步行客人。

挂梨包幌，二大车店。备马槽，大多住拉牲口的过客。

挂两个罗圈幌，普通大车店。留车马也留行人，吃庄稼饭。

挂柳罐斗外加五个或七个罗圈幌，了不得，头排大车店。只按牲口数计算栈钱，不收店钱，开大饭，中饭，不开小饭。

这小饭和小灶的含意相反，指最差的伙食。(参阅拙作《二人转史料》第一集《东北各地的店幌也有区别》)

大车老板儿一进店，店掌柜眼笑眉开，请上热炕，忙摆炕桌，白面饼、炖粉条，敞开吃，不计量。吃饱趁喝水空闲，还可点唱一两段二人转，那派头赛过县太爷了！

榆树县县长老杨到省宾馆开会，门卫冷眉冷眼不许进门。一因这宾馆确实比挂多少个幌的大车店都大；二来这位县长的扮相稍差，洗落色的干部服，沾满泥浆的胶皮水袜子……一位副省长见他坐台阶上受清风，狠狠批评门卫以貌取人，竟敢把产粮大县的县太爷拒之门外；又悄悄建议老杨打扮打扮，有困难补助点。老杨大手一摆："不必！我老婆早给我置办一身毛料唬人皮。穿上架膀子，不穿还真进不了你省衙的门槛子……"

那一年，为写吉剧现代戏去访杨县长。心想未必肯见我这"摘帽右派"，只求同熟悉他的办公室小高谈谈。谁料到榆树招待所不久，小高喊老杨看您来了。推门进来一位敦敦实实的中年汉子，我起身叫一声杨县长，他大手按我坐下："还是叫老杨顺耳。早闻大名，大学老师琢磨咱庄稼院的二人转，不易！"边说边拎暖壶为我沏茶："今年玉米苗不壮，县委号召追一次农家肥。岭上公社有位丁书记，横，要肥没有，要脑袋拧去。"我也想下去见见这位书记。老杨大嘴一咧："忒好啦！小高挑一台好自行车，人家可是高级知识分子！"

一路上，好多乡亲跟他打招呼，年长的喊他老杨，年少的呼他杨叔。他对我却一口一个王老师。我也学他的口气："还是叫老王顺耳。"他诚挚地说："我最尊敬念大书的同志。我墨水喝得太少,《红楼梦》都让我读瞎了。一帮吃饱了没活干的丫头小子,逗口,扯淡,哭哭啼啼,没劲……"又狡黠地低声说:"对外人没敢亮这个观点,二位不外嘛!"说罢两脚一蹬,箭一般飞了。

小高说:"他这人骑车快,走路快,睡觉也快。午间休息,他头挨枕头鼾声起。你刚打盹儿,他睁眼喊道:'妈呀,睡这么长了!'下地走了。"

我和小高骑到岭上,太阳偏西了。杨县长和丁书记蹲在公社门口等我。老杨接过我的车:"快进屋,丁书记摆宴接风哩!"

小高低声问追肥事,老杨示意先不提。

公社伙房炕桌上,一盘炒土豆丝,一盘芹菜炒粉条,一碗大酱一把大葱,一摞新烙的玉米面大煎饼。丁书记面有赧色:"王老师初次来……可咱这位县太爷是清官,有酒有肉不敢端啊!"老杨说:"少卖乖!你捅口猪看我敢不敢吃。油嘴一抹我走了,老乡骂,你出耳朵……"我奇怪,追肥事仍一字不提。

饭后老杨满屯察看,牲口圈起了,茅坑见底了。他看路旁壕沟,又到大车店的大院里转了好久……

第二天天刚蒙蒙亮,他和小高蹑手蹑脚拎锹直奔大车店一角,我也找把锹跟去了。他说:"倒把你也惊动来了。这可是挂过七个罗圈的老店。我小时候跟爹挑瓦盆换猫狗皮,不许进。今天咱翻腾翻腾它!"他狠狠一锹:"看,老马棚的底子,好肥!"说罢毛巾围脖子上,脱光膀子挖,一锹顶我两锹……

太阳露头了,丁书记找到大车店,磨身走了,转瞬间领来一帮公社干部也不声不响地挖上了。唯有看热闹的麻雀叽叽喳喳……

太阳一竿子高，老杨解下毛巾递给我擦汗，他穿上上衣向丁书记告别，赶到岭下去看大豆试验田。丁书记红着脸送出村外："老杨放心吧！再挖挖壕沟够追一遍了。"老杨杵他一拳："脑袋够用！"又咧开大嘴笑了。

在去岭下的路上，我抑制不住心中的赞叹："老杨，我要写您这无言的领导艺术！"老杨说："啥艺术？不过是旧社会'打头的'（"打头的"，旧社会的长工头）的干法。光讲空话不顶用。"他放慢车的速度："去年我到农研所参观，人家用一小包钼肥浸豆种亩产就增百分之十。我不认识那个'钼'字，比比画画要点在岭下试验，不知长个什么爷爷奶奶样呢！老王，别写我！我常上秤称自己，自信能当好生产队长，当一县之长，不够料，真的不够料……"

（1998年）

"桦叶四书"

山里的娃娃，常听风吼、谷啸、犬吠、狼嚎……

山里的娃娃，也常听蛐蛐叫、喜鹊噪、麻雀喳喳、青蛙呱呱……

山里的娃娃，更爱听活蹦乱跳的小喇叭，抓心挠肝的大唢呐，清凉的驴皮影，火热的二人转，还有呵呵咧咧跳大神的神调……

然而，自从山沟开设私学馆，最动心的还是那蒙童清脆的读书声。

趴窗看，南北大炕，书桌摆上。窦夫子闭目端坐在孔夫子牌位旁。往日一起和泥玩的小伙伴，如今扯着嗓子朗读"人之初，性本善……"读得我蔫头耷脑懒动碗筷。

妈妈知道我很想读书，读书要给先生酬劳。彼时的束脩已经不是古代的一束干肉。一年几石米，或几十块银圆。窦先生心善，小户人家年底送一板豆腐也可旁听。多亏谢大姑父是先生的同窗老友，特许我免费陪读。

那时的课程，先学《三字经》《百家姓》《千字文》《千家诗》，即所谓"三、百、千、千"。我读书用心，常蒙夸奖。唯一一次先生见我在手抄本《百家姓》的空白处画一小狗，大怒。罚我头顶书本站在孔夫子牌位前。他吼道："咱关东读书不易。早年无纸，用桦树皮抄书。你竟在《百家姓》上乱画，人犬不分，该不该罚？"我说该罚。但暗自嘀咕，桦树皮还能抄书？唬谁呢……

几十年后，读宋代洪皓的《松漠纪闻》，使我得知距今八百年前东北的风土人情。查阅《金史》《宋史》等文献，才知作者非但是"忠义之声闻于天下"的宋朝使臣，也是受尽折磨、骨头最硬的文士。

洪皓，江西鄱阳人，"少有奇节"。宋高宗赵构为逃避金兵袭击，要从扬州迁都金陵。洪皓官小胆大，上书力谏。高宗不听他的谏议，却赞赏他的胆识，命他出使北方。

洪皓北上太原，金人留他为官，不从；迁送云山（今大同），又逼他出仕刘豫的伪齐王朝。洪皓大骂叛逆刘豫，"不愿偷生鼠狗间，愿就鼎镬无悔"。金人只得把这位不怕锅煮鼎烹的宋朝使臣，流放到遥远的东北冷山。

冷山一说在今黑龙江省的五常，一说在吉林省的舒兰。《宋史》载："地苦寒，四月茅生，八月已雪，穴居百家乃陈王悟室聚落也。"

也算洪皓幸运，这位悟室便是创制女真文字的完颜希尹。他让洪皓教授女真子弟。洪皓乐于传播中原文化。盛夏衣粗布，大雪柴尽烧马粪，一无书，二无纸，他就把剥下的桦树软皮晒干当纸，靠记忆默写《论语》《孟子》《大学》《中庸》的全文，一字一句地教授冷山子弟。

回想儿时挨罚，窦先生真没唬我，关东果然有这珍奇的"桦叶四书"。看见桦树，常想洪皓他一张一张剥取桦皮的动人情景，头脑中深深刻上这位铁骨铮铮的文人形象。

今夏又访杭州岳飞庙。见那万世唾骂的秦桧，他害死精忠报国的岳飞，也迫害忠贞不屈的洪皓。

洪皓留金十五载，不受金人高官厚禄，得归南朝，刚直不改，揭破秦桧曾要投金的隐私，秦桧恨之入骨，遭一贬再贬。这位热爱自己国家的洪皓，不畏异域的刀斧，却抑郁成疾，屈死在自己的国土上……

如果当年窦先生告诉我这些悲苦壮烈的情景，罚我站多久，也不会有半句怨言。

（1998年）

"睡扁头"

年轻时，谁说东北一个不字，便生气。20世纪50年代在北大学习，每早空腹去占图书馆的座位。直至八九点钟才到校门外的小餐馆用早点。老板的脸比三春暖，一见东北佬就刮秋风。对我的狐狸皮帽却动情，戴在他光亮的头上直喊烤脸："啧，东北就数皮货好！"我说："人不好？"他乜我一眼："脑形差点……"

我摸摸自己扁扁的后脑，陡然想起张作霖进北京流传的话："后脑勺子是护照……"（张作霖率东北军进北京，当地人不必看"护照"，一看扁扁的脑形，就知道是东北大兵）恍然大悟道：

"您拿我当张大帅的部下了！"

"哪呀，他是不开面的关东响马，您是东北秀才，哪挨哪呀！"

"挨得近！我和张大帅，都是辽宁海城人，老乡亲！"

从此赌气登他的门，专拣贵的吃。吃来吃去竟把老板吃出热气了。分别时，他奉送我一菜一汤；我奉送那顶戴旧了但还烤脸的狐狸皮帽。其实，北京人一向大度，对外地人不另眼看。或许我多心了，或许老板身受过"后脑勺子"的祸害。

倒是和同班一位南方同窗，针尖对麦芒。他夸江南的雨细如丝，我夸塞北的雪大如席；他夸滴翠的青竹，我夸参天的红松；他说我爱吃的柑橘是广东特产，我说他爱啃的苹果乃大连名牌……一来一往如孩童吵嘴。前年重逢，老同窗忆往事，居然笑出几滴老泪。

离校后，走访大江南北。目睹翠竹，亲淋丝雨，确有异样的魅力。尤其在风轻云淡的江南，碰见大吵大叫的塞北乡亲，亲近之余互看几眼，如同用放大镜放大了黑红脸上的斑斑点点……不由又摸摸自己扁扁的脑形。

"睡头"也叫"睡扁头"。用布带紧紧捆住婴儿的臂肘、膝盖、脚踝等处,头枕装满粟米的硬枕,仰卧一久,就睡成扁头。据说这是满族的育儿习惯。在我故乡辽南,汉族也这样睡,均以这扁扁的脑形为美。美不美在其次,我只怕捆起来睡扁头把思维也睡扁了。我猜想那脑内的面积睡小了,思维会不会就简单、片面、狭隘……否则为什么我见饭馆老板的面孔一冷就赌气,听同窗夸他的家乡就顶嘴呢!

我知道我这不是科学的猜想。东北好多杰出人物的脑形,未必不曾睡扁。

那一年到呼兰,头件事就要去看萧红走过住过的地方。她是我最佩服的东北作家。我十岁左右,她和萧军带着她的《生死场》出亡到上海。特别是70多年前她写成的《呼兰河传》,不晓读过多少遍。她这不像小说的小说,确实如茅盾先生所说:"它是一篇叙事诗,一幅多彩的风土画,一串凄婉的歌谣。"我沿着静静的呼兰河走向她的故乡,边走边寻觅萧红孤零的脚印,边思索萧红聪颖的头脑。五间一排的正房,记得萧红说她"母亲住的是东屋"。扶窗内望,不知萧红儿时是睡在摇车里,还是捆绑手脚睡在炕头的硬枕上……有一点是清楚的,日本侵略者侵占东北不久,她就奔向关内,先后发表《王阿嫂的死》《手》《牛车上》《马伯乐》《北中国》等小说,以及《饿》等散文。

(2007年)

画 高 跷

三姨,烈性人,穷死不向亲朋伸手。三姨也好乐,累死不知愁。

小时候最喜欢高跷,街上锣鼓一敲,三姨就往门外跑,去看穷人不用买票的大热闹。

三姨十二岁嫁到郭家成童养媳,担水砍柴,推碾拉磨,伤了稚嫩的筋骨,从十五岁直到四十多岁,一直弯腰走路,再不能出门看高跷!三姨家又住海城北岗子贫民窟,密密麻麻的"地窨子"把路挤得很窄很窄,高跷扭不开,三姨只能呆呆地听那远处咚咚嚓嚓高跷的锣鼓……

年末岁尾,像海城这样的辽南小城,突然冒出许多卖年画的摊床,什么"阖家欢乐"呀,什么"招财进宝"呀,三姨听了也不感兴趣,她问有没有画高跷的年画?啊——三姨看不着真高跷,想看画上的……我忙说:"有!"

我忙回家取来纸墨笔砚,把三姨家瘸腿的小炕桌搬到炕上,画年画这还是头一次。先画上武丑似的"头跷",画上尖尖的鬃帽,再画耳边的绒球,三姨盯着看,无反应,当我添上"头跷"的倒八字胡,三姨突然说:"像了!"于是我趁着三姨这个像字,画白胡子圆斗笠的"老渔翁",画头顶冲天小辫的"傻柱子",画腰系裙子头插花的"包头"的,再画那手擎长烟袋杆的"彩婆子"……三姨连夸"像!像!"告诉我把"彩婆子"脑后的"笊篱把子头"再画粗点,还让画上打鼓和敲钹的,要画上戴狗皮帽子,天冷……

三姨边嘱咐边去端来饭米汤,小心地吹干画上的余墨,又小心地把新画的"高跷"糊在污黑的炕头墙上,小地窨子顿时感觉亮堂不少,三姨见人就说这是我王家小外甥画的……

北岗子贫民窟的人说,过去咱这北岗子出木匠、石匠、粉匠、豆腐匠、泥瓦匠的地方,又给我们添了一位小画匠。

从此,每年春节,我都画几套"高跷图",三姨分赠给亲邻好友,我自己多年来也常念叨画高跷的事,有几分得意。

直到20世纪90年代,辽宁舞蹈家马力送我几张于黑子老师的"画高跷",才自知我画的高跷实实在在是小儿涂鸦。于老师是辽南踩高跷的高人,没想到也是画高跷的高手。

我画的高跷是死的,把高跷人物单摆浮搁撮在那里;于黑子老师画的是活的,他画的是一队高跷翻转飞舞地向你扑来。那挥起马鞭开路的机灵的"头跷",那甩动白须颤巍巍的"老渔翁",那端着长烟袋的"丑婆子",还有那傻乎乎的"小丑"和羞答答的"小腊花",又扭又逗,活灵活现……

我突然想起早已离开人世的三姨,当年她看见这些画,定会感到跑出低矮的小屋,在大街上看高跷迎面扭来的喜悦。

(2007年)

"老一斗丑"领秧歌场

著名二人转老艺人程喜发对我讲过一位奇人。

昌图唱丑的"老一斗丑",说他"老",因为他是在清末民初就有影响的二人转丑角艺人。

说他"奇",唱丑有出奇的地方,两条腿悠荡起来,光脚尖着地，像驴皮影似的，他露这一手，观众就大笑起来。

"老一斗丑"生性倔，干什么都有自己的追求，他最出奇的本事，是领秧歌场。

他领场与众不同，步法稳，先穿后等，尺寸固定，无成堆的时候。挂斗时稳起来，一斜身，飘起扇子，十分好看。一上趟，就该扭了，走各种花样，满院子开花，领头的傻公子敞开袍子，如同蝴蝶翻飞。

程喜发老艺人把他记得的秧歌场，为我画下来。

"老一斗丑"的秧歌场，在秧歌艺人中流传，也引起一些舞蹈家的注目。我以为从中可见东北的民间艺术粗中有细，民间也注重美。

屯 不 错

距今六十多年前，就有"屯老二"一说，也许因士农工商，农居第二……

屯亲尤二哥最烦这一"雅号"，自称"屯二爷"。按他的辈分和财势均不配称爷，乡亲也不以爷视之。可算咱小山沟的一位"屯不错"。

"屯不错"，家乡话是指屯中有头有脸的人物。尤二哥房无一间，地无一垄，光棍一条，凭什么混到这"不错"的位置上？

如今想来，这人适应性强。单说穿戴就有讲究。长袍总是布的，混在绸缎长袍阶层里，捎色，但又不是穿撅腚棉袄的老农短打扮；反过来掺在短打扮的老农堆里，他的长袍又是布衣，不像绸缎那样晃眼。

尤二哥的眼睛有学问，对贫富老幼，一律笑眯眯。见老爷太太并不点头哈腰，遇长工佃户也不腆胸洼肚。而且都打招呼，听来顺耳。金三爷胖得脑袋脖子一般粗，尤二哥说："您更发福了！"老牛倌瘦得像蜡扦，尤二哥说："您越活越硬实！"连对我这娃娃也常拍头顶："听说兄弟念书好，哥哥等着借你的光哩！"乡亲说尤二哥嘴厉害，能把死人说喘气了。

尤二哥成为"屯不错"，并非只因嘴不错，办事也不错。凡屯中夫妻吵架，婆媳不和，兄弟分家以及鸡鸭祸害了东邻的秧苗，老母猪拱坏了西舍的秫秸障子，种种纠葛，尤二哥到场，云消雾散。

特别是大户人家办红白喜事，更离不开他。只要你说个操办的规模，尤二哥会办得上下左右都满意。比如办丧事，搭棚的棚匠，抬杠的杠房，扎纸活的画匠铺，吹吹打打的鼓乐班，念经的和尚道士，还有用围裙卷着菜刀的乡间名厨，出租铜壶茶碗的屯中小户……尤二哥一声令下，均准时到场，乖乖听从调遣。收礼的账目笔笔有据。守灵、出殡等礼仪更挑不出半点纰漏。

至于办喜事的迎亲、拜堂、入洞房等场面，更办得喜气盈盈。唯有刘木匠娶亲那一次，遇到新媳妇哥哥赵大那条穷光棍，借口彩礼银手镯的分量不足，死活不让妹妹上喜车。那日漫天大雪，迎亲的人们成了搓手跺脚的雪人儿。尤二哥闯进赵家。赵大说："早知你尤二嘴好使，先抽我这袋烟再张嘴。"说罢从火盆里用手指捏出烧得正旺的火炭给尤二哥点烟，在场的人都惊呆了。

尤二哥不慌不忙，撸起衣袖，接过通红的火炭放在胳膊上："等你妹妹上车我再点烟。"随身又掏出小戥子（称金银药品的小秤），"你先称称镯子的分量……"赵大没料到尤二这一招儿，只得改口说道："二哥何必动肝火，兄弟跟你闹着玩呢！"

从此尤二哥的盛名远扬。此人也怪，平素人们忘了他，一遇大事小情才想起他。金三爷一流，又用他，又惧他。用他办事省心，惧他鬼精鬼灵，杀剐不怕。因此搭些粮米酒菜，拢住尤二哥这位既有用又多余的人。

尤二哥也不多贪，常说单身好混，灶王爷贴腿肚上，人走家搬。后来听说他果然走内蒙古，贩牲口，再也没回小山沟……

（1998年）

腰 板 直

不少朋友说我年老腰未弯。

其实，从生理上看，七十多年来我的腰总是直的，唯有自己记得那些弯的时刻。

不说六十多年前日伪统治时期，日本人逼着中国学生腰弯90度，遥拜他们侵略中国的头子日本天皇……

也不说五十多年前,在沈阳东北大学"五二〇"学生运动中，国民党军队用机枪、坦克堵死校门，我们只得从便门溜出学校。为逃避逮捕，我又偷偷跑到东北解放区……

自从天安门前升起第一面五星红旗，腰板真有些直了，接着抗美援朝，我们东北师大师生日夜不停炒黄豆支援前线，生活苦些气很壮。

四十多年前,我到北京大学学习,苏联专家人还和和气气,讲课平平常常。冯友兰等名教授和满头银发的汤用彤副校长,竟和我们同坐一条板凳学苏联。不久,苏联撤回所有专家,仿佛撤掉一根拐杖。后靠自力更生,总算度过一段艰难岁月。

三十多年前的那场"文化大革命",我被打入另册,挨批斗,受监禁,罚干重活,习以为常,头脑麻木了,但看那红旗如潮,口号震天,感觉中国也不简单。唯在要粮票、油票,要糖票、布票,连吃块豆腐都要豆票的时候,才感到形势不大妙了。却想不到全国经济几乎滑到崩溃的地步。

二十多年前的改革开放,长长出了一口气。打开国门客从八方来,是好事。但那种仰视洋人"老外"的心态令人不快。一次乘软座火车回长春,登车时,车厢内寂静静只我一人,列车员却冷冷地命我坐最后一排,因有外宾不要乱动。我这习惯于不乱动的"臭老九",落实政策有坐软座的待遇,本无话可说。谁料开车很久只见六七个日本男女哇哇啦啦,列车员没笑找笑地弯腰斟茶……我压不住怒火对车长说,请教育你的列车员,不要见洋人就骨酥肉麻!列车长摊开双手,好像没有办法……

前年我随中国作家代表团访问东南亚一个经济不太发达的国家。发现那里的服务员,也用那种羡慕的目光仰视我们这些中国"老外"。我悟到国家不强,国民的腰板就不易真硬起来。

近年来,我们的国家仿佛在不知不觉中越来越强了。我们的国旗不仅在奥运会上频频升起,在科技等好多战线上都不断向世界显示我们的实力。单说我家的生活也在不知不觉中越来越充裕了。过去六口人住过19平方米的小屋，如今儿女各有宽敞的新居，硬逼我装修老屋，否则好像丢失他们的脸面。单说我自己吧，平生最爱吃花生米。困难时期朋友送一碟花生米。好像孔乙己分发茴香豆那样，一粒一粒分给孩子们吃，如今花生米随时可买了，他们不屑吃了，我依然想吃，可嚼嚼不动了。

然而，最高兴的是坎坎坷坷走过七十多年的我，居然也跟着迈开自己独特步伐的祖国走进21世纪。我牙虽残，但腰板硬，手中的笔未抖，我要如实地描绘历史上又一个令全球震惊的独特的中国风景！

（2000年）

"小豆饼"小传

1988年，我在长白山露水河林业局采访，老林业工人段师傅给我讲了"小豆饼"的故事。

"小豆饼"，二人转小丑，小鼻子、小眼睛挤在一个像豆粒的小圆脑瓜上，观众送艺名"小豆子"。

小豆子，炒不熟，煮不烂，贼硬，老乡说是"贼豆子"。

记得伪满洲国垮台的前一两年，也就是1943年前后，伪满警察让他说"脏口"，他说："正经人不会那玩意儿。"警察说："不会我教你。"他说："教会了没有正经人听！"警察有气，借抓"浮浪"（无业游民），把"小豆子"抓到长白山区，干的是要命的活，吃的是要命的饭，高粱米都吃没了，就吃橡子面。

这东西不易消化，常见劳工蹲下解手，站不起来，倒下就死了。死的越来越多，十冬腊月又无法掩埋，就一颠一倒垛成人垛。"小豆子"常对死人说，爷们挤一挤，给我"小豆子"留个宽绰点的空位。

谁料他碰见一位好心的赶牛爬犁大爷，空位白留了。

那年月，大树伐倒不像如今用拖拉机拽到山下，而是用牛爬犁集材，顺着冰道一根一根拉到山下。

偏赶上赶牛爬犁大爷心善，还特别喜欢二人转，偷空常让"小豆子"给他唱两句。"小豆子"就唱《武松打虎》《李逵夺鱼》等英雄段子，赶牛爬犁大爷过瘾极了！

再加上"小豆子"人正，好管不平事，特别对赶牛爬犁大爷的心思，这一老一小常偷偷地在一起咒骂日本鬼子。

有一天，他对赶牛爬犁大爷说："老爷子，咱长白山闯进来一种怪兽，张牙舞爪，一身黄皮。"大爷说："那是老虎，早就有了。""小豆子"说："它比老虎可恶，只是尾巴太短！"大爷问："多长？""兔子尾巴，长不了！"大爷恍然大悟，哈哈大笑，接着捂住"小豆子"的嘴："小心特务的耳朵不比兔子的短。"原来，"兔子尾巴长不了"是日伪垮台前，在群众中流传的一句话。

在那时，牛比人金贵，多少还得加点豆饼带油性的饲料。赶牛爬犁大爷常偷偷把给牛削的豆饼塞给"小豆子"两片。

"小豆子"靠这豆饼未被橡子面憋死。

日本侵略者战败后，"小豆子"又下山唱二人转了。每唱前，都讲"小豆子"改名"小豆饼"的故事，始终怀念那位赶牛爬犁大爷。

（2004年）

大树说话

一位陪我进山的老木把,很拧,两次三番对我说:"到长白山一定要去二道白河,那有一大片原始林,远看,好像齐刷刷一片高粱地。"

近看,这"高粱"粗,两个大小伙子搂不过来。老木把说:"这还是细的,早已过了花甲,咱老哥俩该称它为兄呢!那些更老的,同我们的父辈、祖辈相处几百年,通人性,懂人语……"

我问:"会说话?"

老木把让我侧耳细听,树叶沙沙、沙沙响,响得清爽,响得均匀,这是告诉你可以放心大胆进林子。如果风嗷嗷号,树叶哗哗叫,就得多留神了。

我抬头看那树梢,日当午,轻轻摇动的叶子,把阳光筛成金币洒落在厚厚的积叶上,信步走去,顿生一种又轻松又空灵的感觉。忽听老木把喊:"停!"

他让我听有枝干断裂的吱嘎声,忙说:"慢走!前面有'吊死鬼'!""吊死鬼"不是吊死的人,是风雷劈断的枝干吊在大树的枝丫上,一旦掉下来砸不死你,也发昏。

我俩绕过这危险地段,小小心心迈步,突然又有一个鬼东西砸在我头上,捡起来一看原来是一枚熟透了的软枣,我刚要往嘴里放,老木把扯着我的胳膊就走,他说:"这地方有熊!"

我问:"有什么?"他说:"有熊,有黑瞎子!"

原来软枣藤子盘在树上,枣熟透了自然坠地。黑瞎子这笨家伙更有灵心眼,见坠地的枣伸嘴就吃,吃没了,就用大粗腰撞树,枣震落了,再吃,吃光了还记着吃过枣的地方,过几天再来。老木把说:"咱老哥俩不是黑瞎子对手,快远离人家吃枣的地盘。"说罢他连跑带颠地走,我也连跑带颠地跟,跟得上气不接下气,一屁股坐在伐过的木墩上。老把头大叫:"快起来!那是山神爷的饭桌!"

每年三月十六祭山神。山神,一种传说是山东登州府莱阳县孙良,从山东到东北与干兄弟失散,四处寻找不见,饿死在蝼蝼蛄河畔。人善良仗义,木把尊为山神。每年三月十六,在木墩上供猪头,焚香祭拜。

老木把看我头上冒汗了,把我领到一个有二尺多高的木墩前:"累了就坐这歇歇,这木墩是日本人留下的罪证。"

"九一八"以后,日本人疯抢咱中国的木材。那时候伐木是二人手拉的大锯,树墩留得越高,出木材越少,祸害林子的鬼子急于掠夺,不管高矮,大树锯倒就运走。咱们来的路上,山顶一些小树林,都是东北解放后造的。本来山顶上的木头叫"山帽材",日本鬼子把山帽材也都剃了"光头"。

老木把看见那阳光变成金线射进老林,他说:"日头偏西了,咱得回去了,我家你老嫂子特地给你做的'蝲蛄豆腐',把小水蝲蛄磨碎,让你大地方人尝点野味!"

回来路上,风声大些,林子黑了些,他说:"没事,准是阴云挡住了日头,黑天也照样走!"我奇怪林子里漆黑一片,分不出东西南北，咋迈步呀！他笑着拽我的手摸摸树的阳面，又摸摸阴面，我说："阴面比阳面潮一些。"他说："对了，阴面向北，直接沿着阳面走，不就走出林子了吗！"

我说："万一迷路了，分不清南北了，就是你们说的'麻达山'了呢？"老木把拾起一根干木棒，敲树，他说这是"叫树"，黑夜林子里静得吓人，这一敲能把林子外人家的狗敲咬了，顺着狗咬的地方走，不就出去了吗！

"奇了！谁教给您的这些绝招？"

他说："树呗！"我说："对了，你说树会说话呀！"

他说："你和鸡鸭混久了，你会懂得一点鸟语；你同牛马混熟了，你也会懂得一些兽语。我们木把祖祖辈辈千百年同树活在一起，能不懂它们的话吗！"只是这话用光，用声响，用干湿冷热等来表达。

我突然问道："那些大树也懂我们的话吗？"老木把神神秘秘地咬我的耳朵："我师爷就嘱咐我，在老林子里说话要小心，那些大树，特别是老树，会记住你说过的每一句、每一句话呀！"

我说："那我们老哥俩刚才在林子里说过的话呢？"他说："当然也记着，某年某月某日王肯同某人说了些什么，让我想想……还好！我们老哥俩没说过一句过格的话呀！"

他笑了，我也笑了……

腰　细

在中学有位姓姚的学生"腰细"。

他腰很粗。"腰细"乃日语"ヨシ"译音,"好"的意思。皆因他时时处处讨老师夸好,特别是日本肥田副校长的一声"腰细",他才获此雅号。论学习,他起早贪黑,死记硬背,门门课程90分以上,够"腰细"的了。考物理的电学部分还得百分。只是宿舍的电灯泡坏了他不敢换,怕触电。同学说他手接电报都哆嗦……

论为人,守规矩,讲礼貌,也够个好学生。只是一见日本肥田副校长走来,他远远地恭守路旁,敬90度礼。肥田说声"腰细",他才乖乖离去……

那黑暗的年代,住宿生常喝几片菜叶几个疙瘩的玉米面糊糊,名曰"翡翠珍珠汤"。太平洋战争爆发后又掺上橡子面。而鬼子肥田更找来鬼子教授,讲"朝食废止"就是不吃早饭的益处。拿我班试验,一伙走读生在家自然吃早饭;我们一伙住宿生早饭停开。预计半月后举行800米赛跑,鬼子教授说"朝食废止"者平均成绩将最好。

转眼过了半月,两伙站在起跑线上,住宿生明白该怎样跑法。枪声一响,我们两臂猛甩,两腿缓迈,唯一人舍命向前。不用细看,准是"腰细"在这种场合还要争得"腰细"。可怜他跑得面无人色依然远远地落在走读生身后……

"朝食"终于未能"废止"。

而"腰细"终于无人再叫。

他腰很粗,很软……

关东星空

看今日青少年追星,追歌星影星,还追什么主持人星,如疯如醉,怪可笑的。六七十年前我们年少时可不干这样的傻事。

那年月我家住辽南大山沟,白天上山追捕过山鸡野兔;傍晚追打过草房檐下钻出来的蝙蝠;天黑了,也追看过划破夜空的流星,我们叫贼星,从来没把人当星星追过。

细想想这话不全面,小时候不也追过海城高跷的名丑"万人乐"嘛!他头顶一条冲天辫,鼻梁一方豆腐块,圆脸绷得像张硬面饼,寻找不到一丝笑容,可娃娃们看他一眼笑得肚子疼,疼也追着看,从沟里追到沟外,哪怕脚跟冻坏……看来这也算追星,追的是关东星星。

九一八事变后,我家乡岫岩有位扯起抗日大旗的邓铁梅"铁老师",杀得日本兵鬼哭狼嚎,还流传"锈铁难炼"的童谣。"锈"与"岫"同音,沟里的娃娃性子野,最喜欢咱家乡这块炼不化的铁。

后来读小学,先生常讲辽阳才子王尔烈。这位豆腐匠的儿子,苦读苦练,终成大器。他奉旨到江南主考,江南举子说他"关东白帽子",顶多会背《论语》一句"学而时习之"。王尔烈就用"学而时习之"这一句话出了三道考题,考得江南举子大汗淋淋,无法落笔。出考场看王尔烈的三篇范文,各放异彩,人人称奇。

小时候心中的偶像都是辽南的,后来到沈阳读中学才听说吉林有位"韩边外"。"韩边外"胆子大,耕过田,赌过钱,结伙夺了夹皮沟金矿的权,成了这一带"独立王国"的土皇上。还几次打退清廷的围剿,打败沙俄的侵略;"韩边外"脑子活,自设"会房"代衙门,自用金砂代货币,自组乡勇维持秩序。还修上戏台、下戏台,江湖高手八方来。"韩边外"肠子也没黑透,自己吃肉也分给百姓一些汤喝……说不清"韩边外"是好是坏,只觉得他怪,可说是关东的一颗怪星。

考入大学,眼界宽了些,才知道关东不单出过努尔哈赤等马上英豪,文人有"辽东三老""吉林三杰",有续《红楼梦》的铁岭高鹗,有人称"蒙古族曹雪芹"的北票尹湛纳希,更有我最佩服的呼兰萧红……

我感到关东大地产高粱大豆,也出高人大手笔。关东夜空,也有大大小小的亮星闪烁。我们不该忽视它们的存在,也不必夸大它们的光环。倒应实实在在地审视它们的长短得失,对今人后代也许有些启示。

(1999 年)

神山的神话

长白山古称"不咸山",意谓"有神之山"。山有神,自然也有神话。

如到长白,最好去看看"天女浴躬池",也叫布尔湖。湖水蓝瓦瓦,草木绿莹莹,幽幽静静,难怪传说三仙女曾在此处洗浴。

三仙女是三姐妹。大姐恩古伦,二姐正古伦,三妹佛库伦。

一日，佛库伦浴后正想更衣，一只喜鹊在她的头上盘旋，抛下口衔的一枚红果，香色醉人，佛库伦刚沾唇就滚进腹内。于是怀孕生下壮实的男孩，命名布库里雍顺。传说他就是清太祖努尔哈赤的始祖。这《三仙女传说》载入《满文老档》《满洲实录》等文献中。长白山也就成为满族的发祥圣地。

长白圣地又产"关东三宝"，人参、貂皮、乌拉草，也有传说。

有机会经过长白山区的通化，要去看看"老把头坟"。一块巨石上镌刻老把头留下的诗句：

家住莱阳本姓孙，
漂洋过海来挖参。
路上丢失亲兄弟，
沿着蝲蛄河往上寻。
三天吃了个蝲蝲蛄，
找不到兄弟不甘心。

老把头名叫孙良，过海"闯关东"，进山挖人参。途中丢失的亲兄弟，其实是结拜的干兄弟。为找兄弟，他穿林越岭，忍饥挨饿，剜野菜，捉蝲蛄，奄奄一息留下这些诗句，死在河边。后人看他心肠热，待人实，不丢弃朋友，又踩出挖参的路，尊他为"老把头"。用石块木片修小庙供奉他，尊称为"老爷府"。相传农历三月十六日是老把头的生日，这一天成了长白山区挖参、狩猎、木把的传统节日，香火很盛。

你穿过貂皮衣，未必能想到一根毫毛的神力！

传说一位伐木的老木把放走一只皮毛油亮的小貂，留下一根毫毛，顺手掖在袄领里。一日，漫天大雪，知府出巡，他发现人们身上沾满白雪，唯有老木把躺在地上，雪不沾身。怀疑他身上有宝？左翻右找，找出袄领里那根貂毛。知府捧在手中，只觉热浪缠身。逼问老木把要多少银子。老木把以为是当官的拿穷人开心，躺下不理他。知府说："你要一帑？"原来"躺"与"帑"谐音。帑是藏金帛的府库。当地传言一帑合四十八万两白银。老木把依然不理。知府捡个便宜，捧貂毛进贡，被封高官。貂皮也成一宝。

你到长白山，还应看看乌拉草。

这草放在牛皮缝的乌拉里，踏冰蹚雪不冻脚。

《吉林统志》中说"吉林山里所产尤为细软"。当年还曾用乌拉草命题考试。吉林优贡沈承瑞因有"任他冰雪侵鞋冷，到处阳春与脚随"等佳句榜上有名。更感人的是乌拉草的传说。

又是一双结拜的干兄弟，冰天雪地，缺衣少食，困在长白山中。弟弟无心，抱肩而眠；哥哥眼望冷月寒松，料到难求生路。就脱下棉衣披在弟弟身上，剩下不多的干粮放在弟弟身旁，又割下自己的长发包好弟弟的双脚。弟弟醒来，滚滚热泪安葬了舍身相救的哥哥，把哥哥割下的长发放在坟头。翌年，弟弟来坟前祭扫，忽见坟头长出细软的绿草。越割越多，捶干槌在乌拉里，从脚下暖到心窝。于是关东又多了与人参貂皮并列的一宝。

如今有了棉皮鞋、雪地鞋，穿乌拉的极少了。乌拉草这一宝也就被鹿茸角代替了。但关东人永不忘这暖过穷苦人双脚的宝草。何况它纤维坚韧耐久，依然是制草鞋、草褥、人造棉、纤维板等的良好材料。

（1993年）

"白花公主"传说十一种

乌拉街是吉林省古城，至今城内还有土筑高台一座，名叫"白花点将台"。

《永吉县乡土志》中写道："在城西北二里许，旧有古城一座，内外三层。其中台高数丈，相传此白花点将台也。"又写道："牛拉铁头坟——在城东北三十里，古有一坟，相传白花将官也。现被水冲，旧址俱没。"这是已经查到的有关白花点将台的文献材料。至于当地关于点将台的传说，说法很多。摘录十几种，可见轮廓。当地农民的说法比较简单，也相近，但值得注意。

白花公主是哪朝哪代人，说法不一，"金兀朮妹妹""盖苏文女儿"等说法恐系附会。如依《百花记》，当为元安西王之女，但乌拉白花公主传说的基本精神和《百花记》不同。我认为既系传说，不必考证确凿年代，但也不该任意编造。"海西国或海都国公主"和"乌拉国公主"等说法倒比较合适。据吉林省博物馆同志考查，乌拉城是扈伦四部乌拉部古城。《满洲实录》中载："乌拉国本名呼仑，姓纳剌。后因居乌拉河岸故名乌拉。"始祖名纳齐卜禄，传至布颜"尽收乌拉诸部，率众于乌拉河洪尼处筑城称王"。这是明末的事，现存的古迹乌拉三道土城和城内高台，也的确像明代女真族的城。有人说这一传说是满族传说，好像也有几分道理。乌拉街满族较多，过去是满族集中的地点之一，现在有些屯也是满族屯。

这份材料很不完整,搜集的时间短,访问的人不多,有些大同小异的说法,不一一抄录了。材料单薄,仅供研究、整理的同志们做参考。

第一种说法

说不清哪朝哪代,反正是乱八帝时期,没正桩。这时有个国王,膝下无儿,只有三个女儿。老大叫金花公主,老二叫银花公主,老三叫白花公主。都说金花嫁到北京,银花嫁到奉天,小三白花占了乌拉城。

还有人说:国王胆小,怕得罪外国,把金花、银花委委屈屈地都向人家送礼了。可是人家还要白花。白花最犟,说啥也不服气。后来打起来了,打到松花江西岸,剩巴掌大块地方,白花还是不降。背国土过江,筑成这座白花点将台。练好兵将又把敌人打跑了。

还有人说:白花公主是盖苏文的女儿。(记录人问:那白花是高句丽人?)不是,是"鞑子"姑娘。绝不是高丽人。

我还听老辈人说过,白花占乌拉,是朱元璋那时候的事。那时咱乌拉这地方也是一国呀!

我没听说过有铁头。背土这件事也是后来听说的。自幼就知道白花是大好人,老乡都喜爱这个姑娘的刚强劲儿,她是好样的!

讲述人:谢大爷。光绪二十三年生是乌拉旧街生产大队的老社员,五保户,现在关帝庙住。他不肯讲故事,他说这些事没根没据，是瞎话。讲起公社里的喜事却滔滔不绝。这篇传说是他在两天之间断断续续说的。

1962年12月5—6日记于乌拉旧街

第二种说法

听老年人说，咱乌拉街原来是白花公主镇守的地方。

白花公主又叫百花公主。传说她是金兀术的妹子。乌拉附近倒有一座牛头山，不过岳飞没打到这个地方。老年人还说乌拉街早先是乌拉国。白花公主到底是哪国人，哪朝哪代有点对不上茬口了。反正这里人都说她是一个敢作敢为的女英雄。从江西背土到乌拉堆起一座点将台。这也是瞎话，一人一把土，那得多少人才能堆这么大一座台！不过是说她骨头硬罢啦。

点将台上有洞。我小时候还看见过。头伸进洞口，凉得邪乎。都说这个洞南通龙潭，北通凤凰山。台前有一步三孔桥。左边还有钓鱼池和钓鱼台。还说点将台里有九缸十八种锅宝贝，可是直到现在也没见到一个宝贝影儿。国民党在这挖过兵器库，也没挖出来啥。乌拉古城内外，倒常掘出铜锅、铜碗和铜炮，又说这是朝鲜人留下的。

讲述人：高凤山。1962年52岁。现在是乌拉街人民公社旧街生产大队的生产队长。他原籍山东。迁到乌拉街已经四代了。他说："我奶奶就当我讲过白花公主。我记不全了。只知她是好人！"

1962年12月6日记于乌拉旧街

第三种说法

早些年,咱这乌拉有位白花公主。有人说她是金兀朮的妹妹,也有人说不是。反正她是当地一个小国的公主。这个小国常受邻居大国欺负。白花不忍,领兵反抗。打败了,一败败到松花江西岸。敌人越逼越紧,白花说:"有我在,就有土在!"她和手下兵将,一个人背一包国土,渡过松花江,到乌拉这个地方用国土堆一座点将台,又修三道土城。(这就是现在还有的那三套古城)

白花天天登台点将,练好兵马,后来打跑敌人收复了故土。

讲述人:牛焕奎。民国二年生。他是乌拉街老户。他说:"这种说法是我小时候听老人讲的。这么说的人多。"

1962 年 12 月 7 日记于乌拉

第四种说法

白花公主原来叫百花公主。白花是叫"白了"。她是一个部落长的女儿。

有一回,她爹和外国人打仗,让人家打死了。白花说啥也不投降。带领残兵败将到乌拉这个地方。全穿白衣,不忘父仇。

白花手下有两员大将。一个力气大,一个智谋多,还会造火药。后来那个力气大的想谋兵权,让白花杀了。白花刻苦练兵,到底报了父仇。

讲述人:牛焕奎(见前)说:"这也是老乡的说法,国名将名记不清了。"

1962 年 12 月 7 日记于乌拉

第五种说法

白花公主是保护乌拉这一方的女英雄主。她是哪国人,咱可说不清。有人说是金兀术的妹妹,还有人说是高丽王的女儿。

白花公主的父王,想拿她送礼,让她嫁到外国去。她不干。练兵把外国人打跑了。

讲述人:老高头。乌拉街关帝庙的看庙人。他不是本地人。

1962年12月6日记于乌拉

第六种说法

白花公主本来叫布花公主。她不是汉人,哪能叫汉人的名字。白花是"布花",也叫"白了"。

早些年,这一带部落不少。部落常打部落。乌拉国打败了,国王战死。他的两个儿子骨节太软,想纳贡投降,可是妹妹布花公主不服。

布花自幼习武,力大无穷。人是又美又勇。她不听哥哥们的话,苦练兵马,赶跑敌人。

布花手下有一员大将叫铁头,城北还有铁头坟。有人说:

白花点将一十七,
巴里铁头死得屈。

其实铁头因叛国被斩,死得不屈。

乌拉这地方肯定是史书上说的乌拉国。乌拉是我省古城,比吉林市还古。当地人常说:

先有乌拉,

后有船厂（船厂即吉林）。

过去关里有人管我省人叫"臭糜子",与乌拉盛产小米有关。

讲述人：赵日华,光绪二十二年生,乌拉老户,是旧中国吉林第一师范的毕业生。

1962年12月5日记于乌拉

第七种说法

关于白花点将台的传说,我听人讲过三种说法。一种和《吉林风物传说》中整理的差不多,这是老先生讲的,加工较多,我不讲了。

再说一种"土材料"。这是当地百姓的传说。

白花公主是某国国王的爱女,生下就会说话。她妈说她是怪物,想扔掉她；她爹说她是奇才,格外喜爱。

养到七八岁,活像个男孩,爱动刀枪。请名师指点,一点即通。后来没人能教得了她。

国王爱白花如明珠,想把祖宗基业传给她。

白花长大了。国王诏示全国,凡能打败白花公主的,不论贫富老幼,均可选为驸马。应选的太多了。白花见老年人来比试,打倒为止,不伤皮肉；见年少轻薄的人比试,伤其肌肤,免得下次还来。就这样比了好几年,未遇敌手。

这时外国也听说白花选婿,想派人来比武。国王不允,以致结下仇怨,发兵来侵；一要白花,二要国土。白花答得好："有白花在，有国土在！"她连战连捷，外国人不敢轻犯。

后来，外国听说白花父王手下的大将铁头，对白花垂涎三尺，邻国就派人收买铁头。约以国土换白花——破城之后，国土归外国，白花归铁头。铁头叛敌，遣人过江，为白花破获，斩铁头（有人说：斩铁头的气派很大，在点将台前，敲锣打鼓，松花江水都哗哗响。斩后，白花命人用黑石棺盛殓，让这种叛贼永不出世。据说乌拉附近有铁头坟，露出一个黑石角，下雨天就发光，老乡说铁头的心是黑的）。

乌拉有白花，敌人不敢犯。后来国王病危时对白花说："你的武艺可以保住祖宗基业，我死也瞑目。只是你还未选到佳偶，我心不安。"白花说："国事为重，老死不嫁又奈何！"国王说："那江山谁来继承？"白花说："能者为君。"国王含泪而终。

国王死后，白花终年穿孝，又经不少年，白花已经三十多岁，邻国又入侵。头几仗打胜了。后来敌人设陷阱，白花被俘。敌王劝白花说："让我国土，保你性命。"白花说："有我一口气在，国土你们拿不去一寸！"暗中托人向祖国捎信，要誓死保卫国土。白花英勇就义。老乡们的说法，就是上边这些。还有人说她背土筑台。据老先生说这是白花以前的事。某人领兵背土过江，人少筑不起点将台，大风刮了三天三夜，乌鸦叫了三天三夜，土台筑成了。台下有隧道，我往里看过，冷风刺骨，传说可通凤凰山，可见筑台人有远虑。

总之，白花是当地人敬仰的女将，可以说是家喻户晓。爱她英勇不屈，不以私情为重。按老乡的说法，白花是一生未婚的。人是最美的。

讲述人：张恰天。是乌拉街的老先生，现在乌拉高中当语文教员。

1962年12月6日记于乌拉

第八种说法

这种说法是乌拉老念书人魏士勤——自称五柳先生告诉我的。他说这是满族传说。

好大王部将某某占山为王。他有子女八人，哥三个，姐五个。白花最小，武艺最精。

哥哥和渤海国作战阵亡，白花登台点将。当时的台比现在高一倍多。敌人打不过白花，就买通白花部将铁头。铁头能头顶千斤，攻城时，他一撞就能撞开城门。白花发现他通敌，请他点兵。铁头好受恭维，到台前，被白花拿住斩首，怕他来世再反，用黑石棺盛殓，埋在南街小桥旁。

白花练好兵马，出兵讨贼。她一出马，敌人只见一团白光。敌兵马一见均惊慌，不是白花对手。后来敌国用一穿白小将，上阵不骑马（怕马惊），摆阵，全是白旗白甲白缨枪。白花出阵，见敌阵大变，又见小将太美，心一动，白光消散了，敌人才看出她是一个漂亮姑娘。小将说："我步战，你马战，难比高低。"白花也下马。哪想到刚一下马，让绊马锁套住。敌人想尽办法劝降，白花至死不降。就义时，只见一道白光腾空而起——一只白鸟飞上青天。

白花是姑娘，从未嫁人。

讲述人：张恰天（见前）。

1962年12月6日记于乌拉

第九种说法

白花公主的传说,多半说她没结婚。也有说她和一个造火药的人结婚生子。这个人姓名不详,白花对他封赏比较高,有员大将不服。

白花生了五个儿子,全都造火器。白花死后,国破,五子均降敌国。敌王拜封为五虎神。后来火枪上的五虎神,就是他们五人。

讲述人:牛焕奎(见前)。

1962年12月7日记于乌拉

王按:二人转《乱柴沟》(《铁冠图》中一段)有燕王扫北,请姜家五虎一说。后杀之封五虎神。

第十种说法

听乌拉老年人陈伯川说过:过去有一个国(不叫海都国)的白花公主,重用一个造火药的人,为有功的勇将所嫉,设计把造火药的人用酒灌醉,脱去衣帽放在白花卧室。白花未杀他,反而嫁给他。后勇将因通敌,被白花杀死。

这种说法,知道的人不多。

讲述人:牛焕奎(见前)。

1962年12月6日记于乌拉

王按:半丁的《关于白花公主的传说》(抄自永吉县文化馆郝喜明同志的剪报材料。年月已失)中说:元安西王携女白花公主到乌拉落草。公主看中陈姓宫女之弟陈广瑞,太监巴里铁头将瑞灌醉,置公主卧室中,公主嫁广瑞,杀铁头。

这种说法很像《曲海总目提要》中的《白花记》。目前许多剧种还有《白花赠剑》等有关剧目，均写安西王女白花公主之事。乌拉白花公主的传说可能吸收了《白花记》的情节，也可能是由于乌拉白花公主和元朝白花公主有关。但主题、思想和情节已不同。

第十一种说法

我还听老年人说过，白花公主是打猎出身。围场让人家占了，才到乌拉这一带务农。这一带地肥水多，很宜耕种。

白花公主不是金国人，也不是海都国人。我记不清了，好像陈伯川说过是海西国人。

讲述人：牛焕奎（见前）。

1962年12月15日

古文献中的东北人

古籍中对东北人的描述不少。

《后汉书·东夷传》中说："其人粗大强勇而谨厚"，这是对东北人总的评价。

《渤海国记》中载有形容渤海人也就是当时东北人的民谚："三人渤海当一虎。"可见"虎"是东北人性格的一个显著特点。

《松漠纪闻》说："其人憨朴勇鸷不能别生死。"不知生死有别，也真"虎"到一定程度。

《扈从东巡日录》中载："其人勇悍善骑射，喜渔猎，耐饥寒辛苦，骑上下崖壁如飞。"这是东北少数民族剽悍勇武的写照。

从大处看，东北的契丹、女真、蒙古等少数民族有的打进关内，有的打到全国，有的打出亚洲，可见"虎步"不小。从小处看，"咸丰七年（1857）8月19日（六月三十日）两只俄船驶入松花江，逆流而上，遭到当地赫哲族人民拦截。佐领春福率赫哲族人民追赶60余里，至图期克地方，赫哲族人所驾桦皮小船横于江面，阻挡俄船前进，并将俄船布篷扯落。次日，俄船被迫退出松花江。"（《吉林省编年纪事》上编）又可见东北兄弟民族的虎威。

东北是人强地壮的好地方。但在某些初到此地的中原文人眼中，却是另一番景象。清杨宾的《孤山道中》写道：

> 小夹河边白日寒，
> 大孤山下路漫漫。
> 波罗叶落云还黑，
> 塔子头烧雪未干。
> 渴向毡墙分乳酪，
> 饥随猎马割獐肝。
> 中原生长何曾惯，
> 处处伤心掩泪看。

但久居东北的汉人特别是劳动群众，在求生存的长期挣扎与搏斗中，早已擦干泪眼，看惯了这里的人和土，非但受到东北兄弟民族固有的剽悍朴直的性格的影响，而且又增添了拼搏冒险的精神。

东北的汉族人，有的是随征来的，有的是官府下令移来的。康熙十五年（1676）"徙直隶等省流人数千户居吉林城修造战船"。此外，好多是被流放的人犯。康熙九年（1670）3月16日，"定流徙宁古塔人犯不得于11月至下年7月间寒冷季节遣往，以避免人犯衣絮单薄，冻死途中"。可以想见不知冻死多少人犯才不得不下这道令。过了60多年，于乾隆元年（1736）5月13日又发一令："因黑龙江、宁古塔、吉林等地发遣人犯太多，定除满人犯法者外，汉人犯法者改发关内各省烟瘴地方。"宣布"人犯太多"，可想多到何等地步！还有是被掳到东北为奴的。光绪三年（1877）12月18日据御史奏陈："近闻从关内撤回东北地区的官兵往往私带战地幼丁回旗，其数不下数万，对所带幼丁百般虐待，辗转买卖，甚至威逼至死。"

以上只是随手从《吉林省编年纪事》中摘录的一些汉人到东北的情况。

明清以来，汉人出关日增。除奉命移民者外，更有采参、采蜜、挖煤、淘金、伐木、拓荒以及打水獭等大批"闯关东"的汉人。既曰"闯"，就不是"游"，就要吃大苦，受大罪，冒很大的风险。

康熙十八年（1679）11月29日，吏、户、兵、刑四部奏请颁行私采人参条例，规定："私采人参为首处绞，随从者枷责。同时令各驻防官兵于采参来往途中增设关卡严查，以杜绝私采人参之弊。"百余年后，于乾隆四十八年（1783）吉林仍"拿获私采参者600余名，缴获人参200两，并将山上所有窝棚焚毁"。那些"采蜜、打水獭而无信票者或人数多于票内人数，或有票而不在分地采捕者，缉拿后治罪"。这些人是冒着颈套绞索、肩扛长枷来求生的。纵然不受官府豪霸的卡压杀打，那漫天的风雪，成团的蚊虻以及饿红眼睛的虎豹狼虫，也都在考验并磨炼这群闯入东北的汉人的胆量与意志。使他们随身带来的中原文化与东北固有的各兄弟民族文化相融合，也形成一种既剽悍豪放又敢闯敢拼的"虎"的品格。

东北人的另一个特点，可谓"实"。《柳边纪略》载："十年前行柳条边外者率不裹粮，遇人居直入其室，主者则尽所有出享。或日暮让南炕宿客而自卧西北炕。马则煮豆麦刴草饲之。客去不受一钱。"东北人的实，客来尽所有给客，"若有而匿，不与人，或与而不尽，则人皆鄙之"。有东西不往外拿，或不全拿出来，都要受到鄙视。当然这是康熙年间的情况，村镇疏落，人少客稀，才有可能"凡出门不赍路费，经过之处，随意止宿，人马俱供"。后来过客日多，特别是来了不少巧于计利的流人商贾，"非裹粮不可行矣。然宿则犹让炕，炊则犹樵苏，饭则犹助瓜菜，当非中土之所能及也"。单说让炕一举，东北天寒，南炕最暖，可见东北人的忠厚老实。你给他东西，"受所与，必思有以报之"，而且要多报，这种实心实意好客乐施的习尚，至今遗风犹存。待人实，办事实，说话也实。实实惠惠是东北人看人看事的一个重要标准。那种花说柳说、假模假式，以为旁人愚靠可欺的"聪明人"，恰恰是不觉他们自己的愚蠢。

东北人还有一个特点，就是好乐。

当然，东北地广人稀，有荒可开，有木可伐，有矿可采，有参可挖，有鱼可捕，有獐狍野鹿可打，只要有一双勤劳的手总可以糊口。但如前所述，这口也是在同人祸天灾的殊死搏斗中才勉强糊住的。而且就算肚腹可以填补,那精神上的饥渴却也是难以忍受的。特别是那些被放到掳到或闯到东北的汉族流民,更多撇家舍业、远离亲人的乡愁与孤寂,更需苦中作乐以熬过无边无沿的艰难岁月。正如鲁迅所说:"劳作终岁,必求一扬其精神"(《集外集拾遗》),他们运用自己民间的文学语言、音乐语言、舞蹈语言、美术语言,无拘无束地充分表达他们的理想、情感和审美趣味。无福也求福,无禄也求禄,无喜也到处张贴"抬头见喜""出门见喜"。自古以来,乐观可以说是劳动人民的共同特点,否则便无法生活下去。而东北人在远地寒天人烟稀少的环境里,使他们的粗犷朴直与诙谐融合在一起,好勇好客更好乐。

奔放、质朴与欢快,充分体现东北人虎实好乐的品格。

当然,东北人某些虎得发狂、实得过度、乐得忘形的表现,也带来某些粗鄙直白和低俗等弱点。

(1992 年)

二记 刚直的前辈和老友

寒冽中的《热风》

我读鲁迅先生的作品,年轻的时候爱看《呐喊》,中年喜欢《野草》,晚年常翻杂文。近来又重读先生在"周围的空气太寒冽"的环境中编辑出版的杂文集《热风》。

《热风》是鲁迅先生较早的一本杂文集。写在1918年至1924年间,恰恰在我出生的前几年,我和这本书一同度过70多年了。如今我老了,《热风》未老,依旧那样火热,那样犀利,那样深邃。

比如在《不满》那篇中写道:"不满是向上的车轮,能够载着不自满的人类,向人道前进。"回首往昔,不自满,说说容易,真正做到极难极难,可找到千条满足的理由,不去挖掘一条不满足的真实的根据。

又如在《四十三》中说:"我们所要求的美术品,是表记中国民族知能最高点的标本,不是水平线以下的思想的平均数。"美术品、艺术品、文学作品都一样,先生在70多年前强调的是思想。今日看来,有些作品思想在水平线下,难道不是作品水平不高的重要原因吗?

还有过去常常引用《热风》中《生命的路》那篇文章中的一段话:"什么是路?就是从没有路的地方践踏出来的,从只有荆棘的地方开辟出来的。"先生的名句,曾激励多少人去闯新路,今日更需要这种精神。

鲁迅先生的《热风》等许许多多杂文集,是先生用心血写就的,常翻常阅,受益无尽。

(2002年)

童心不丢

儿时喜欢泰戈尔,后来渐渐疏远。如今残了双鬓,又喜欢他了。

读《榕树》《金色花》等篇,有中国散文那浓重的东方情调,又有他独特的民族色彩。特别是他在原有感性形象基础上创造出新形象的想象力,不仅使他的散文意境清新,更留下空白令人回味。

他写对童年的怀念,怀念他诧异地望着榕树深入地下的根,怀念榕树映在水罐里的影,他想变成风吹过那萧萧的树枝,变成鸟栖息在那最高的枝头……

他写母子纯真的爱,儿子要变成金色花,悄悄开放花瓣看着母亲工作,溢出花香让母亲嗅到又不知来自儿子身上,母亲呼唤他,他"暗暗在那里匿笑,却一声儿不响"……

泰戈尔真知童心!泰戈尔真有童心!童心是他一生的追求,他写身边事而不就事论事,不教训人,不炫耀自己,不讲高深道理。自然抒写儿童般纯净的情,儿童般天真的趣,儿童般稚拙的美。这是人类追求、渴望、珍视的心境,自然会触动人的心弦,包括儿童和老人。

(1980年)

王朝闻和二人转

1982年8月,吉林省社会科学院的杨荫隆来找我,说美学家王朝闻要了解二人转。

王朝闻是我敬重的美学家,他的《新艺术创作论》是我看重的解放区出版的第一本美学著作,他雕塑了刘胡兰像和《毛泽东选集》封面上的毛主席像,留给人深深的烙印。

见到王朝闻以后,感觉他是一个很真挚的老者,没有半点应酬的客气话。他说:"我很想了解东北的二人转,听说有'宁舍一顿饭,不舍二人转'的说法。"我说这种说法早已过时了,现在在农村流传有"东北新三宝":大米饭、镇痛片、二人转。王朝闻很感兴趣,他说饭是天天离不开的,大米饭比高粱米饭还好,可以说是一种宝。二人转可以满足农民精神上的饥渴,也可算是一宝。但镇痛片是怎么个意思呢?我说农村缺医少药,有个头疼脑热、感冒发烧,都得靠镇痛片。

王朝闻在长春看了民间艺术团的二人转,他很感兴趣,他还要看农村的二人转。我和王兆一就领他到农安去看二人转。王朝闻边看边谈,他说二人转不简单,看几眼看不透,看几年也很难深谙其中奥秘。看过之后,王朝闻写了以《开心钥匙》为题的一篇很长的理论文章。

王朝闻最大的特点就是从不闭门造车,搬弄概念,他的理论观点都源于自己的审美体验,他很少把自己锁在书斋里,他的理论之树扎根在艺术之土中。王朝闻在《少吃现成饭》一文中说:"从概念到概念地用别人的研究代替自己的研究是不行的。"他看过《冯奎卖妻》这出"苦戏"。当冯奎的妻子李金莲知道大灾之年求借无门,只得自卖自身,使儿女多活几天。李金莲临别时有一段唱词:

> 李金莲我忍住泪,
> 一双儿女唤到面前。
> 拉住女儿小桂姐,
> 抱过我儿小保安。
> 我有心说了真情话,
> 一双儿女叫苦连天。
> 低头一计有有有,
> 好言好语把儿女瞒:
> 桂如呀,我和你爹把集赶,
> 你在家好好领着弟弟玩。
> 别人家小孩打你别动手,

别人骂你别还言,
到晚间妈妈我不回转,
给你弟弟做饭餐。
门后还有秫秸半捆,
盐篓里边还有半把盐,
葫芦里头还有一碗小米,
炕席底下还有三个大钱……

对此王朝闻品评道：人物那不能忍受的苦痛心情,偏偏要借用安慰将成永别的儿女的谎话来表达。这种特殊形式所形成的动人力量,不是任何以诗的名义写成的"诗"所能企及的。这个妇女叮咛女儿做晚饭,提到还有半捆柴,提到还有半把盐,提到还有一碗小米,提到还有三个大钱。有当然不等于无,但在这里的"有"其实是"无"的一种独特的表现形式。艺术创作可以"无中生有",写穷困可以"有中见无"。这较之直率地说苦道穷的用语,是更接近诗意的语言,所以是特别动人的语言。不论是第一人称还是第三人称,这种语言为什么较能感动读者呢？这只能从这种语言的创造者的生活实践去寻求解释。创造者不只熟悉他所要再现的生活,而且熟悉他所要服务的对象——二人转的欣赏者。因为欣赏者自己也有相应的直接和间接生活经验,这里的"有"与"无"的关系才可能在欣赏者的感受中互相转化。

另外,王朝闻对二人转"跳进跳出"的表述方式、二人转的伴唱、二人转所包含的民间审美情趣都有精辟的见解。

王朝闻回北京以后，多次回复王兆一和我给他的信，并在《开心钥匙》《王朝闻曲艺文选》等著作中论述二人转。

后来我去北京开会看望他，王朝闻关心地询问二人转有没有什么新的发现。他天真地说："二人转在中国民间艺术里很独特，我总感觉到它像一个淘气、泼辣、野性的姑娘，也可以说是带刺的玫瑰。我接触太少，说不准它的脾性，这要靠你和王兆一不懈的研究。"我们一直在王朝闻治学精神的感召下，扎实地从鲜活的二人转中探寻民间艺术的真谛。

（1983年）

公木老师与戏剧

人们知道公木老师是抒写真情的诗人，治学严谨的学者。平素很少见他看戏，他与戏剧何干？

我了解，老师看戏不多，但写过戏。

1958年，他丢下妻子儿女，孤零零一人从北京下放长春。也算领导重用，破格让他参加歌剧《青林密信》的创作。后来还让他修改润色京剧《五把钥匙》的唱词。还有记不得哪年哪月，歌剧《白毛女》搬上银幕的时候，老师又写了"东家住高楼，佃户来收秋"那首流传一时的插曲。电影《英雄儿女》等的插曲不放在戏剧类。老师还写过什么与戏剧有关的作品记不清了。

记得最清楚的是老师对我写戏的影响。

1947年，我从国统区到解放区佳木斯东北大学，为下乡演出写秧歌剧。从前喜欢的屈原、杜甫没用了，普希金、泰戈尔更没用了。用一些东北乡亲熟悉的方言土语，学几首《月牙五更》《文嗨海》《武嗨海》等东北小调，足够用了。那种初到解放区的狂热，恰似女同学把花衬衫撕成条条扎草鞋一般，自以为这就是大众化的进步表现了。

那时公木老师是东北大学的教育长，更是教育我们写作的老师。他说当年初到延安，也被《蓝花花》《骑白马》《走西口》等陕北小调迷住了。还和何其芳等同志整理编辑了一本《陕北民歌选》。这对来自大城市的文学青年来说，是一种情感的变化，是一种进步的表现，一生不应断了民间这口奶。但人民要求他们的作家，要有更广更深的文学素养，才能写更多更好的作品。屈原、杜甫丢不得，还要鲁迅、巴金；普希金、泰戈尔也扔不得，还要惠特曼、聂鲁达……

后来，我写吉剧，说过要东北二人转，也要关汉卿、曹禺，还要莎士比亚、奥尼尔……其实是套用老师的说法。

公木老师对我写戏的更大影响，是他关于剧诗的研究。

大概是1978年前后，公木老师陪诗人公刘看《包公赔情》等吉剧剧目。公刘好像很兴奋，还为吉剧写了一首诗。公木老师看戏时声色不动，我忐忑不安，这是老师第一次审阅我的戏剧答卷。

谁料老师阅后对我说："这戏打动我了。看来戏曲也是剧诗。"又说："不懂诗写不好剧，光懂诗也写不好剧。戏剧诗人要寻找剧与诗最佳的有机结合点……"

公木老师是从诗的角度，研究诵诗、歌诗和剧诗的特征。另一位张庚老师是从剧入手，探索剧诗的规律。戏剧界对"剧诗说"有不同看法很正常,"剧诗说"对我写戏有用,很有用,坚持用。

近几日,重翻老师的著作。他在《公木序跋集·前言》中说,作诗、治学、为人,"不拜神,不拜金;不崇古,不崇洋;不媚时,不媚俗;不唯书,不唯上"。使我豁然发现自己写不出好戏的根本原因。

回顾我在漫长的写戏过程中,既有不敢碰的神,也有不愿舍的金;既不能挣脱古条条,也不能突破洋框框;既赶过时髦的浪潮,也讨过庸俗的掌声;既唯过书,更唯过上……头脑中缠绕这些解不开割不断的私欲和杂念,手中的笔怎能不颤抖,怎敢直面人生,怎能写出经得住时代考验的作品!

如今老师走了,我也老了。老师的言犹在耳,使我更加看轻那些名实不符的奖牌、称号、虚名,当一个人民淡忘了你的作品的剧作家,真没有意思……

来日无多,力争写一点对人民有利的东西。但愿能写一出真正想写的戏。

怪诗人丁耶

9月3日,突然在电话里听到丁耶的声音,我想定是他的病见好。

他依然用他惯用的语言:"我能活着跨进21世纪的门槛儿,超额完成任务了!"

但他的声音微弱,我忙问:"有什么事让我办吗?"

他说："不用了。你知道我最牵挂的是老妻病儿,我已经向文联张书记和笑天同志汇报了。只想告诉你少写些吧,别太累了!我的身板比你结实,你看,也快扑腾到头了……"

我说："不会,决不会,你的生命力最强,谁也不如你禁折腾。"

我这样说,不仅是安慰他,也是我的真实看法。

回想今年5月17日晚,张顺富同志来电话说丁耶病危。我赶到医院,丁耶昏迷气喘,已经不认识我了。他的女儿小梅泪流不止,我说:"别难过,你爸禁得起折磨,会熬过去的……"

当时我这真是安慰孩子的话,谁料竟被我说中,丁耶从5月熬到9月,居然给我来电话了。

又谁料刚过三天,9月6日,张顺富告诉我丁耶走了,丁耶真走了。9月8日送他到朝阳沟,眼望他静静地躺在花丛中,心想他劳累一生,这次可算得到安息了。

我和丁耶,小学先后同学;1949年同在东北师大任教;1957年同被划归右派一类;1984年又同在作协工作,半个世纪以来,不论他在任何状况下都不忘创作。

1949年前就写过有影响的长诗《外祖父的天下》;1949年后发表了《白玉的基石》等歌颂新时代的诗歌;"文革"期间他被监改下放,生活困苦,还写了长诗《鸭绿江上的木帮》……

有一天,我的儿子喊修理玻璃的来了。开门看原来是身穿旧衣肩挎工具袋的丁耶。我怒斥儿子连丁伯伯也不认识了,丁耶哈哈大笑:"别说孩子,修玻璃也在行。"说罢从工具袋里掏出厚厚的一摞《鸭绿江上的木帮》的原稿。"我修玻璃,你给我看稿"。奇怪的是这本原稿一非手抄,二非打印,而是用手拿铅字一个字一个字按上去的……

我眼前这位不像诗人的师兄啊!是诗使你的心大,容得下人间的苦乐,改不了对劳苦兄弟的真情!

近年来,他感激领导和同志们对他的关怀,相继出版了《边外集》《幽默随笔》《少年的磨难》《丁耶笑话录》等著作。丁耶啊,你和我都有缺欠,但我相信,人们不会忘记你对创作的执着!

安息吧,师兄!

(2001年)

阿甲的书法

阿甲是大导演。1907年生,江苏武进人,1938年到延安参加革命。

在延安就参与编演了京剧《三打祝家庄》。1949年后又参与编演了《赤壁之战》和《红灯记》。他的《戏曲表演论集》是我爱读的一本书。后在北京开会,常见阿甲,他不善言辞,却喜欢书法,他的字飘逸自如,一如他导演的风格。我向阿甲同志索字,他写了一副关于戏曲表演的对联:

过火动作洒狗血,
烦琐唱腔炒鸡毛。

演员的表演过火,咬牙瞪眼跺台板,误以为会招来观众的掌声,实际是像狗血那样肮脏;又以为唱腔琐琐细细,会使观众叫好,实际是像炒鸡毛那样杂乱闹心。

其实,岂止是演戏,任何艺术创作都应以过火、烦琐为戒。

(2004 年)

郭汉城题写"无斋"

1989 年,吉剧创建整整二十周年,中国艺术研究院的老朋友,想请郭汉城同志为我的书斋题名。我说过去全家 6 口人,住 19 平方米的小屋,放一书桌就挤了人的位置,我没有书斋。老朋友说:"那就叫'无斋'如何?无欲则刚嘛!"

我一想书斋名"无斋",好名!

前几年,我访福州鼓山寺普济寺的主持普雨法师,他是北大的老校友,赠我"无心是道"四个字,珍藏着。如今又收到装裱雅致的郭汉城同志题写的"无斋",两个整肃的大字,旁附一行小字:"王肯同志:无名斋,无欲则刚,无蔽则明,无滞则灵,为人为文,其衰已矣。"这是他对我的期望和激励。

后来,汉城夫妇到长春开会,我去看望。郭夫人说:"王肯啊,汉城为你写这两个字,写了又写,写了多半夜才停笔。"我谢了又谢。

如今,我已有很大的书房了,"无斋"这一条幅依然挂在最醒目的地方。

(2004 年)

年老未必无好诗

曾以为诗属于青年。

年老无诗,纵有也未必好。

常见青年读诗的多,写诗的多,写出传世名篇的也不少。

诗,也许偏爱那单纯的心,那稚嫩的头脑,那看什么都新鲜的眼睛,那怎样写也不知厌倦的常写爱写敢写的手!

我年轻时也写过几首歪诗,如今连一首也歪不出来了。于是越发怀疑诗同老年疏远。

但环顾当年写诗的同辈,至今仍有不断发表新作的,更有越写越好者。老友芦萍便是其中一位。

芦萍近作,不单我一人,还有一些熟识的朋友,都认为比他早期的好诗多。某些新鲜火热的篇章,有如新人之作。真像最近他在台湾发表的《致日光岩》中的一句:"今天才开出火红的杜鹃。"

于是动摇了我年老无好诗的偏见。

其实,这偏见也是浅见窄见。只要稍一回视中外诗史,歌德的《浮士德》,陆游的《示儿》,艾青的《光的赞歌》……数不清有多少名作。

问题是人的诗心老了,诗也就老了,少了,没了。

有些诗人,鬓虽残了,心未老,依然保留了一点痴,一点嫩,一点真……诗也就同他朝夕相伴。

(1993 年)

扎实的肖桂云

二十多年前，那时节电影还很火很火。

1979年，长春电影制片厂要把吉剧《包公赔情》搬上银幕，自然是好事。

但听说导演肖桂云是位女同志，女同志的心胸会有多大呢？又听说她是电影学院的毕业生，"洋学生"能对中国传统戏曲感兴趣吗？我作为编剧，恐怕同她合作的沟沟坎坎少不了。

谁料初次见到这位肖导演，她雅洁而坦直，无忸怩状；衣着大方更无尘俗态。我素来好从人的衣饰观察人的审美趣味，看来此女不凡。印象最深的是她有一双聪明的眼睛。她用这双眼睛看人，也用这双眼睛看戏。当她谈拍摄《包公赔情》的设想时，更觉她聪明过人，便于相处。

我们都认为这出戏中的包公，是"赔情"，不是"赔罪"，包公秉公执法，无罪可赔。

我们都认为包公铁面无私却不忘叔嫂情；王凤英深明大义也难舍母子情，这是一出情的纠葛和碰撞的戏，当在情上用力。

然而，电影创作和戏曲创作虽有共同处，也有不同的思维方式和表述方式。人物的塑造，环境的营造，各有独特的方法和手段。

我想肖桂云对戏曲的钻研远不如对电影的钻研多，而她竟能聪明地发挥戏曲唱、念、做、舞的特点，又能慎重巧妙地运用电影艺术的长处。

那些戏中动情的唱段，她熨熨帖帖用来揭示人物的内心活动；戏中那些尖锐的对唱和对白，她自自然然用来推进人物之间的冲突；那结尾处包公辞别嫂嫂的三拜，她用特写展现包公含泪的双眼，使观众比看舞台戏受到的震撼更强烈……

我曾担心，影片《包公赔情》能否像在舞台上演出那样触动观众？

事实证明影片《包公赔情》非但触动了好多观众，也触动了一些戏剧名家。

著名老戏剧家李健吾先生在他的《看〈包公赔情〉随笔》中说，他因身体不好，逼儿子在附近影院买了一张影片《包公赔情》的票。"挨蹭了三刻钟"才走进影院。他写道："一出寻常戏为什么有这么大的感染力呢？我的眼泪是轻易流不出来的。我看过那么多动人的好戏，还是忍不住眼泪流出来了。"（《戏曲艺术》1980年第1期）

可见肖导演心血没白费，居然把不轻易流泪的老艺术家导出了眼泪。

我同肖桂云第二次合作，是拍摄吉剧《桃李梅》。

这是一出大戏，场次多，行当多，唱腔多，动作多，单说剪裁就比她剪裁衣服的困难多得多。何况人物性格比在舞台上还要鲜明，喜剧效果比在舞台上还要强烈，地域特色比在舞台上还要浓厚……但是有了前一次拍摄《包公赔情》经验的肖导演，更加得心应手。她汰去琐碎的过场戏，剔出平庸的台词，该减的地方她大刀阔斧，该增的地方她浓描重绘，尽力展现电影的魅力。

比如在舞台本《桃李梅》的《喜讯》一场中有四句伴唱：

> 挨到中秋秋风冷,
> 盼来佳节节无情。
> 低声唤珮珮不语,
> 泪眼望月月不明。

在剧场演出,观众只能听到一段还算中听的伴唱。但在影片中,肖导演精心营造一种诗意浓浓的风冷月暗的秋夜情景,使观众闻其声,临其境,心动神迷。

肖桂云肯钻研,敢创造,她一眼盯住吉剧的绝技——手绢和长水袖。但她绝不脱离人物和情节单纯卖弄这些技艺。

她用直甩出去的长长的水袖来表现剧中人物的愤怒,而且用电影艺术的定格来强化这种愤怒。

我同肖导演相识的年月不短,相聚的时刻不多。但忘不了她那厚重的女中音,更忘不了她那双清亮的聪明的眼睛。这双眼睛有敏锐的艺术感觉,有宽广的艺术视野,更有难得的悟性,据我所知,《包公赔情》和《桃李梅》是肖导演独立拍摄的两部戏曲片。

我以为戏曲片不易拍,费力大,不讨好。导演非但要懂电影,还要懂戏曲,还要探索戏曲影片的新路。肖桂云拍摄的这两部戏曲片,是认认真真的创作,是她电影导演生涯中扎实的起步。

(2002年)

胡昭走了

2004年2月5日，忘记了阴、晴、风、雪，只记得胡昭走了。

我正在医大一院输液，出院后去看婷婷，她满眼汪泪，先指阳台上特为胡昭安排的精巧的桌椅，她说爸总算坐过了；又指柜橱里的面条，她说爸最爱吃沃尔玛的细面条，我跑去买回来，未等下锅，爸就走了，再也吃不到了，再也吃不到了！婷婷说罢大哭，蓦地，想起当年我第一次见到胡昭和陶怡牵着手的那个任性的小婷婷，如今爸妈都把手撒开了……

婷婷的母亲陶怡，1953年和我同在蛟河保安屯采访。陶怡文文雅雅，话很少，一提起胡昭，开口便说这人笨、嘴笨、心更笨。我奇怪她为什么贬他。后来了解他们正在情书往还，才明白，贬也是爱。

其实，胡昭心不笨，他心中燃着火，爱的火，憎的火。18岁就到朝鲜战场采访，写出《军帽下的眼睛》等名篇，随后又出版了《光荣的星云》《小白桦树》《草原夜景》等诗集。新中国成立初期的胡昭，不仅在我省，在全国也是备受瞩目的青年诗人，足可佩戴诗人的桂冠。

谁料到1957年，换上另一顶帽子，名下削去同志二字。1966年以后又被流放到农村。胡昭有诗也憋在心里，只能辅导许多诗歌爱好者写作。我记得胡昭也未停笔，1969年前后，他曾领婷婷到位于长春市的吉林人民出版社校对稿件。到我家才知道他参加编写《赤脚医生手册》。1970年出版后他赠我一册，我珍藏至今。每次翻看医药常识，都想起诗人编写医疗手册的故事。

　　胡昭接下去的故事，岂止是悲，那是惨！胡昭从右派到流放，一步一坎，他都挺过去了。陶怡逝世是胡昭很难跨过的坎。但是我与胡昭相识多年，他总是沉沉稳稳，平平静静，欢喜时不会大笑，愤怒时不会大喊，悲痛不知是什么样子。

　　冬林，就是敦敦，在他写的《想你，妈妈》中说，妈妈死后，有时听到爸爸令人心碎的长叹，我想：如果没有我和妹妹，他也会跟妈妈去的。

　　胡昭也会长叹得令人心碎！

　　敦敦又说，爸爸曾买回来妈妈最爱吃的半红的四颗梨，把归妈妈的那颗梨送到她的坟头上。离开时，梨子滚落下来，爸爸又回去，把它用土掩住。剩下三颗，我们三个人吃了，同妈妈一道吃了。晚上，爸爸读莱蒙托夫的《恶魔》给我们听，他流了泪……

　　重感情的胡昭，在粉碎"四人帮"以后，迎来他诗歌创作的又一个高潮，先后又出版了《山的恋歌》《从早霞到晚霞》《人生之旅》《瀑布与虹》《生命行旅》等诗集。出现了不少他见景抒情的好诗，特别是那些刺得他心痛的题材。比如他献给张志新烈士的《也正是这个日子》。

　　又如，在悼念也是被残害致死的亡妻的《心歌》中写道：

　　　　我没有泪水哭你
　　　　喉咙里没有声音
　　　　嘴边上没有话语

懦怯的眼泪你从来蔑视

我也早已耗光了那种液体

泪水泡软的骨头

恶鬼嚼起来省牙

咽下去没有声息……

胡昭这些撕心裂肺的诗句,是他真情的奔流。可叹因种种观念的捆绑,不能尽情地倾泻,这是他的遗憾,也是我的遗憾。

胡昭的热情也表现在他对师友和同志的那种朴实的关怀中。

1984年,他和我同在吉林省作家协会的党组工作,他平素很少在群众面前讲话。一次,省作家进修学院让我去讲课。在我刚要开讲的时候,胡昭突然抢过话筒:"我是为王肯同志说几句话,大家只知道他是戏剧家,不知道他是大学的美学老师,他也是诗人,他写的《高高的兴安岭》《草原到北京》传唱很久……"

我明白他是怕同学不认真听我这个写戏的讲课,才为我铺垫。这位不声不响的同志破例为我当众说了那么多的好话!他本来是不会在这种场合多张口的老实人。

如今胡昭走了。我感到这些年来对他的关怀很不够。只盼他的子女让他放心!敦敦在写作上可以说已经超过如我这样的父辈,只盼他收收火性,养好身体;婷婷已经长大了,也懂事了,只盼她有一个她父亲盼望的美好的未来。

(2004年)

可敬的永江

他很少和人争吵，很少发脾气，很少张扬自己，总在无声无息地工作，但我认为他是一位可敬的犟人——于永江同志。

他从新中国成立后，从舒兰县到省文化局，始终抓二人转工作，几十年如一日，记录、搜集、积累二人转的资料，只从他编写的《吉林省二人转记事》中，可以找到从1947年至1984年吉林省二人转一些大小事件（1984年以后照样记载，可惜我没见到印刷本）。这样的工作，没有一股犟劲是坚持不下去的。

一是自己记录。凡他参加的与二人转有关的事件，都逃不过他的眼睛。

二是不断地向当事人打听，他没有亲自参加的，也都躲不开他的耳朵。

三是细心保存资料。凡是二人转各种会议的议程、出席人员、讲话稿、节目单等均细心保存。

四是编辑。吉林省文化厅出版的《二人转传统剧目汇编》《二人转诗话集》以及东北三省研究所编印的《二人转小辞典》等，均有他的心血。

五是抢救。只谈与我有关的两件事，一件是1958年我下放修公路前，把收集的二人转剧目整理成册，后被于永江同志取走，有些编印在《二人转传统剧目汇编》中，当时的右派不能署名，但剧目得以保存下来。

第二件，是我当时搜集整理的《二人转说口》一大本，交给文化局，不见了。后来多亏他在文化局地下室废纸堆内找到原稿，后经顾玉增整理补充,印成《二人转说口》。

我常想,多亏有了于永江这位执着认真的同志,才为二人转保存了许多难得的资料。

《药言集》读后

段有江同志选辑的《药言集》,是一部对读者有益的新书,书名也很新鲜。

"药言"一词虽生疏却可咀嚼。

"药言",大概取自"良药苦口利于病,忠言逆耳利于行"。这"药言",可养性,可"疗伤",可律己,可诫人,作者精心选辑,为的是引导人们多做好事。

"药言",还有另一层意思,选自不同时代的名言,今日看来,难得句句是警句,条条是信条。"药言"可对"症"下药,君子可用来自勉,小人可以之自疚,为人师者,为父母者更可同青少年一道针对不同情况,选读那些有利于健康成长的句子,避免某些"药"的"不良反应"。

这部《药言集》又是一座小小的文库,汇集了许许多多古今中外的名人佳句和常言俗语。某些短短的"药言",往往闪烁智慧的火花,凝练深邃的思想。拓取者、抗争者、悔过者、为文者,均可从中采撷,从中得到启迪和领悟。

这部《药言集》更是一本思想道德建设的好教材。青少年是祖国的未来,民族的希望,有目的地选读那些使他们奋力向上的名句,对他们的学习和生活都有难以估量的作用。

《药言集》出自年过花甲的段有江老师之手。早年他把全部精力献给了党的教育事业。前些年他又热衷于文学创作，联系了一大批文学爱好者，在通榆这片热土上，办起了第一个群众性文学创作组织——"丹顶鹤文学社"，为推动群众性的文学创作，为繁荣鹤乡文化尽心竭力。现在，他又耗费了多年的心血，查阅了古今中外的一些名著和资料，结合自己的教学经验，编成了这部《药言集》。他的这种执着追求、不懈进取的精神，可亲可敬。

　　希望这部《药言集》能受到广大读者的青睐！

（2002年）

实干的王充

　　近年每逢春节，常同王充第一个通话问好。谁料去冬他倏然病逝，再也听不到他的声音了。

　　王充生于1932年，吉林古镇乌拉街人，1948年参加革命。曾任吉林省广播电台文艺部主任兼广播曲艺团团长、省电视台台长、省文化厅副厅长、省曲艺家协会主席和中国曲艺家协会理事等职。我感觉不论在任何岗位上，他的内心和他的穿戴同样朴实，他始终是朴朴实实竭心尽力的人民公仆。

　　王充耿直，正派，不逢迎，不矫饰，不会说套话假话。他患严重的高血压心脏病，对工作，舍命挑重担；为自己，从不向组织伸手，调工薪，分住房，先让他人。

　　一次，我到这位副厅长家。他住在集体宿舍的一楼一角，向阳一间，双层床供妻儿享用；阴面堆满书刊的小屋，留给自己挑灯读书写作。后来听说他喜迁新居，春节去看他，一无中厅，二未装修，阴暗寒冷，在室内穿棉袄棉鞋过冬。按他的情况本有机会再调房，他却再也不迁动了。

我敬重他的博学多艺，更敬重他的情操亮节。他用心血为吉林文化创造的业绩，常激励我检查自己前进的脚步。

单说他在曲艺方面的辛劳。五十年代初，群众要听评书。从1953年起，他在吉林电台播讲了《水浒》《三国演义》《铁道游击队》《保卫延安》《铁水奔流》《林海雪原》《红岩》等三十多部。他那苍劲深沉的声音响彻吉林大地，年轻听众称他"王充老爷爷"。哪知这位"老爷爷"原是二三十岁的电台文艺部主任，并无评书艺人的师承门户，唯有固桐晟、袁阔成等评书界的挚友和勤学苦练的执着精神。领导考虑他文艺部工作繁忙，又要编稿审稿，决定停播评书。不想，立即引起听众的谣传："王充有病了"，"王充是大特务，牙上装有发报机……"只得继续播讲，直到1966年。

五十年代初，吉林的曲种很少。王充任广播曲艺团团长期间，先后请来单弦、相声、快板书、京韵大鼓、乐亭大鼓、梅花大鼓、东北大鼓、河南坠子等有名的演员和弦师，还试创吉林琴书，使塞外吉林成为北方曲艺的一方热土。转瞬到八十年代，王充又请其中一些年过半百的艺术家到吉林省戏曲学校曲艺科任教，为北方曲艺培养出一代新人。

王充抓二人转更狠。他狠抓人才和曲目，更抓深入村镇厂矿为群众演出。吉林省民间艺术团成为群众喜爱的"大篷车剧团"。出现"二人为了万人转,万人围着二人转"的动人场面。这种作风一直坚持到今天。

王充还抓基层二人转的曲目创作。我曾多次随他顶风冒雪下到市县,一不劳当地领导陪同,二不受设宴迎送,见餐桌摆酒,转身便走。王充始终以普通干部的身份,白天不顾体弱多病,不厌其烦地同创作人员平等交谈。夜深人静,常见他一个人在灯下默默阅读。从未见他上过牌桌,下过舞场,我感到王充除了工作和读书,仿佛别无所好。

去年他住院,病床上依然摆放好多书刊。他身体瘦弱,却嘱咐我不可过累,并精神抖擞地谈起吉林曲艺的发展。我眼望这位为革命劳累一生的好同志,钦佩他,心疼他,如今也更加想念他……

(1999年)

龙首山上的山里红

我喜爱龙首山上的山里红。

更喜爱像山里红那样生命力强的铁岭民间艺术。

铁岭有一批敢走新路的艺术家,我熟悉的忠堂同志就是其中的一位。

忠堂的长处,那是由于他长期做群众文化工作,因而能比较注意群众感兴趣的人和事。他好写像《摔三弦》《摔葫芦》等戏中的算命的、卖假药的等较有声色的人物。这类人物,嘴里有生意经可说,手中有三弦等可弄,搬上舞台,容易引起观众的兴趣。这一点可取,但希望不满足于这一点。人是复杂的,人的复杂的内心纠葛会使观众更感兴趣,会有更大的震撼力。

忠堂的另一长处,是对他要写的东西抓住不放。不能说忠堂是才思敏捷的快手,不过他能使闷劲,肯不断地琢磨并不断地从生活中提炼动人的情节与语言。这一点也可贵,但也希望不满足于这一点。只有不断拓宽心胸与眼界,不断地充实新的知识,才会对人生看得更透,对人看得更深。

忠堂的戏,获过不少奖励,听过不少掌声,成果可谓不小。但我向来认为一位作家只有经常感到自己的成果不大,甚至很小、很小,才会像山里红那样经得住风雨吹打,不失活力。

相信忠堂会走一步留下一个脚印,而且一个比一个更深。

(1989年)

不屈的王彻

王彻同志是有影响的北方曲艺作家。可惜他屈死在十年内乱之中,离开我们已经十多年了。如今留下的一摞文稿摆在面前,我边读边想,他不仅为我们留下一些好作品,也为我们留下一些好经验。

一

王彻的名作《送鸡还鸡》中的鸡,是东北的野鸡,它翎毛美丽,又有野味,独具一格。王彻的语言就是这样的风格。

说唱艺术,语言功夫很要紧。王彻的语言,采取东北人民生动新鲜的口语,但不卖弄方言土语;吸收古典诗词、说唱的精华，但不搬用陈词滥调。既朴实又有文采。如《姐妹观榜》的开头：

> 雁过长空一色秋，
> 欢乐不尽唱丰收；
> 劳模会上夸魁首，
> 光荣榜下看鳌头。
> 有意栽花花枝瘦，
> 无心插柳柳条抽。

王彻语言的地方色彩，不靠生僻方言的滥用，而是精选东北人民常用的语言，用东北人民习惯的表现方法，来描绘东北人民熟悉的事物。如在《送鸡还鸡》中，他这样描绘那一对野鸡：

> 一对野鸡枪上挂，
> 忽悠忽悠直晃荡。
> 那野鸡胖胖的胸脯，长长的尾，
> 五色翎毛闪闪发光。
> 翎毛好比那个猫儿眼，
> 尾巴足有二三尺长。
> 叫人越看越爱看，
> 就好像妙手丹青画的那个凤凰。

王彻语言的又一个特点，是俗而不俗。他的语言很通俗，但不庸俗；很幽默，但不油滑。他特别善于写人物的对话，有好多性格语言，令人拍案不已。如《愚公移山》中智叟的一番议论，就如见其人。当愚公请智叟指教时，智叟是这样回答的：

> 智叟微笑说声：不敢。
> 妄言之兄是听！
> 想当年夸父曾追日，
> 精卫誓把海填平；
> 老兄移山空前后，
> 普天之下仰高风。
> 可惜追日的毕竟追不上，
> 填海的万年抱恨也没填平；
> 细思量追日填海无非做梦，
> 雄心虽大不可苟同，
> 前车之覆后车之鉴，
> 当事者迷旁观者清；
> 老兄呀，海自深来河自浅，
> 山自高来地自平；
> 马不生角牛不下蛋，
> 叶自绿来花自红；
> 劝老兄得放手时且放手，
> 能消停处且消停……

看！智叟的话，又生动又具体，已经够精彩了。但王彻写东西，

想得深，写得透，绝不浅尝辄止。他写智叟劝愚公"消停"，还
具体地写出怎样个消停法：

闷来东园观蝴蝶，
闲到泉边听水声，
几曲瑶琴能移性，
一枰棋子可长生；
牙齿不好饭须烂，
烧酒虽甜量要轻……
休怪我心直口快扫你兴，
我看你老迈年残连个山毛也挪不成！

瞧！王彻多么理解智叟！又多么善于运用语言来刻画人物："牙齿不好饭须烂"，嘱咐得多么细微有趣，一个"须"字的运用，又多么像一个古代人的语气；"烧酒虽甜量要轻"，关怀得多么亲切得体！"烧酒"一词，又是东北群众习惯的叫法，听来更易入耳。而观蝶、听泉、弄琴、玩棋、吃烂饭、喝烧酒，是多么惬意的"消停法"，何苦老迈年残，干那"连个山毛也挪不成"的傻事！

王彻的唱词是唱诗。王彻这位曲艺作家是诗人。这一点，对我教育颇深，我想对从事曲艺创作的同行，是会有启发的。

二

王彻的诗人气质，不仅体现在他的语言上，更体现在他的

构思上。

《三棵白杨》是王彻的另一代表作。白杨是这篇作品构思的核心。王彻写唱词,绝不图解政策,也很少从概念出发。他总是从生活出发,而且是有感而发。从事曲艺创作,像王彻这样认真地从生活中抠东西的同志是不少的,而王彻并不满足于描绘一些生活现象,他十分重视构思。而王彻的构思,又不满足于构思的精巧,他更刻苦地追求一种意境。《三棵白杨》的魅力,就在于此。

解放战争时期,一位翻身后的农村妇女,手拉着大儿子大祥,怀抱着二儿子二祥,送丈夫参军。她唱道:

> 我一送送到凤飞岗,
> 二送送到锁龙塘,
> 锁龙塘里龙脱锁,
> 凤飞岗上凤飞翔。
> 有心再送你几里路,
> 怕只怕挤坏二祥和大祥,
> 将军岭前站一站,
> 眼望队伍奔前方,
> 渐行渐远瞧不见,
> 夕阳渐淡日影长。
> 怀抱孩子回家转,
> 门前栽上两棵杨,
> 早晚打水浇杨树,

精心种地教儿郎。

后来,丈夫打过了松花江,生下小祥,又补栽一棵树。这三棵小白杨树,在风雨中成材;这三个小儿郎,也在风雨中成器。革命的后代,要像那样茁壮成长,迎风挺立。这是王彻在生活中感受到的问题,激发起来的情感,捕捉到的形象。王彻确实是像写诗那样来写曲艺作品。有意境才使人有回味的余地,才能以情感人。

三

曲艺要写情,特别是唱词,无情是写不出好词来的。情也是编不出来的。王彻是个正直的人,是个不说假话的人。他对祖国、民族和人民,有真情实意。他的作品,从内容到形式,总在不断地探索,不断地磨炼,百折不挠,精益求精。王彻开始写作时,并不年轻,为什么不断有好作品问世,进步颇快?

有人说:"王彻写愚公,他本人就有愚公精神。"这话属实。他在《愚公移山》中写道:

你可知我收工常踏霜痕月,
睡觉只盼晓鸡鸣,
磨破肩膀不知累,
震裂虎口不知疼。
怎不知疼,怎不知累?
怕的是时光难再岁月无情,

怕的是碌碌一生终抱恨,
怕的是愧对儿孙愧对后生。
因此才翻山不避千重雪,
越岭不避顶头风,
烈日当头我们昂头而立,
饥饿难忍偏要挺腰而行。
……
说愚就在愚字上闯,
明知山有虎,偏在山里行。

这是王彻写的愚公,确实也是他自己的写照。王彻肯吃苦,起早贪黑,带病写作,药不离身;王彻是硬骨头,不怕雪压风吹,至死昂头挺腰,不吐违心之言,不做违心之事。作为曲艺作家,更值得学习的,是王彻始终在"愚"字上闯。

王彻的愚,首先表现在对曲艺事业执着的热爱上。王彻生活根底较厚,艺术修养较深,他既可写诗歌,也可写小说。但他一心迷恋于被人目为"小菜"的曲艺。他说过:"群众的口味不一,小菜也不可少,要紧的是要把小菜做好!"他认为从事曲艺创作的同志,不怕旁人轻视,最怕自轻。只要认真探索,刻苦实践,曲艺同样会出现珍品,会出现名家。而且,只要广大群众喜爱,这就是最大的幸福。王彻对曲艺忠心耿耿,从不动摇。

王彻的愚,还表现在对生活的深入研究上。有人认为曲艺创作并不需要深入生活,看一段报纸就可以写,听一段故事也可以编。王彻却从不取巧。他在双阳县时，就经常住在农村。后来调到省里，他和我一同到榆树县弓棚公社，结识不少农民朋友。他认为曲艺创作上不去的重要原因，是生活根底太浅。

王彻的愚，又表现在他对古今中外艺术遗产的刻苦钻研上。王彻的财产，唯书而已。他的收入，大部分用来买书。他写鼓词，当然学鼓词；写二人转，也学二人转。但他博览群书，不断丰富自己的知识，开阔自己的眼界。他读古今中外的名著——既读作品，也读理论书。他主张写小作品也需大学问。

王彻的作品，语言之所以独具一格，构思之所以别有新意，是和他深厚的生活基础、渊博的知识分不开的，和他对曲艺事业的热爱也分不开。

翻阅王彻的文稿，我无能力全面评价这些作品。写几条粗浅的意见，一是我学习的一点心得；二作为对亡友的怀念。王彻生平，有王玉海同志为他撰写的小传，春风文艺出版社的同志肯把王彻的遗作编辑出版，我表示衷心的感谢。

（1982年）

三记　东海舰队水兵与写戏人

于雁军的考题

　　1982年，凤子、张颖、吴祖光与我等人组成的中国戏剧家代表团访问了东海舰队。

　　东海舰队，对我们的食宿格外关心。住在一色红木家具的厅堂里，看着气派，我一坐一咧嘴，凉！东北倔强的老乡于雁军，看在眼里，知道我这住惯了东北火炕的人，享受不了这高档的红木家具，看看我，没说啥。

　　一次，在东海舰队招待的晚餐会上，文静的张颖同志说："早年，测人身份，摆桌筵席，一伸筷，便知来自名门，还是出身绿林……"

　　东北老乡于雁军看出我口不言，心不信。这位心直性耿的女作家此番也许有意提高她土气的同乡水平，便指点桌上的盘碗问我：

"吃鱼你吃哪儿？"

"鱼脊背呗。"

"吃鸭呢？"

"吃鸡呢？"

"还用问，鸡大腿呗！"

于雁军哭笑不得，请张颖同志这位章文晋大使的夫人告诉我。原来文明吃法，鱼吃唇，鸭吃掌，鸡吃翅……

我确实增长了见识。

不过积习难改，此后会餐，唇呀，掌呀，翅呀，均留给文明的同志们享用，我抄起关东响马的筷子，还是往那鸡腿一类肉厚的地方伸……

（1982年）

魏明伦的下联

1982年秋，随中国戏剧家代表团访问东海舰队。

一路上，我这鼾声如雷的东北佬，常同四川鬼才魏明伦宿一室。他才鬼人不鬼，仁义，从不嫌我扰他的清梦，还夸我鼾声不温不火，恰到好处。

我与他相识，是在20世纪70年代的北京发奖会上。他向我介绍他那劳苦的妻子，他说她年纪不大，为他受罪不小，这次到北京，也把从未离乡土一步的妻子带来开开眼界，我很感动。他的戏《易胆大》《巴山秀才》等，均有戏，这不奇，因为他9岁下海，艺名"九龄童"，16岁自编自演《冲霄楼》，奇在他的文采出众。我以为他也读过大学,他说小学也没读完,全凭自己苦读诗书。真是能人!

能人难免有缺欠,他不会吃螃蟹。

一日登大榭岛,海军煮鲜蟹款待。

凤子、张颖和吴祖光等老同志,吃得有章有法,干净,文雅。我偷着学他们的吃态,心有余而手不灵。再看身旁的魏明伦,手比我还笨,胡掰乱啃,旁若无人……不由得涌出一上联,悄悄咬他的耳朵:

"大榭岛,小明伦,乱咬横行蟹。"

他瞟我一眼,不吭一声。

后到宁海南溪温泉,正想洗去一路风尘,急匆匆奔向瓷砖砌成的温泉浴池,不慎滑落池中,呛了一口……

魏明伦也悄悄把我的耳朵咬住,对一下联:

"老王肯,南溪泉,猛吞百味汤。"

百味?好!

(1982年)

小字辈的诗

1982年秋,途经幽美的新加坡李光耀的故乡大碶镇,到快艇支队访问。官兵列队欢迎,好嘛,官兵都是小字辈,小艇长、小政委、小战士,小模小样,普普通通。

谁料我和于雁军上了导弹艇,采访一位普普通通的小战士,却使我暗暗吃惊。为了增强臂力,用木箱装石块充当鱼雷,搬上搬下，千次万次为的是临战一次，任他两臂酸疼，热汗滚滚。这位普普通通的战士又争分夺秒练眼力，两年半没睡过午觉，他用诗一般的语言，说他苦练的情景：

  白天瞄准一只只海鸟，
  黑夜瞄准一颗颗寒星，
  茫茫大海的一丝丝变动，
  都逃不出水兵的亮眼睛。

我问他，为什么不怕劳苦？他说：

  打不准对人民犯罪，
  打得准，为祖国立功。

还是诗！使我在懒散时常想起小字辈的诗！

（1982年）

藏在深山的天童寺

  平生最喜欢游寺院。今日访宁波东乡太白山麓的天童寺。经小白岭精巧的"五佛镇蟒塔"。塔前满地灰黄夹黑心的卵石，传说是心镜禅师喂蟒用的，俗称"石馒头"。这塔好似进入天童寺的一个"岗哨"。

  过小白岭，路旁古松耸立，人称"深径回松"。又进一片竹林，

所谓"凤岗修竹"。再跨"清关桥",便到天童寺,好一座藏在深山中的古刹。正如王安石诗中说的:

> 村口桑柘绿浮空,
> 春日莺啼谷口风。
> 二十里松行欲尽,
> 青山捧出梵王宫。

天童寺于晋朝永康年间开始创建,已有一千六百多年的历史。原有990间房屋。山门口有"琵琶石",石上顿足,回音如琵琶弦声。

天童寺盛时,僧数千人。高僧辈出,号称"东南佛国",至今在日本仍有好多信徒。日本"画圣"雪舟,于15世纪中叶曾到此地。噢,雪舟来过?我恍若看见四百多年前他迈进庙门……

(1982年)

潜入大海

儿时幻想飞上天,如今飞机坐腻了;儿时也幻想入大海,今天在大榭岛实现了。

访大榭岛潜艇支队,潜艇首长用海鲜款待,吃"中华绒蟹",还有少见的"秃鱼",但我最感兴趣的是每人发一包"压缩饼干",招待我们下潜艇,品一品潜入大海的滋味。

水兵热情地扶我下艇,艇内热气扑人,不见天日,喘喘吁吁参观了机房和水兵食宿的狭窄的空间,下海可不如上天,天哪!闷在这里可怎样生活!

艇长介绍,有一次远航,闷了四十多天。登岸的时候,水兵们走路摇摇晃晃,多日不能洗澡,身上的汗水成了糨糊⋯⋯

往日,在岸上,在城市大街上,看见穿洁净的"海魂衫"的水兵,好神气!怎知他们吃多大的苦,默默地完成很难完成的任务。

(1982年)

再游绍兴

10月26日,早上起,海军沈部长、陪凤子、张颖、吴祖光、李之华、兰光、于雁军和我们几个还不算老的汉子,赴绍兴。途经上虞,传说祝英台生于这里的祝家庄。沿途姑娘多穿红、绿、藕荷色新衣,仿佛满眼尽是英台。

二次游绍兴,依然游不够。

总理祖居,百草园,三味书屋,秋瑾的家和大通学堂,徐渭的青藤书屋,王羲之的兰亭、鹅池,还有戒珠寺的传说颇动人。王羲之失珠,疑帮工的僧人窃去。后杀鹅见珠,羲之悔恨不已,倾家产建戒珠寺。

前年到陆游题壁的沈园,只见宋井和葫芦池,这次正在修复房舍,禹陵雄伟,东湖真俏丽。购咸亨酒家的茴香豆十余袋,准备送给贪酒的朋友。

午餐在绍兴饭店吃"霉干菜",喝"花雕酒"。又品"加饭""善酿""无红""香雪"。绍兴的酒醉人,景物更让人醉。

到宁波后,海军同志很怕我们不开心。短短几天,已经走访鄞县、奉化、慈溪、镇海、余姚等地。绍兴游一长日,回到宁波已满城灯火了。

(1982 年)

"腾出您的手……"

访蒋介石故乡溪口村。"素园"的月季奇大。蒋经国故居修葺一新。又登小白山访蒋母墓。山路卵石砌成,天热难行。海军派来陪护我们的小景大夫本来是位单薄的女孩。自己气喘吁吁,还替我们背毛衣、风衣,很感人,我边走边凑几句不叫诗的诗:

> 海军对我们"娇生惯养",[①]
> 怕饥怕渴怕热怕凉。
> 又派来舰队的医生,
> 一位戴眼镜的姑娘。
>
> 她日夜护理,不声不响
> 看她一眼都替她心忙。
> 散步,她默默地跟在身后,
> 出海登山,她还是"全副武装"。

右手拎着鼓鼓的氧气袋,
左肩挎着沉沉的保健箱。
天热我们脱掉毛衣风衣,
她都抢去背在身上。

看她脸上汗珠滚淌,
都想伸手帮她忙忙。
她微微地摇头一笑:
"腾出您的手,多产些精神食粮。"

注:
①海军对我们非常关怀,有位老作家戏称对我们"娇生惯养"。

(1982年)

访"天一阁"

今日,访心驰好久的"天一阁"——我国现存最古老的藏书楼。创建人范钦,号东明,足迹遍及大半个中国,到处搜集辑录书籍。因为和权臣严嵩父子不睦,辞官回故乡宁波,在嘉靖四十五年(1566),造藏书楼,名"天一阁",取"天一生水,地六成之"的含义。楼上一大统间,排列书橱,干燥通风;楼下并排六间。客厅有沙孟海墨迹:"建阁阅四百载,藏书数第一家。"还有郭沫若的题联:"好事流芳千古,良书播惠九州。"

"天一阁"独具特色的书籍,一类是明嘉靖年间刻印的全国各地方志274种;一类是明朝乡试、会试登科录411册。好多珍品用樟木箱盛放,用芸草防虫。范钦他怕死后藏书散失,立下"代不分书、书不出阁"的遗训。遗产分两份,由两个儿子挑选。次子得银万两,长子范大冲要全部藏书。

常言说:"有其父必有其子。"对范钦父子来说,只对一半。

(1982年)

珞珈山上的水兵

乘"东交70号"交通艇赴舟山群岛访猎潜艇部队。定海是群岛首府,军事要地。满街鱼鳖虾蟹,还有慈姑。金橘好怪,先吃皮,后吃肉,皮甜肉酸。

最难忘的是游四大佛山之一——普陀山。普济寺不肯去,观音寺令人心净,海岸百步沙,白沙洁白。

晚宿海军招待所,遥闻寺院钟声,大海涛声。一夜无梦,当是最佳梦境。

翌日,乘游艇,奔赴神秘的珞珈山——大海中一座孤岛。

岛上有哨所,六名水兵守护,班长是大连人,五年没回家,向我打听家乡情况。生活很苦,平常接雨水,存水窖里,用来解渴烧饭。断水时,只得到岛上小小的观音寺的小井,向岛上仅有的两位居民,也就是两位老尼姑讨水。水兵也帮助老尼姑干些粗活,岛上的军民关系很好!

水兵们养过鸡,满山生蛋,捡不到。也养过小猪,滚落深涧。

唯有养花草自娱,别说,珞珈山的水仙很有名。水兵选些最佳品种赠给我们。

午间,吃我们带去的罐头糕点,也算珞珈山上难得的盛宴。

临别时,水兵列队到岸边相送,细雨蒙蒙,频频挥手。不停地高喊:"欢迎再来!欢迎再来!"水兵的声音远了,远了。

我看见凤子、张颖的眼睛湿了……

(1982年)

最动心的还是……

东海舰队司令部、政治部邀请我们访问团到总部送行。首长诚挚地希望多到海军来。

回想这十天,舰队领导一方面让我们了解海军,一方面也让我们游览东海一带的名胜。政委说你们是艺术家,有些是著名的老艺术家,天天和水兵在一起,体力吃不消。能到舰艇上看看,对海军就是很大的鼓舞。

这十天,凡是我们经过的海军部队的官兵,都待我们如家人。陪同的沈部长、王跃成、小景大夫等同志更是寸步不离,关怀备至。

明日将离东海,真有些动情。灯光下又写了几句:

我踏过八百里瀚海的碱滩,[①]
我穿过长白林海的云烟。
这次来访陌生的东海,

一双眼装满了新鲜。
忘不了海边的"遮天蟹",[②]
忘不了佛岛普陀山。
站在巨大的"心字石"上,
禁不住一阵阵心酸。
十年内乱,我和兵有些疏远,
此番来访本想看海看山,
山和海真有看不尽的美景,
最动心的,还是水兵的海魂衫。

这些话是我在东海十天最突出的感受。

注:
①吉林西部的沙碱地,俗称"八百里瀚海"。
②也叫红钳蟹,一只钳特大,爬行时高高举起,好似"一手遮天",故称"遮天蟹"。

（1982年）

锲而不舍

中一同志送来他最近记录整理的民间艺人高发口述的二人转传统剧目。厚厚一摞手抄本,竟有27段之多。我不能每段都看,但正如中一同志所说,大多是未见过文字或有些是将要失传的段子。从内容看难免良莠并存,从艺术上看也精粗不等。但刊印成册作为资料保存起来，仍是一件有意义的工作。其中有些段子，经过改编整理仍可活在二人转艺人的口头上。

关于这些段子的出处与评价，中一同志在他的《高发简历》和《后记》中已经说得很清楚了。这里，我就不再做细琐的评说了。

我想说的是搞民间艺术研究仍需一种锲而不舍的精神。

去年寒冬，中一同志告诉我，省艺术研究所领导同意他下去记录一些二人转剧目，我自然是赞成的。我知道一定还会有不少段子未经记录整理。但又担心他那病弱之躯能否完成这繁重的工作。同时，在大部分传统剧目已经印刷成册的情况下，特别是在对二人转的调查研究已经有些冷落的情况下，他仍坚持做这种旁人不大热衷于此的工作，我是很佩服的。

我以为过去我省同志虽然对二人转做了大量的收集、整理和调查研究的工作，但远远未完。我们对二人转还不能说已经很了解了，对它的特征规律还并未掌握得很准确。中一和我接触二人转时间可说不算短了，但对二人转不敢说已经熟悉了。我们不过是做了一些开头的摸索，还需要一种锲而不舍的精神深入进去。

更值得注意的是二人转正在发展，它的剧目表演也在不断地变化，这就需要不断地进行调查与研究，当然也需要不断地收集与整理新出现的流传在民间的二人转资料。

（1990年）

四记　海外执拗的友人

赵如岚把二人转引进哈佛大学

1981年6月初,中央民族乐团的竹风同志来电话,说美国哈佛大学的赵如岚教授要到吉林省考察二人转和吉剧,请我多关照。

但当时接待外宾得向省里有关部门汇报,我早知道赵如岚就是赵元任的女儿。赵元任是中国五四时期名人,1910年考清华公费留学生到美国学物理,学哲学,还学音乐。他在音乐方面造诣深,他和黄自是当时中国有名的音乐家。他谱写过《卖布谣》《教我如何不想她》,这些歌我们都在沈阳东北大学演唱过。因此对赵先生分外敬重,自然对他女儿要接待好。我向吉林省委宣传部请示,答复可以给她一些资料,允许她录像。

6月11日,赵如岚到长春。她是一位性格开朗、坦率热情的美籍华人。

在吉林省戏曲学校的排练室，播放了吉剧《包公赔情》、拉场戏《回杯记》、二人转《猪八戒拱地》《杨八姐游春》等节目的录像，赵如岚被深深地打动了，边看边问，格外仔细。

她说："美国人只知道中国有京剧，不知道中国还有这么迷人的民间小戏，我回去以后，一定向美国人介绍。"她要走了《杨八姐游春》的曲谱本。还说她在美国也开设关于中国民间说唱艺术的讲座，曾给学生讲过单弦《风雨同舟》。

赵如岚女士在沈阳和长春观看了二人转以后，认为这是非常独特的一种艺术样式。她真想让美国人了解，在风雪满天的中国边疆东北，有一种生命力极强的土生土长的百姓喜爱的艺术。

岁月飞逝，在与赵如岚女士第一次会面的六年后，于1987年4月，在北京召开了中国戏剧国际讨论会。美国、英国、德国、苏联以及日本、新加坡、印度等国的戏剧专家济济一堂。我也是此次会议的代表，第一天大会发言时宣读了论文《独特的我·你·他》（与马力合写），阐述了二人转独特的表述方法。赵如岚女士也参加了会议，她听了发言，感觉很新鲜，就抓紧一切时间交流。

当时，国内专家和国外专家在不同餐厅就餐，赵如岚女士特别有意见。她说我也是中国人，回一趟中国很不容易，多想在吃饭时间也与中国专家在一起。这人也够犟的，从此不听大会安排，吃饭总和国内同志一桌。这次，她十分高兴地告诉我，已经把二人转在美国大学讲授了，学生们反应很强烈。

1987年6月20日，她给我寄来了英文的二人转讲稿，其中有《杨八姐游春》的曲谱稿。

后来,她把《赵元任歌曲集》也寄给了我,厚厚一大本,我非常珍视。

(1987年)

美国明尼苏达大学刘君若来访

1980年夏,美国明尼苏达大学刘君若女士来访,她是一位文质彬彬、年过半百的教授。她很有礼貌地说:"在中国元杂剧和明清传奇中,常见到一些衬字和衬词,与唱词没有直接的关系,不知道为何会产生这种现象,特地向您请教。还特别想了解一下,中国的其他戏曲或民间说唱形式中有没有类似的情况?"

我说:"有。我对元杂剧没有研究,只知道在一些剧目如《窦娥冤》第三折中,正旦唱:'枉将她气杀也么哥。'这'也么哥'可能是衬词,在民间艺术中,比如东北二人转,这种唱词中夹杂衬字衬词的现象非常普遍。"我向她介绍了四种情况。

第一种,二人转是一腔多用,为了演唱方便,就加了一些衬字衬词。比如《西厢》的"一轮明月照西厢",用[胡胡腔]唱,不加衬字衬词就不够顺畅,因而在用[胡胡腔]演唱时就唱成了下面的情形:

一轮明月(呀)照(哇)西(呀)厢(啊,哎呀),

二八(那)佳人巧(哇)梳妆(啊),

三请(啊)张生(啊)来(哇)赴宴(那咿呀),

四顾（那）无人跳（哇）粉墙（啊）。

第二种，二人转边唱边舞，为了便于舞蹈，唱词中加了许多衬字。仍以上面的《西厢》为例，唱词在表演时被处理成：

五更夫人（那得儿嗨，咿呼嗨，咿呼那呼呀呼嗨）知道了（哇），
六花板拷打（哎，七不隆咚咿哟哎，八不隆咚咿哟哎）小红娘（啊，哎呀呀，哎嗨呀）。

第三种，帮腔衬字。比如在《王二姐思夫》中，王二姐唱：

王二姐未曾开口眼泪汪汪（啊），
（帮腔）琉璃蜡梅花（呀），蜡梅花
思想起二哥哥一去没还乡（啊），
（帮腔）琉璃蜡梅花（呀），蜡梅花。

东北二人转中的这种帮腔，营造一种气氛，丰富了听觉语言，从而产生美不胜收的艺术效果。

第四种，是有修养的艺人反对的衬字，他们管这种不需要的衬字叫"刺儿菜"，意思是不干净、不利索。比如，《燕青卖线》里的唱词"燕青卖线朝前走，眼前来到神州城"，本来很合适，可有的艺人却唱成：

（这个）燕青（那个）迈步（虎了巴地）朝前走，
（那个）眼前（这个）来到（虎了巴的）神州城。

这种衬词就没有必要，搅词，因词害意，听不清楚。艺人管它叫"这三那四""刺儿菜"。

东北二人转的这些衬字衬词，往往为了演唱的需要，加好了使人听起来顺畅，宜于宣泄情感，适于载歌载舞，便于帮腔烘托气氛。而加不好，就像那种"刺儿菜"，反倒影响唱词的表达，观众听起来费力。有些二人转艺人文化低，在记不住词时胡乱加，像"走着走着站起来走""闻听此言这么一句话"等等，也都属于"刺儿菜"一类。

我在接待外国学者的过程中，感觉到他们提出的问题都很具体。这些问题在中国学者眼中往往被认为是没有深度、缺乏学术价值的小问题。尤其在中国20世纪80年代的文化氛围中，强调宏观研究当然是必要的，但微观研究亦不该遭到冷落。

历史匆匆走过二十余个春秋，今日的文化崇尚已非同往昔，微观研究又在学术领域中占有一席之地，但今天一些微观研究过分了，也值得注意。

（1980年）

海外女作家陈若曦看《包公赔情》

1986年8月，吉林省委宣传部通知我，海外女作家陈若曦要来长春看《包公赔情》。

我好奇怪，我知道陈若曦生在台湾，留学在美国，"文化大革命"初期还回国住了几年，创作了有名的小说《尹县长》等反映"文革"的长、短篇小说。《尹县长》被译为英、法、德、日等七八个国家的语言，还是美国1978年最佳图书之一，她是在海外颇有影响的女作家。

我奇怪的是，陈若曦不像赵如岚，是研究中国说唱艺术的学者。陈若曦是访问过欧美和亚洲许多国家的作家，也看过芭蕾、歌剧、中国的古典戏曲，这样一位女作家为什么远到中国东北的边陲，来看这种在风雪中成长的艺术形式？

8月15日，陈若曦到长春，她给人的印象是朴实、坦率。她说远到长春的目的，是因为在沈阳的一个小剧场看了吉剧《包公赔情》《燕青卖线》，很感兴趣。沈阳的同志说，吉剧和这两出小戏产生在长春，在那里才能看到原作，才能了解吉剧是怎么在二人转基础上发展起来的。于是她改变了计划，专程到长春来请教。

我们非常欢迎她来。遗憾的是吉林省吉剧团在外地演出，只好看长春电影制片厂拍摄的电影《包公赔情》和《燕青卖线》，她说那也可以。我与长影联系，16日才能放映。15日下午，就安排她们到吉林省博物馆参观。

到博物馆以后，陈若曦对伪皇宫溥仪住的地方兴致颇浓，还对辽壁画等文物赞不绝口。她很敏锐，感受到东北这些文物与东北戏曲有些关系。她说："我看过很多戏，像在沈阳看《包公赔情》那样触动我的戏还不多。我以为戏剧和小说一样，最重要的是感情，感情才产生不同的风格。"

从博物馆回来，虽然是6月，但天气很凉，她们的衣服很单薄。吉林省作家协会就买了几条线裤送给她们。

16日，在长影的放映室，陈若曦一行看了吉剧《包公赔情》和《燕青卖线》，她也认为很好，但总感到不如在沈阳小剧场那么直接，那么动情。她问："是不是通过电影这种表述方式，就不如在舞台上和观众交流得那么直接？"我说："对，台上台下直接交流，比通过冰冷冷的银屏自然要更打动人。"

陈若曦又说："包公我是知道的，包公对他嫂子那种真挚的、像孩子般的真情，实在动人；他嫂子那种又心疼被铡了的儿子，又体谅到包公那种为国为民的忠心，也让我感动。可惜时间不多，不然真想看看二人转的《包公赔情》，王先生能否给我介绍二人转的《包公赔情》与吉剧的相比，有什么独特之处？"

我说，二人转就是一男一女两个人转，女的叫上装，扮成戏曲里花旦的形象；男的叫下装，扮成戏曲里小丑的形象。这一旦一丑既演包公，又演包公的嫂子。旦角演夫人，却不换上老旦的服装；丑角演包公，头上也不戴相纱，身上不穿蟒袍。吉剧是戏曲，演员人物装扮，唱词道白也都提炼。二人转是民间艺术，给农民看，包公的形象实际就是一个耿直的东北农民形象，唱词说口也都是东北农民的话。比如，他哀告嫂子原谅时说："我杀包勉你心疼，我也是嫂子你屎一把、尿一把，奶水养大的人。"在二人转《包公赔情》里，为与观众不隔，还加进了许多民俗，用二人转表述方式中的"丧葬篇"，唱死人以后怎么报庙，怎么摔丧盆子，在盖上棺材时怎么喊躲钉，出殡时怎么撒纸钱，入土时怎么跪着哭。每逢年节，怎么上坟，怎么烧纸,怎么拔掉坟上草,填上坟土,坟顶上用土块压上黄纸。观众听着二人转,就感觉唱自己身边的事,更亲切,更动情,更开心。而从非民间视角看,这些好像是多余的,是和情节不符合的。可正是这些不符合的反倒非常符合观众的心理。吉剧因为是要搞成吉林省的地方大戏,所以就不能用一旦一丑演,也得穿上蟒袍,也得符合戏曲的程式,但它有最可取的一点,就是保持了原来二人转中撞击人的浓重情感。

陈若曦很赞成这种看法,她也认为艺术确实是感情最重要。

台湾女戏剧家谈前卫戏

1986年2月,吉林省台湾办公室同志找我研究台湾女戏剧家马玉兰看二人转事。

据说马玉兰是研究西方戏剧的专家,好像还是蒋经国的亲戚。这无关紧要,要紧的是剧团正在放假,而这位女士真有股拗劲,不能在舞台上演出,请几位演员清唱也可以。

最终在她居住的长白山宾馆小会议厅,为她演唱了吉剧《燕青卖线》的片段,和单出头《红月娥做梦》,效果甚好。马女士惊喜地说:"《燕青卖线》也精彩,但好像改良的京剧,这种戏的形态不少见。奇怪的是你们的《红月娥做梦》好前卫呀!一个人又演小姐,又演媒婆,又描绘娶亲情景……这出戏好像受了西方前卫戏剧的影响。"我说这出戏这样传了二三百年了,要说前卫,不是从西方搬来的,而是中国古老的民间的"前卫"。

后来,在一次国际戏剧会上,英国的马登山,听我关于二人转的发言后，对我说："我们在英国正在实验类似二人转这种形态的戏剧，听您的发言后，我感觉在中国早就出现了这种戏剧。我们的实验，你们早做过了。"倒是东方戏剧家、歌舞伎专家郡司先生对我说，二人转类似日本的"狂言"，但比"狂言"灵活，随时代变化而发展，不像"狂言"那样讲门派。

后来我看了"狂言"的演出，果然如此。

赵淑侠与故乡土

赵淑侠是出生在东北的华人女作家。著有长篇小说《我们的歌》《落地》《春江》《塞纳河畔》，短篇小说集《当我们年轻时》《西窗一夜雨》，散文集《紫枫园随笔》《异乡情怀》等。

她成名于台湾地区，定居在瑞士，思念祖国的情感日甚。1982年不顾"台湾当局"的限制，悄悄回到隔绝30余年的大陆。她回到父亲的老家黑龙江省肇东市挖一包土，又到母亲的老家呼兰河，也挖一包泥土，带给台湾的双亲，这对远离故土的父母来说，真是无价之宝。

1989年8月，赵淑侠到吉林省作家协会访问，她说在呼兰河畔找到了外祖父的故居，院中那棵樱桃树居然还活着。她把樱桃苗和泥土带回瑞士，移种在自家小院，奇迹般地开花结果了。

她说虽然在瑞士生活，但根在中国，是地地道道的中国人，不能盲目地跟在人家后面跑，忘记了自己的来路，一张国籍证明，无法改变我的心，更不能削减对故土的关怀与思念。

五记　东北人的生活偏爱

车　和　我

人靠什么从小走到老？靠腿，也靠车。在茫茫苍苍的东北，我也坐过许多种车，车和我还真生发不少或悲或喜的故事。

没有车轮的摇车

早年，关东三大怪中的一怪：养活孩子吊起来（关东三大怪："窗户纸糊在外，大姑娘叼大烟袋，养活孩子吊起来"），吊起来的就是摇车。

摇车叫车却没有车轮，像一条桦树皮或椴木片制成的小船，船帮彩绘鲜艳，吊屋梁上悠来悠去，也叫"悠车"。

按乡俗，婴儿满月为"上车日"，也有出生七天就抱上车的。摇车最好由姥姥家送，我姥姥家又远又穷，妈妈向邻居胡婶借了旧摇车。

按乡俗，旧摇车悠过婴儿越多越吉祥。胡婶家的摇车悠过她家一个女娃，用东北话说还喂了狗了，就是死了。

按乡俗，抱上车的妇女当是有丈夫有儿女的"全命人"。我妈妈不忌生冷不信邪，偏请又孤又寡吃生葱生蒜的胡婶把我塞进她家的摇车就悠上了。

后来我发育正常。又后来在人生路上闪闪失失，跌跌撞撞，也怨不得胡婶的"半命"和她家的摇车……

威风大铁车

大铁车铁少木多，大是特色，也叫大车。

车轴，车毂，车辋，车辐，无一不大。

车轴连接车轮，又粗又壮；车毂穿插车轴，又硬又圆；车辋外镶铁瓦内接辐条，环形木框铆满铁钉；车辐支撑车辋，只有横竖两根少见的梭形辐条，结实有力。

结合起来就成为早年东北常用的载重大车，威风凛凛。大户人家的大铁车，如果用大青马驾辕，就用大青骡子拉套，红马红骡子，黑马黑骡子，骡马一色，要的是大气派。

大铁车要有好辕马，下坡用力往后坐，防止下滑；上坡挣命向上拉，骡子也挣命把套绳拉成"一根棍"，也有假装挣命的骡子，人称"假大棍"，犹如人群中的"假积极"。

大铁车更要有硬老板，怀抱大鞭子，不抽不打，时而在骡子眼前晃一晃鞭梢儿，单等爬坡上岭，啪啪几鞭子冲上岭顶，豪气冲天！我同姓的六叔就是这样名震十里八村的大老板，神气得很！

更神气的是六叔的东家,大门洞下埋十几口大缸,大车一过,轰轰隆隆,瓮声瓮气,震天震地,有钱!专买那个响听!

一次六叔上山拉柴,娃娃们想跟车上山。六叔说:"谁知道这车上什么玩意儿叫车,谁就上车。"谁也不知道,六叔摘下他座位旁装车油的小竹筒说:"记住,它才叫车!"

当时以为他是逗我们玩,事过多年,我到长春西郊公社体验生活,有位社员也拿装车油的竹筒考我,我说它叫"车"。他逢人便讲,老肯真是"庄稼通"!其实我至今也想不通它为什么叫车!也许因为大铁车轮离开车油转不了的缘故?

后来,又轻又快的胶轮大车出现,笨重的大铁车威风大减。正如今日汽车拖拉机兴起,胶轮大车也日见减少一样。

落后于时代的东西,也只能威风一时,威风在人们的记忆中。

牛拉花轱辘

花轱辘比大铁车轻巧,那辐条四射的轱辘真有花模样。

我六岁那年,三姨夫就赶牛拉花轱辘车送我到姥姥家去,三十里地走了大半天。那牛不慌不忙迈着悠闲的脚步,让你有闲心观赏沿途风情。

过小屯招来几声狗叫,进大村,大树下卖香瓜的老汉笑着说掰个瓜吧,解解渴……难怪民间传言"睡热炕,看影戏,坐牛车,到姥姥家去"是"四大舒服"。但有一宗,套车前不把牛喂饱就舒服不了。半路上牛饿了就拽着牛车去吃草,吆喝不动,鞭打不回,一旦惹恼它,瞪着牛眼,梗着牛脖,撅着牛尾巴横冲直撞没完没了!

乡下人都知道牛惊比马惊难制服,牛比马多了两只角,又尖又硬!

看来不该小觑依头依脑的弱者,一旦激怒它,爆发的力更暴!

马　拉　轿

马拉轿,不拉人抬的轿,拉安装车厢板上的轿,因此叫轿车,它比大铁车小,又叫小车。

轿车有门窗,门挂门帘,窗挂窗帘,车棚内夏天挂布围子,冬天挂棉里子,也有挂毛皮里子的。上下车的时候,从车辕板前取下油漆的小红板凳,很阔气。

轿车老板更要帅!车经大屯大户的大门前,飞身下车摇起红缨鞭,人走得潇洒,马走得利落,人和马节奏和谐,仿佛合跳一场"踢踏舞"。

这种马拉的土轿车,同今日机动的洋轿车一样,供有财有势者用,凡人看看而已,想坐也坐不成。我六岁那年,在蓝旗屯姥姥家串门。有一天,财主秃老爷家的大门前,记不清是送嫁还是迎娶,反正披红挂彩的喜车早套好了,喇叭匠也早聚齐了,唯有压喜车的男孩一等不来,二等不到,急得秃老爷的哑巴儿子团团转。

平日哑巴对我好,我叫他"哑巴舅",看他转我也跟着转,突然他停下脚步盯着我,抻抻我刚换过的小布衫,摸摸我刚洗过的脸,哈腰就把我抱到喜车上去了。没等坐稳,他爹秃老爷又把我拽下车来,还比比画画告诉我"哑巴舅",说我是死了爹的"半命人",命太贱,这辈子休想压喜车。

我年纪虽小也听得懂,那不是好话,真想跟他拼命,拼那剩下的半条命……

小驴车和"驴吉普"

20世纪30年代初,我在辽宁山村读私塾。开学前后,常有卖文房用品的"游学先生"光临。有背包的,也有赶小驴车的。那小驴扎小红缨,挂小铜铃,丁零,丁零……仿佛从童话世界走出来的。

车厢里,墨盒墨笔,仿纸草纸,小刀橡皮,摆得整整齐齐,散发出一股很难形容的香气,不知是墨香,纸香,还是橡皮香!

后来进城上学,偶尔在文具商店又闻到那种香气,使你回味童年,回味想坐又不得坐的小驴车。

谁料1976年打倒"四人帮"后,我又能乘火车下去采访了。那时吉林的一些县城还没有大客车接站,倒有挂铜铃的驴拉胶轮的"驴吉普",清凉的车篷,对坐四位乘客,不分职业,不论级别,促膝交谈,山南海北,蹄声嗒嗒,铃声玲玲,仿佛又回到童话世界。

人也怪,简单的东西往往会勾起美的回忆,那豪奢的场面,常如过眼烟云。

自行车"二等"

自行车带人违规,前些年关内有公开用自行车货架载客的,公开吆喝:"请坐'二等'!"现在不知是否还允许吆喝。

我很小就坐过自行车的"二等"。

1931年我6岁，住离县城不远的姥姥家。房东的大儿子我叫他"哑巴舅"，其实他没全哑，只是话说不全，字咬不准，东北话叫"半语子"。我乳名小春，他叫我"小吞"。他好骑自行车，常喊"小吞，小吞……"狠拍自行车货架让我坐，很有舅舅样儿。

我儿时体弱多病，姥姥说病出在小名上。正赶上旧历五月初十城隍庙会，姥姥求"哑巴舅"驮我进城去"跳墙"，"哑巴舅"把我抱上"二等"就飞进城了。

"跳墙"乃家乡旧俗，领瘦弱的娃娃赶城隍庙会，跳过一条板凳就算跳过了墙。然后听有人喊壮实娃娃的小名，偷过来也就壮实了。

"哑巴舅"深信这迷信的举动，抱我跳过板凳就一动不动愣眉愣眼听人叫喊。忽听一位叔叔喊一个胖娃"剩子"，"哑巴舅"如获至宝，连说"横子，横子……"他把剩余的"剩"说成蛮横的"横"了。急忙驮我回村向姥姥报喜，他说偷了个"横子"；我说偷了个"剩子"，姥姥说，还是"剩子"好，狗剩，狗剩，狗都不敢动，命短不了。

如今我活过七十奔八十，命真不短。不过我还认为"哑巴舅"的"横子"有劲，横！谁敢碰！

腿比车轮快

1942年左右，我家邻居小杨哥拉洋车，就是骆驼祥子拉的那种人力车。

小杨哥说他的腿比车轮快，众人笑他冒傻话，拉洋车人在车轮前跑自然总比车轮快。

其实小杨哥的腿真快。快是穷逼的,十六岁接过老父的洋车把,接过全家等饭吃的嘴。他顶着酷暑烈日跑,迎着寒冬风雪跑,风雪烈日是他严厉的长跑教练,使他成为有名的"快腿杨"。

每逢重要运动会,都请他脱下车夫的号坎,换上运动服。有一次海城和邻县盖平举行运动会,小杨哥短跑拿了银牌,长跑夺了金牌,立了大功。

事后县里给他因参加运动会少拉洋车的损失费,他不收。他说:"为家乡老少爷们露点脸,挺好啦!"

后来,外县出高价请他训练长跑运动员,他不去。他说:"石板上栽葱扎不下根,我生来只和车有缘。"

常言说,金钱烫眼,小杨哥不为所烫,1949年后不拉洋车蹬三轮,年老了,蹬不动三轮就摆摊修理自行车。1988年我回乡见到他,满头白发,满面红光,脚步迟缓些,腰还很直,很直。他说:"凭力气吃饭腰杆硬……"

独轮车走独木桥

1958年我被划为右派,这顶帽子很沉,很不好看,为早摘掉它,下放改造修公路,"大跃进",我大干,还写了那首流唱一时的歌曲《三唱干劲》:

一唱干劲加班加点,不必多解释。

二唱干劲"夜打登州","登"和"灯"同音,唱的是挑灯夜战。

三唱干劲"连轴转",白天黑夜连着干。只说抢修从桦甸到白山那条公路的一个夜晚吧!

争取早竣工,河西河东搭一座木板小桥,用独轮车运碎石料。

我推独轮,腰有功夫,白天过桥,如走平道,黑夜,惨啦!桥上挂半明半暗的小油灯,我戴800度大近视镜,手推满登登一车碎石,那可真是跟着感觉走,一旦感觉出错,人和车就会滚到桥下的冰河。

再加上冷冬寒夜推车跑,穿棉袄跑不快,汗还多,只得甩了棉袄穿线衣;空车回来等装车,光穿线衣风刺骨,甩了的棉袄再披上……就这样披了甩,甩了披,从河东,到河西,跑到三星西斜歇憩的时候,我不觉得冷,也不觉得饿,只想躺在篝火旁的地上睡一觉。

当篝火的热气扑脸,我突然想起"火烤胸前暖,风吹背后寒"那震撼人心的诗句,想起抗联战士的苦累饥寒。

但这些感触只能咽在肚内,你一个右派也会体验到抗日战士的感情?

然而多年来,我忘不了,忘不了这饥寒苦累的不眠夜——

饥寒是心的磨炼,苦累是力的积攒……

我坐上火车头

我是因为修理火车头惹了祸才坐上火车头的。

早在七十年前,我家从山沟搬进县城,山沟娃娃头件大事就是去看火车头。那又大又凶的黑家伙,呼哧呼哧像个喘气的活物跑来,"哞"的一声,比十头老牛的嗓门大,有意思,真想上去坐坐。

也巧，1951年暑假，我领东北师大音乐系学生到长春机务段体验生活。机务段专门修理火车头，我钻进大水箱，清洗过又硬又厚的水锈，我还紧过火车轮的大螺丝。一次用力过猛碰破一小块头皮，这可惹了大祸！那时候正学苏联，安全工程师死盯着你，见点血就算大事故，就取消你班组评先进的资格。我急忙扣上帽子去找老友于大车（司机的尊称），为逃过安全工程师的锐眼，让我跟他上车头体验几天。经批准，因祸得福，还真实现了我童年的奢望，到火车头上坐了坐。

谁料一上车头，如上战场。司机司炉精神专注，旁若无我，紧张激烈的战斗气氛，使我终于明白，火车头再大再凶也服服帖帖听这一老一少的调遣，让快就快，让慢就慢，让跑就跑，让停就得乖乖停下，顶多"哧——"长吐一口白色的怨气……

逛庙坐平板车

火车的平板车，本是运机械等大件的货车，光秃秃，旅客不该坐。

记得七岁那年，三姨夫领我去逛大石桥耀州山娘娘庙会。旧历四月十八是正日子，这一天海城车站通过的客车都满员，有棚的货车俗称"闷罐"也客满，只得爬上平板车。

平板车前后左右无遮拦，只觉得天也跑，地也跑，车旁的线杆向后倒……闭着眼睛挨到耀州山。

下车看，山上山下人山人海，小小庙会怎么招来这么多人？奇怪！很奇怪！

后来看书才知道:"该娘娘庙会历史悠久,庙会盛大,名重东三省,驰名关内外,每逢庙会,善男信女,四方僧侣,三教九流,五行八作,从长城内外云集于此,日游人十余万众。"(引自《营口戏曲志》)我是十余万众中的一个娃娃,挤上平板还挑拣啥!何况那庙会真热闹,前有七节鞭三节棍开道,后有刀枪剑戟仪仗队,笙管笛箫和尚队,锣鼓喇叭秧歌队,旱船,竹马,高脚,抬杆,狮子,龙灯和望不见尾的进香人群。三姨夫给我租件黄坎肩,额头画个红葫芦(据说画孟良脸拜娘娘,孩子身强胆大)。登上山顶给泥娘娘叩三个头,下山吃了两张有名的海城馅饼,然后又爬上平板火车回海城。

此时火车伴着晚霞跑,风不那么嚎了,树不那么倒了。我生来第一次坐上的火车——平板车,还不错!

"闷罐"不闷

1948年夏,佳木斯东北大学奉命迁往再度解放的吉林市。

佳木斯东北大学是东北解放区的名校,名人萧军、吕骥、张庚、马可、刘炽等同志都曾在这里执教。此番张如心、公木、吴伯箫、杨公骥、蒋锡金等著名的学者作家,率领一大批解放区的大学生,从黑龙江畔的大后方转移到战火硝烟未散的松花江前线,这是令革命者振奋反动派闹心的一次胜利的行动,国民党怎会不闻不问。尽管他们屡战屡败,他们的长春守军已成瓮中之物,可他们还靠美国造的飞机抖毛夌翅,不得不防。

因此安全是迁校的大事,解放军派来护卫战士,列车架上对空机枪,全校师生不坐客车坐货车——老乡所说的"闷罐",

也是确保安全的一种考虑。

要说"闷罐"不闷是假话。运货的车厢紧闭车门,白天可从小窗口射进几缕阳光,黑夜把人"闷"在"罐"里,满目漆黑,能不闷吗!

要说"闷罐"不闷也是真话,它闷不住胜利的快乐,闷不住进军的歌声。

我们来自沈阳东北大学、长春大学等校的同学,痛恨国民党的高压、屠杀,别了亲人,冒死偷越"警戒线"北上参加革命,仿佛从地狱一步跨上天堂。但不知何年何月才能解放那些依然挣扎在地狱里的同胞。谁料不到二年,我们就堂堂正正驱车南返,这种发自内心的快乐,"闷罐"怎能闷得住!

然而快乐是一时的,战斗是久远的。我们这次迁校,不是长途旅行。不是衣锦还乡,是随解放大军节节胜利的步伐挺进,一路上进军的歌声,包括我们公木老师那首雄壮的进行曲,"向前,向前,向前,我们的队伍向太阳……"早已飞出"闷罐"的窗口,回荡在东北大地上。"地卧",硬卧,软卧。20 世纪 50 年代,我在大学工作很紧张,时间最金贵,正像屠格涅夫所说:"没有一种不幸可与失掉时间相比了。"凡因公乘火车远行,除了软卧(软座不够级别不能坐以外),见车就上,不能硬卧就硬座,硬座满了就站着,站累了就在地上铺张报纸和衣而卧,我说这叫"地卧"。

"地卧"者非我一人。一次,乘警可能认为我也是"跑车板"的小贩,喊我起来,看我身份证上有讲师二字,说声"小心着凉",又去查问其他"地卧"者。

60年代初,摘掉右派帽调到省吉剧团写剧本,每到白城等远处演出,坐硬座,很满足。满足了十八年,当上团长,睡硬卧,更不错,当然上铺不如中铺,中铺不如下铺。

80年代又调到省作家协会,外出不必亲自操劳了,办公室预订软卧票。其实我患哮喘病,软卧不论冬夏车门紧闭我就喘,喘也坐;列车员登记好像查户口,还要看证件,烦,烦也坐,坐的是待遇。

有一次要去石家庄开会,办公室主任说,您要预定的软卧客满,硬卧有号,不然就晚去一天?我说那就晚去一天吧。

他走后我又挂电话嘱咐,通知对方改点,免得人家接站走空。

放下电话,心里不是滋味,不由想起当年往地上铺报纸的情景,如今硬卧都不肯卧了,我这是怎么了?老了?还是车越坐越软,人越来越娇……

坐大卡车冻白鼻子

1969年,大卡车把我们从长春送进梨树"五七干校",新年春节大卡车又把我们送回长春。大卡车成了当年知识分子的专车,知识分子却缺乏坐专车的专门知识。

一次过完新年,大卡车拉我们回干校。刚下过雪,阳光灿烂,却冷得"五七战士"直哆嗦,东北话这叫"哑巴冷"。突然有人喊老杨的鼻子白了,我一看,果然,白得半点血色没有了,白得像用白蜡捏的假鼻子……我忙敲驾驶室棚顶,喊司机师傅快拉到老乡家去烤一烤!那位倔师傅停下车斜我一眼,然后抓一大把公路旁的白雪,上车给老杨揉那白鼻子,轻轻揉,慢慢揉,恢复了肉色才住手。跳下车去嘟囔一句话,"书白念了……"我笑了,倔师傅批判"读书无用论",很有说服力。

到干校停下车,我向倔师傅敬一支烟,请教他为什么冻鼻子用白雪揉?为什么不能用火烤?他又斜我一眼:"冻梨冻柿子要用冷水慢慢缓,缓出冰来才缓好。用火一烤就烤烂了。冻鼻子也一样。"说完扭头就走了。

我想他的话有理,那一年在长白山林区采访,也听说过冻脚用热水烫就烂,烫和烤是一理。又想他为什么用雪揉冻鼻子,可能和用冷水缓冻梨冻柿子又是一理。

忘记了在哪一本书看过,冻白了的耳朵用手硬搓会搓掉的,因而倔师傅才用白雪轻轻揉,慢慢揉……看来书也不是一点用处都没有。

吉普、轿车和脸

1984年,吉林省作家协会刚刚独立,只有一辆吉普车,小司机不大高兴。

一次,在南湖宾馆召开厅局级干部会,小司机说:"您坐文联的'上海轿'去吧,咱那台破吉普,您不在意,我怕丢脸!"

胡扯,吉普和脸有什么关系!

到南湖宾馆一看,满院轿车,那时候不过是"上海轿",苏联的"伏尔加",没有太高级的,高低都叫轿车呀,百十辆车中居然见不到一辆吉普。

我终于明白了小司机的心事,吉普没处摆,脸也没处放,倘若我开车,恐怕脸和他一样。

后来，我们的吉普换了桑塔纳，又换了奥迪。我坐着比较舒适，小司机也高兴一阵子。一阵子高兴过了，他又说奥迪四个缸不如六个缸好……

其实，车和脸早有关系。《诗经》中就有"元戎十乘"(《小雅·六月》)的诗句，四匹马拉一辆车叫一乘，十乘那是多少匹马呀！可见古代的马和现代的"缸"相似，多比少好！

绿色电车

车也是城市一景。

解放初期的长春，三轮车多。

现在的长春，出租车多，又多是捷达车。

长春比解放初期少的是有轨电车。

1948年长春刚解放，我随东北大学（今东北师范大学）进长春，那时候还是供给制，吃穿不愁，但囊中羞涩。年轻好玩，休息日，掏四分钱坐一大圈电车也算一种文娱活动，"咣当，咣当——"那声音真有点意思。

那时候我还没看过张爱玲的作品，后来看她在《公寓生活记趣》中写道："我喜欢听市声，比我较有诗意的人，在枕上听松涛，听海啸，我是非得听见电车声才睡得着觉的。"我倒没有拿电车声当催眠曲，但也觉得"咣当，咣当——"那是一种大城市的节奏，一种日久听不见也会怀念的声音。

我还怀念那时候电车售票员的风采。朴朴实实，面上的笑容不是挤出来的，真想好好为乘客服务。我也碰见过一个辣一点的小姑娘，那辣不是老辣，而是像新摘辣椒那样脆辣。说话有点呛人，心灵却很单纯。

1956年夏，我在长春火车站体验生活。有一天，闷热闷热的，下班的时候我把亚麻外衣挂在休息室的衣架上，只穿个短袖衫就上了电车。

上车后一摸衣兜，坏了！钱包在外衣里，抬头又看见售票员正是那个小辣椒姑娘，我的汗下来了，左翻右找，裤兜里找出一封未寄出的信，上贴八分邮票，单等车到终点，乘客下净了，我手拿信封对她说："我在师大工作，钱包忘带了，这有八分邮票，揭下来当车票行不行？"

她先是愣愣地看着我，继而哈哈大笑："您不说是大学的，我也看出来了，书念多了才会拿八分邮票顶车票，可我没有4分邮票找给您哪！好啦，下次坐车再补吧！"

我说声谢谢下了车，她还喊："下次出门别忘了带钱包……"看，她居然看出来我是念书人，不是不花钱坐蹭车者，她既聪明，又讲理。

近些年，有轨电车只剩下红旗街到汽车厂那一路还有气无力地"咣当"着。

今年突然看报纸上说，这路有轨电车的路轨翻修了，又有了新车，急忙去看，仿佛去看望一位老朋友，那绿色的车厢，好！前边我忘说了，我喜欢电车还喜欢它的绿色。

这两天又看报纸上说，电车的最大特点是节能少污染。我明白了，车厢纵然涂上红色黄色，它还是绿色的，像绿色食品一样。

二人转中的吃喝

今日东北汉族人民的饮食习惯,我们是熟悉的。过去的情况,在一些志书、笔记、稗史等文献中有过文字记载。还有一些流传在口头上,流传在东北的民间文学艺术中,这是研究东北民俗不可忽视的资料。

在东北二人转传统剧目中,就有不少关于吃喝的描述。

东北过年吃什么饭?

有钱人家过年的吃喝,城乡有分别。二人转描述的多半是农村财主的情况。

在《双拜年》中:

扒肘子,焖焖子,
灌肠子,冻冻子,
包饺子,火锅子。
醋熘大鲤鱼,
白菜心,豆腐皮
……

扒肘子常见,焖子是用粉面子做的,也有用荞面做的。灌肠分多种,有面肠、肉肠、鸡蛋肠和螺丝钻等。冻子分清冻、浑冻和肉冻。包饺子多在三十晚上和初一早晨吃,下饺子叫下元宝。吃"元宝"前还要放"二踢脚"。火锅是东北很有特点的吃法。用海米、银鱼和冰蟹等下锅子底。肉,可下猪、羊、牛肉,下野鸡肉更别具风味,酸菜粉条也不可缺少。农村有一种"锅子",不用铜锅,而是把大马勺放在火盆架上,守着火盆吃,有的老乡把这种吃法叫作"小黑驴上炕"。

过年杀年猪,吃年猪肉和血肠。在二人转说口《眼俗》中,有这样一段:"农村杀猪这天,都是先煮一大锅肉,烧一个开,下酸菜。酸菜煮不大离了,再下血肠……"

这确实是年猪肉的做法。论碗吃肉,管吃管添,充分表现东北人的实惠劲儿。

穷人家过年,可就又是一种情形,在二人转《小拜年》里,新媳妇贬她的丈夫家过年吃干豆角子和葫芦条子之类。她唱道:

哪像我家把年过,
你家吃的没法提。
头一盘就是干豆角,
二一盘子葫芦皮。
吃的尽是高粱米饭,
过年都不把饺子吃。

住店吃什么饭?

饭分大饭、中饭、小饭,也就是上、中、下三等饭。还有一种叫碗饭,这是等外的饭。饭不同,收钱当然也就不同。

在《开店》中有这样一段:

旦:(唱)你要吃大饭核你八吊五,八碟八碗烧酒管足。

丑：（说）管足就好。

旦：（唱）你要吃中饭核你六吊五,六碟六碗烧酒两壶。

丑：（说）可也够喝了。

旦：（唱）你要吃小饭核你四吊五,高粱米干饭萝卜炖豆腐。

丑：（说）没酒。

旦：（唱）你要吃碗饭俩大钱一碗。

丑：（说）有菜没有哇？

旦：（说）要是不嫌恶哇——

（唱）昨晚上剩的凉小豆腐。

丑：（说）小豆腐要钱不？

旦：（说）开店带住家,小豆腐算白搭。

丑：（说）这回算来着了……我就剩一个大钱了,给我来半碗饭吧。

旦：（说）那你吃不饱哇！

丑：（说）你给我来一大盆小豆腐。

这里的上等饭、中等饭,也是当时农村的吃法。"六碟六碗"较见常。"八碟八碗",还有"三八到底"的,就是八碟八碗八个大件。东北三省也不同,当年辽宁还有"八中碗""小碗席""凉热十二个碟子"等吃法。店中的下等饭——高粱米干饭萝卜条炖豆腐,这对当时农民来说是上等饭。小豆腐是把白菜丝和磨碎的黄豆炖在一起。饭不够,用小豆腐甚至豆腐渣填肚子,也是当时农民的生活写照。

住店喝水也分等级。

旦：（唱）吃大饭喝的本是龙井香片，细瓷碗金镶边上等铜壶。

丑：（说）古铜壶上讲。（上讲，讲究之意）

旦：（唱）吃中饭喝的本是毛尖叶儿。

丑：（说）什么碗什么壶哇？

旦：（唱）绿豆的小茶碗南泥的壶。

丑：（说）南泥壶也不错。

旦：（唱）吃小饭喝的本是糊米水。

丑：（说）糊米开胃，什么碗什么壶？

旦：（唱）青莲斗的大饭碗洋铁片子壶。

丑：（说）这玩意儿可不太咋的，吃碗饭呢？

旦：（唱）吃碗饭喝的本是井拔凉水。

丑：（说）得了吧，你可真坏呀！

旦：（说）咋的了？

丑：（说）就因为刚才多吃你点小豆腐，这一会儿就往回找，谁不知道吃一肚子凉小豆腐，再喝那么多凉水，那玩意儿咕噜咕噜一宿，睛等着给你造粪吧！

旦：（说）那你还想喝啥呀？

丑：（说）那可也行，少喝点，那什么壶什么碗？

旦：（说）还想要碗要壶哇！

（唱）手扒缸沿儿咕嘟咕嘟管你个足！

龙井、香片、毛尖儿，是当时认为较名贵的茶。而糊米，是把高粱米炒糊当茶喝，这是乡下待客的一种饮料，不但看起来有茶色，而且有一种特殊味道，并能助消化。

古铜壶、南泥壶和洋铁片子壶是过去东北常见的壶，细瓷金边碗、小绿豆碗和青莲斗大饭碗，也是东北用过的碗。特别是青莲斗大饭碗，朴拙耐用，颇具特色。至于手扒缸沿咕嘟咕嘟喝井拔凉水，更是东北农民止渴的一法。手扒缸沿者有，而手扒水筲，手扒柳罐斗者更常见。在三伏天，痛饮一顿井拔凉水，也算痛快的事。如用井拔凉水沏绿豆糕，那真是东北农村高级的清凉饮料，穷苦人却喝不到。

在二人转传统剧目中也描述饭馆中的吃喝。

《燕青卖线》中唱"穷饭市"：

燕青正观大街景，穷饭市里看分明：
这边卖的油煎饺，那边包子才出笼。
这边卖的豆腐脑，那边煎饼卷大葱。
麻花犯了什么罪，三股就往一股拧。
香油果子犯了什么罪，千刀剁来油锅烹。

上述的油煎饺、豆腐脑、煎饼卷大葱以及香油果子（油条）等，是东北流传多年的大众食品。

在《浔阳楼》里又记当年城市酒楼卖的烟、茶、酒、菜和面食之名。但因二人转艺人多是农民出身，因此，城市饭馆也加上农村的吃喝。

烟中除了当地产的"大把烟""小把烟""南山片子""柳叶尖"之类外,还有"洋烟卷"。烟卷中有"紫金姑""三炮台"等较高级的烟。"蹲小店,抽小燕""要抱蹲,抽爱国旱"。抱蹲就是失业受穷的意思,"爱国旱"是很贱的一种烟。此外还有水烟、大烟(鸦片)等等。

酒有"状元红""老白干""佛手露""烧子露"以及鸡头米造酒等早就有的酒。近年来唱《浔阳楼》又加上清酒、啤酒、葡萄酒和绍兴酒。

冷菜,除了拌海参等名贵菜外,还有乡下常吃的胡萝卜根、白菜心、豆腐皮、豆芽子等。

炒菜中,有特点的是"蘑菇木耳金针菜","驼蹄熊掌鹿肉干""野鸡脖子猴儿腿",还有狍子肉、乌鱼胆、炸鸽子、烩雀蛋以及"大炖白肚"与"素烩苤蓝疙瘩胡萝卜"之类。

在《浔阳楼》里,还有一种菜,叫作"白雁落沙滩",就是豆腐拌咸盐。在农村,也管这种菜叫"白虎卧沙滩",白虎是豆腐,沙滩是咸盐,如果浇上一些生豆油拌着吃,味道更好,而且没有豆腥味。

1949年前的农民生活很苦,进城、逛庙或看野台子戏,捎回来的吃食,正像《李芳巧得妻》中唱的:

麻花油炸糕,烧饼肉火勺,
打头的爱黏的买上点切糕。

这些就是最好的食品了。无怪农民看过去的县太爷红光满面,就说:"大麻花管够吃,身板还能不好!"

在二人转传统剧目中,还常唱黏豆包、高粱米面饼子、苞米面饼子等农村食品。更有一些具有特点的小吃。如《刘云打母》中的"蛤蟆吞蜜",这是把硬面做成的叉子火烧割个口,再把切碎的驴马板肠塞到火烧里,用火炉烤着吃。这种吃法,当年在辽南一些城市,很受食客欢迎。真正可称为"蛤蟆吞蜜"的是叉子火烧夹油炸糕,也有夹蹄髈肉、猪头肉的。

上述二人转中的吃喝,都是从二人转传统剧目中摘录出来的。

(1982年)

关东饺子

一次,陪南方朋友游南湖,中午,走进东方饺子王南湖总店。刚入座,顿觉不妥,南方人不喜面食……谁料饺子上桌,这位南方朋友筷子飞舞,连喊好吃!好吃!

"好吃不如饺子",是我儿时在辽南山村常听到的一句话。

那年月,大户人家吃饺子,饺子皮用精白面、"东洋面""沙子面"。东洋当指日本,沙子不硌牙吗?原来是哈尔滨产的沙粒般的高级白面,高在哪儿,没尝过。

饺子馅,菜少肉多,或全是肉丸,有猪、羊、牛、鸡肉,野鸡肉更有野味。还有俗称"天上龙肉,地下驴肉"的驴肉馅,饺子皮不用白面,"荞面驴肉蒸饺"最佳,驴驮货拉磨,累苦了,还吃它!

大户人家偶尔也吃菜馅的,不加葱蒜荤油就叫素馅饺子,供吃斋念佛者用。也有不吃斋、不念佛的少爷小姐,腹内油腻过剩,见肉馅饺子懒得张嘴,夹几个素馅的清清肠胃。

小门小户吃菜馅饺子则因囊中羞涩。菜馅里见点肉星儿,过大年啦!

菜馅饺子又叫"菜篓子"。有"白菜篓""酸菜篓""韭菜篓""萝卜篓"……饺子皮叫"篓",装菜多。"篓"的颜色也多,雪白的白面很少用,多是自产自磨的黑黢黢的"本地面",黄玉米面,红高粱米面,辽南也叫秫米面。记得辽南乡俗,每年秋收后关"场院"门的那一天,必吃"秫米面萝卜篓",真好吃!直到今日,我老得见饺子也懒得张嘴了,依旧对"萝卜篓"情有独钟。我女儿往白萝卜馅里浇点红腐乳汁,分外鲜,不信你试试!

长大成人,四方漂流,南方饺子见得少。

广州的"虾饺",精致小巧,那是吃早茶的一道小点心,关东大汉一顿不吞它百八十个不会撂筷。

成都的"红油水饺",仿佛水饺泡在红红的辣椒油里,漫说吃呀,看一眼,辣掉泪。

北京的"茴香馅饺子",一位北京朋友夸它祛病消暑,香味奇特,请我品尝。咬一口,啥味呢?咽不下,吐不得,是我平生吃饺子最尴尬的一刻……

吃来吃去还是咱东北饺子好。

沈阳的"老边饺子"大有名气。前几年见长春有分店,兴冲冲请司机小李去见识我家乡辽宁的名牌。可叹他尝了几个,不点头,不摇头,冒出一句气人的话:"老爷子,还是领我去吃咱长春的饺子吧!"

　　长春的饺子,我知之甚少。

　　耳闻"回宝珍"饺子馆,是长春的清真老店。牛肉芹菜,牛肉韭菜,羊肉冬瓜,还有"牛肉丸",均不凡。可惜我在长春住了半个多世纪,居然一次未去。

　　我在哈尔滨的亲友不少,都夸东方饺子王好。不久,发现长春南湖畔也有一家东方饺子王,离省作家协会很近,忙去看,环境幽雅,食品洁净,俨然一座规范、透明的中式快餐店。

　　饺子十多种,既有获"中华名小吃"等殊荣的"三鲜水饺""黄瓜鲜虾水饺"等大众美食,又有高贵的名品,如"鱼翅蛋饺"。鸡蛋饺放在"海八珍"之一的鱼翅汤盅里,看着也诱人。

　　按规范严格的要求,旧经营方式难实现。他们建筑"东方饺子王中央加工厨房",这"厨房"不小,占地面积3000多平方米的现代化食品加工场,严格按照ISO9002国际质量管理体系认证的标准进行管理,加工出风味统一、质量稳定的饺子馅和熏酱品,然后再分发到各分店。这一点,倒可供我们便餐、快餐业参考。

　　听说现在长春还有回回香饺子城、汉斯啤酒城的燕鲅饺子部等好多有特色的饺子店。我人老牙口不好,吃啥不香,但愿腿脚不老,多采写几家关东饺子的名店名品,也是一宗乐事,也许有点用处。

(2003年8月)

杀 年 猪

牙的功能之一是吃东西。该吃的应充分发挥牙的作用，不该吃的，牙最好不听主人调遣，留些情面。

每逢腊月常想起早年的哄孩子词儿：

小孩小孩你别哭，
过了腊八就杀猪。

过了腊八杀年猪，是东北过了好多年的民间习俗。在我的家乡，满族先用白肉血肠做祭祀的供品，然后人再分享；而汉族好像先供人用。杀年猪当日，大锅煮大块肉，叫作"大炖老虎肉"。其实是人像老虎那样大吃"年猪肉"，有时一顿吃掉半头猪。

吃法又分多种：自吃，互吃，白吃。

自吃自养的猪，自然合情理；至亲好友互请一顿也情有可原。但不宜过量失度，猛吃猛喝，没完没了也会成灾。

最吓人的还是白吃。

白吃者，小白人少，大多是屯中有头有脸自觉不错的所谓"屯不错"，或称"屯二大爷"。他们吃完东家吃西家，吃白片肉如同吃豆腐，很见功夫。记得有一位直吃得嘴歪眼斜双手麻木拿不住筷子才暂停。当年认为是中邪风了，今日用科学眼光看，这位"二大爷"可能是平素白吃成癖，吃高了血压、血液黏稠度高的缘故。

近来因年老体弱很少下乡，杀年猪的遗风是否存在不清楚，一顿是否吃掉半头猪或小半头大半头也不了解，特别是白吃这种吃法断没断更欠调查研究。倘若还没断，为了白吃者的健康与脸面，也为了被吃者的心血汗水和养猪积极性，恳请牙下留情！

（1991年）

马年说马

每逢马年，常听那句农谚："牛马年好种田。"

回想我经历过的牛年马年，也有过风调雨顺的年景。但我更信人能胜天。因而更喜欢"跃马扬鞭""马不停蹄""马如游龙""马到成功"等令人振奋的成语。

有关马的成语还很多。

有提醒你防备敌人来犯，不可轻信太平的"马放南山"；有提醒你关注世界风云变幻，不可充耳不闻的"马耳东风"；有提醒你明辨是非，识破指鹿为马的"马鹿易形"；有提醒你多学习，明礼仪，不要像穿上衣服的牛马的"马中襟裾"……

更有誓死战场身裹马皮的"马革裹尸"。我东北抗日战士有诗句："抱定决心甘愿效命疆场，马革裹尸誓不生回军营。"这并非喊的豪言，这是我东北先烈浴血拼杀的壮举。

最不爱听的是"马瘦毛长，人穷志短"。人穷未必志短，穷则思变，会爆出撼天动地的威力。

年少时，常用"马齿徒增"来考问自己是否虚度年华，白长了那些新牙。

如今年老齿落，再不能把"马齿徒增"用在自己身上了。然而，老有所为，来日无多，更该加倍努力，也不能让"马齿徒减"，颗颗老牙白掉了。

(2002年2月)

北方古旧的歌舞说唱

歌舞是东北从事渔猎农牧各族人民的爱好。

《后汉书·东夷传》记载："东夷率皆土著，喜饮酒歌舞。"又说：夫余人"腊月祭天大会，连日饮食歌舞，名曰迎鼓。且时断刑狱，解因徒……行人无昼夜好歌吟，音声不绝"。这些描绘的大约是距今两千年左右东北少数民族歌舞的一般情景，不分昼夜，连日歌舞，可见当时的热烈场面。

东北古代各民族歌舞的风格也不同。李白在他的《高句丽》诗中有"翩翩舞广袖，似鸟海东来"句，长袖飘飘，身轻似鸟，这是一种优美的舞姿。《后汉书·高句丽传》又记汉武帝刘彻赐高句丽鼓吹伎人，想必也受中原技艺的影响。但属于东北另一古老民族肃慎系统的歌舞，却又是一种勇武矫健十分豪放的风格。《隋书》记载隋文帝时，宴肃慎的后裔勿吉使臣，"使者与其徒皆起舞，曲折多战斗容。上谓侍臣曰：天地间乃有此物，常作用兵意，何其甚也"。这种具有"战斗容"的粗豪的舞蹈，竟使隋王不知天地间还有这种东西，并看出有"用兵意"。可见强悍的东北民族舞蹈多么吓人！

肃慎族后裔在公元698年建立渤海国。《渤海国记》中载："官民岁时聚会作乐，先命善歌舞者数辈前行，士女相随，更相唱和，回旋宛转，号曰'踏锤'。"这是官民男女共同作乐的记述。而渤海不仅臣属唐朝，与汉族关系亲近，努力学习中原文化；而且与日本交往频仍，还赠送舞女。《渤海国志长编》中记："遣使献日本国舞女十一人及方物于唐。"这是公元778年的事。可见一千多年前东北少数民族歌舞同中原和日本歌舞的交流。

契丹族也好歌舞。《辽史·天祚本纪》中有一条因舞蹈而争战的记载。1112年辽天祚帝到混同江（黑龙江汇合松花江后到乌苏里江口一段的别称）钓鱼，界外千里内的众女真酋长皆来朝，"适遇头宴酒半酣，上临轩，命诸酋次第起舞，独阿骨打辞打不能，谕之再三，终不从"。女真酋长阿骨打认为这是对女真的贱视与侮辱；天祚帝则认为阿骨打是对辽的抗命不遵，发兵征伐，大败而归。

关于辽、金、元的歌舞记载较多，尤以蓬蓬歌和倒喇为最。《宣政杂录》中说："宣和初，收复燕京以归朝，金民来居京师。其俗有臻蓬蓬歌，每扣鼓和臻蓬蓬之音为节而舞，人无不喜闻其声而效之者。"可贵的是《宣政杂录》还录有蓬蓬歌的歌词：

> 臻蓬蓬，
> 外头花花里头空，
> 但看明年正二月，

满城不见主人翁。

这些记载可知扣鼓为节而起舞，可知人们喜闻其声仿效，可知歌词的内容与形式的民间特点，更可知这歌词表现了对宋朝外花内空的讽喻。

倒喇的记载更多。

沈德符的《野获编》中说："都下贵珰家作剧，所用童子，名倒喇小厮者。"

刘侗的《帝京景物略》中说："倒喇者，掐拨数唱，谐杂以诨焉，鸣哀如诉也。"

沈德符说是"贵珰家作剧"，他把倒喇说成剧。吴长元在《宸恒识略》中也认为倒喇是不见于金、元记载的金、元的一种戏剧。而刘侗的描述着重它数唱诨谐和动情这一面。记述最具体的要数康熙年间一些人的有关倒喇的诗词。如陆次云的《满庭芳》词：

左抱琵琶，右持琥珀，胡琴中倚秦筝，冰弦忽奏，玉指一时鸣，唱到繁音入破，龟兹曲，尽作边声，倾耳际，忽悲忽喜，忽又恨难平。舞人矜舞态，双瓯分顶，顶上燃灯，更口噙湘竹，击节堪听，旋复回风滚雪，摇绛蜡，故使人惊，哀绝极，色飞心骇，四座不胜情。

可见唱得动情，舞得惊人，顶上燃灯，又有胡琴、琵琶等乐器伴奏，不是一般的简单的民族歌舞，而是一种发展了的熔歌舞、杂技于一炉的演唱形式。又唱又舞又打诨又顶灯，单就技艺这方面说，倒和二人转有相似处，而那种"忽悲忽喜""回风滚雪"的浓烈的情感与风格，充分体现了北方的特点。

此外，在吉林境内还流传过"诸春"（"朱赤温"），唱念均用满语，有一些戏曲因素。至于近来发掘整理的满族的"莽势"舞蹈，一唱众和，也是一种载歌载舞的艺术形式。

东北秧歌是东北民间歌舞的突出代表，同二人转的渊源最深。以上这些记载，只是说明东北有久远的民间歌舞的传统。

同时，不可忽视的是东北也有久远的民间讲唱的历史。

单就东北的少数民族来看，就有八角鼓、子弟书、太平鼓、好来宝、乌力格尔、依玛堪、判捎里、鼓打铃等民间说唱形式。八角鼓，据老艺人说："原是满族在关外牧居时的民间艺术。满族人民常在行围射猎之暇，以八角鼓自歌自娱。"早在清康熙李声振的《百戏竹枝词》中就有记载："八角鼓，形八角，手击之以节歌，都门有之。"乾隆末年后满族旗籍子弟组织票房，自行编词演唱，还分岔曲、群曲、拆唱八角鼓等多种形式。特别是拆唱八角鼓，一般由三五人分包赶角，因此也叫"八角鼓带小戏"。嘉庆、道光以后，旗籍士兵带到他们驻屯的各地，近年吉林仍有人记得满族八角鼓的一些唱腔和演出情况。

子弟书更是流传于东北、河北的由八旗子弟首创的说唱艺术。源于清代军中传唱的俗曲。后来吸取汉族鼓词的词格，但不用大鼓或竹板伴唱，依然用八角鼓击节。特别是有了韩小窗等有影响的东北子弟书作家。据说自嘉庆初，子弟书在东北，至今已有二百余年的历史。因前边已有专章论述，不再细说。

蒙古族民间说唱好来宝也有二百多年的传唱历程。唱词生动,曲调优美,民间艺人还能即兴演唱,有很浓郁的民族风格和北方特点。蒙古族还有更古老的乌力格尔。其中一种以说为主类似汉族的评书,一种以唱为主,还有一种是说唱结合的。

赫哲族的依玛堪,虽然不用乐器伴奏,但也是说唱相伴,歌唱赫哲族的英雄壮士和生活愿望。有短篇、中篇,也有长篇。曲调一曲多用,但表现力很强。

朝鲜族有"判捎里",据说盛行于清末民初,以唱为主,也伴以简练的动作和说白,演唱者自己击鼓、用伽倻琴或奚琴伴奏。清末还有近似汉族数来宝的鼓打铃,原是乞食歌。19世纪20年代发展成曲艺形式,只用小鼓击节,唱一些轻松或讽刺的曲目。

以上仅举几种少数民族的讲唱形式为例。如再加上汉族的莲花落、十不闲、评书、鼓词等等,可见东北的民间讲唱同民间歌舞一样比较长期地流传在民间。

值得注意的还有熔民间舞蹈和民间说唱于一炉的演唱形式。比如东北的萨满。

"萨满"一词,史称珊蛮、沙门、萨嘛、察玛等等。早见于南宋徐梦莘的《三朝北盟会编》:"国人号为珊蛮,珊蛮者女真语巫妪也,以其通变如神。"

萨满是东北女真族的一种古代的宗教形态,但不限于女真,也不限于东北。亚洲、欧洲北部均有。近代东北的达斡尔族、鄂伦春族、鄂温克族、赫哲族、满族以及汉族依然有萨满跳神,尽管性质有别,各有特点,但击鼓跳跃、边唱边舞是共同的特征。这种既有说唱性又有歌舞性的艺术形态,为二人转的形成与发展在客观上起了铺垫的作用。

  上述东北各民族久远的民间歌舞与民间讲唱的流传,造成东北人欣赏歌舞与说唱的眼睛和耳朵,易于接受今天如二人转这种歌舞与说唱融合的形式,也在艺术上从不同角度不同程度地赋给浓烈的地方风格和独特的神韵。

(1992年)

附录 《关东笔记》的后记

回顾我的创作，旧社会为糊口，参加革命后多因工作需要。解放战争写歌剧，在音乐系写歌词，创建吉剧写吉剧……直到调作协工作，工作之余才开始写我在生活中感受的东西。

我儿时挣扎在辽南穷山沟里，萤火虫微弱的清光，温暖我凄苦的童年。

青年时代好辉煌！读张学良将军创办的沈阳东北大学，又扑奔他弟弟张学思当过校长的解放区东北大学。我仿佛行进在艾青《火把》中的游行队伍里。后到北大，"五四"的火炬点燃更加强烈的求知欲望。生活真好，火一样！

人到中年，一夜间从自己名下削去同志二字。下放长白山区劳动，头顶寒星心未冷，认认真真修筑"临长""桦龙""云峰"三条公路，视作平生对人民真正有用的"作品"。后回长春，又日日夜夜为吉剧写了几十出戏……

晚年，赶上做梦也难梦到的时代。喜事重重，得到太多的荣誉。每当坐在宽敞的书房，在橘色灯光下写作，深感晚年的幸福。

不，岂止晚年，对写作的人来说，风浪、雨雪、坎坷、穷困……也是幸福，也是求之不得的幸福，料想不到的幸福，购买不来的幸福。这一切使你真正投身在生活的深处、痛处，领悟真正的人生，促你真正生活在最基层的劳动群众之中，体验人间难得的真情。特别是那些任何聪明的艺术家也难编造的动人的生活细节，有如晶莹的水珠反射大海的光芒，永生不忘。这些是储存在我头脑中最珍贵的财富。

我的东北乡亲真好。说话直些，不大讲究分寸，那心肠可是热的。粗豪的作风也有些粗俗的表现。但并非以粗为荣，以俗为贵。长期奔波在风大雪狂滴水成冰的塞北，难有小桥流水的风雅……

然而，年轻气盛时，每听那种"东北无文化"的说法，每见那种对东北人的冷视，刺痛我心。想争辩，舌头短，东北文化如何，自己也不知底细。

也是由于这种隐痛，也是由于专业的需要，我这一生，不论教书，还是创作，都用最大的精力从事东北地域文化的调查研究。

我尽可能走访东北旧石器时期、新石器时期以来的古文化遗址；尽可能去看东北有名的古穴、古墓、古城、古堡、古庙宇、古书院以及古画、古雕、古器等文物；尽可能翻阅东北的文献，包括正史、稗史、方志、游记、随笔、杂录；我也尽可能阅读中外学者有关东北文化的专著……使我感到东北和祖国某些地区同样，很早就有人类活动。在出现半坡文化、河姆渡文化的同时，东北也出现了红山文化。东北肃慎、扶余、东胡等古老民族及其后裔，在同汉族长期共处相互交融的过程中，开发了东北的莽林荒野，也创造了东北独特的地域文化。

单就东北的汉人来看，既有随军远征的"征人"，又有被流放的"流人"，也有逃灾避祸的"逃人"，更有"闯关东"的"闯人"……不同的境遇形成不同的性格特色，不同的来历又带来不同的民风民艺。东北地域民间文化的丰富和奇异，还引起国内外学者的瞩目。

40年代末，在公木、公骥、锡金诸师的指引下，我开始进行东北民间文化的田野作业。北大荒的马架子，兴安岭的撮罗子，长白山的地窨子，鸭绿江的网房子，科尔沁草原的蒙古毡房，还有农家的热炕，山村的野店，茶社的后台……都有我各族各业的老师。使我听到看到奇幻的神话传说，动情的民歌民谣，引人入迷的民间说唱，令人捧腹的民间笑话，泼野豪放的萨满舞秧歌舞，沁人心脾的皮影，欢快诙谐的二人转，还有那多姿多彩的民俗……使我感到东北地域的民间文化，黑土般朴实，白雪般闪亮，更像东北金秋的五花山，斑斓夺目。当然也有封建迷信的阴影，粗鄙低级的斑痕。

我曾组织记录整理东北二人转名艺人口述的二人转剧目、曲牌、说口、舞蹈以及源流沿革，编印《二人转资料丛书》10卷。可惜当年口述的老艺人大多离开人世。他们留下的口头创作和艺术经验，比我出版的书珍贵得多。本想再编一套《东北地域文化系列丛书》，但我深知出版单位的困难，也就放弃了这种打算。

但，我不忍目睹采录的手稿变成废纸，也不愿把头脑中的资料带入地下。从 80 年代末开始，一篇一篇用散文随笔形式整理成的《关东笔记》，很少文采，但重事实。比起史论少些筋骨，但多些血肉翎毛，可见东北具体的生活景象，或许对研究者有些用处。

为这本书，有关领导费不少心血。曦昌同志又出不少力。力争今后写得好些，回报同志们。

王　肯

1999 年 12 月 28 日